HEYNE

Das Buch

Nachdem sie die Beziehung zu einem herrschsüchtigen Fremdgänger beendet und sich in ihrem geleasten Mercedes davongemacht hat, wird Isabelle Masters kurzerhand wegen schweren Diebstahls verhaftet und auf die Wache geschleift. Zu ihrer Überraschung rettet sie genau der, mit dem sie am wenigsten gerechnet hätte – Gabriel Dare, von dem sie sich schon viel zu lange angezogen fühlt. Gabe ermöglicht Isabelle die Freiheit und lädt sie in das exklusive Inselresort Eden ein, einen Ort der unbegrenzten Möglichkeiten. Obwohl Gabe sich danach sehnt, Isabelle zu besitzen, weiß er nur zu gut, dass er dem primitiven Drang widerstehen muss, sie an sich zu binden. Stattdessen sollte er sie dabei unterstützen, die unabhängige Frau zu werden, die sie sein möchte – sonst riskiert er, sie ein für allemal zu verlieren.
Sie muss auf eigenen Beinen stehen. Er braucht die Kontrolle. Kann sie seinem erotischen Verlangen nachgeben, ohne sich dabei aufs Neue selbst zu verlieren?

Die Autorin

Carly Phillips hat sich mit ihren romantischen und leidenschaftlichen Geschichten in die Herzen ihrer Leserinnen geschrieben. Sie veröffentlichte bereits über zwanzig Romane und ist inzwischen eine der bekanntesten amerikanischen Schriftstellerinnen. Mit zahlreichen Preisnominierungen ist sie nicht mehr wegzudenken aus den Bestsellerlisten. Ihre Karriere als Anwältin gab sie auf, um sich ganz dem Schreiben zu widmen. Sie lebt mit ihrem Mann und den zwei Töchtern im Staat New York.

CARLY
PHILLIPS

dare to LOVE

GELEGENHEIT MACHT SEHNSUCHT

Aus dem Amerikanischen von
Anu Katariina Lindemann

WILHELM HEYNE VERLAG
MÜNCHEN

Die Originalausgabe erschien 2014 unter dem Titel
Dare To Surrender bei CP Publishing.

MIX
Papier aus verantwortungsvollen Quellen
FSC® C014496

Verlagsgruppe Random House FSC © N001967
Das für dieses Buch verwendete FSC®-zertifizierte Papier
Holmen Book Cream liefert Holmen Paper,
Hallstavik, Schweden.

Taschenbucherstausgabe 03/2016

Printed in Germany
Redaktion: Anita Hirtreiter
Umschlaggestaltung: ZERO
unter Verwendung von Getty Images/Yon-Arcurs,
FinePic®, München
Satz: Greiner & Reichel, Köln
Druck und Bindung: GGP Media GmbH, Pößneck

ISBN 978-3-453-41856-1

www.heyne.de

Prolog

Gabe

Gabriel Dare betrachtete die wunderschöne Frau mit dem strahlenden Lächeln, das sich allerdings nicht in ihren Augen widerspiegelte. Er hoffte, dass sein höflicher Gesichtsausdruck seine intensiven Gefühle verbarg, die sie in ihm hervorrief. Sie weckte in ihm Beschützerinstinkte – solche, wie er sie noch niemals zuvor verspürt hatte. Das Verlangen, sie in seine Arme zu schließen, ihren unverwechselbaren Duft einzuatmen, den kein Parfümeur erschaffen konnte, und sie aus diesem gottverdammten, biederen Country Club wegzustehlen, war unermesslich stark.

Das Angebot an schönen Frauen, die ganz begierig darauf waren, mit ihm ins Bett zu gehen, war endlos – Naomi miteingeschlossen, seine aktuelle Freundin. Eine für eine schnelle Nummer fand sich immer, aber richtig geben konnte ihm keine etwas.

Er war gelangweilt. Außer wenn er *sie* betrachtete. Dann löste sich der Edelclub in den Hamptons in Luft auf, und er hatte nur noch Augen für *sie*.

Das blonde Haar fiel ihr in Naturlocken den Rücken hinunter, setzte sich über den völlig glatten Look hinweg, den die meisten Frauen bevorzugten. Anders als die Bohnenstangen, mit denen er es für gewöhnlich trieb, hatte sie sexy Kurven, die ihn unheimlich anturnten. Er wollte dieser Frau zeigen, was echtes Vergnügen wirklich bedeutete. Aber sie war unerreichbar, lebte mit einem dieser Wall-Street-Überflieger zusammen, dabei hätte sie es doch so viel besser haben können …

Seltsamerweise war es jedoch nicht die Tatsache, dass sie vergeben war, die ihn magisch anzog. Sie war intelligent, witzig und konnte sich so ziemlich gegenüber jedem behaupten. Sie schaffte es, dass sich jeder wichtig fühlte, mit dem sie sich unterhielt. Er bewunderte diese Eigenschaft an ihr. Sie hatten hier nicht mehr als nur wenige Minuten miteinander verbracht, aber sie hatte ihm bereits beim ersten Anblick den Atem geraubt.

Gabe war ein Mann, der so ziemlich alles tat, um das zu bekommen, was er wollte. Wenn es allerdings darum ging, in eines anderen Mannes Revier zu wildern, dann zog er hier eine klare Grenze. Dennoch musste er zugeben, dass sie seine Willensstärke ziemlich auf die Probe stellte, und außerdem war er doch auch daran gewöhnt, alleine zu sein. Gabe hatte jung geheiratet und sich dabei ganz schrecklich verkalkuliert. Nach Krissies Tod, für den er sich verantwortlich fühlte, war er sicher gewesen, dass es das Klügste wäre, keine Frau mehr an sich heranzulassen.

Aber ein Blick auf Isabelle Masters genügte, und er hatte seine Meinung geändert. Irgendetwas hatte sie an sich, das die Leere in seinem Inneren füllte. Das ging sogar so weit, dass es schon allein genügte, sie anzusehen, damit er sich schlagartig besser fühlte. Leider stießen sie jedoch nur selten aufeinander …

Gabe strich sich mit einer Hand durchs Haar und stöhnte, als er sah, wie Naomi sich gerade ihren Weg zu ihm bahnte. In ihrer Hand hielt sie einen kleinen Teller mit Sellerie- und Karottensticks darauf. Sein Blick huschte wieder zu Isabelle hinüber, die den Raum gerade in die entgegengesetzte Richtung durchquerte. Mit Vorsicht ging sie ihm aus dem Weg, wenn der Mann, mit dem sie zusammenlebte, sich gerade in ihrer Nähe aufhielt.

Sie war vergeben, und alles, was Gabe tun konnte, war, sie anzuhimmeln. Er konnte sie nur anschauen, durfte sie nicht anfassen. Aber wenn sie jemals frei sein sollte, wäre alles möglich …

1

Isabelle

Er flehte mich an, nicht aus der Tür zu gehen. Ich machte es trotzdem. Das Erschreckendste daran? Wie sehr ich wirklich gehen wollte. Jahre meines Lebens hatte ich komplett in eine Beziehung investiert, von der ich geglaubt hatte, sie wäre das Wichtigste für mich. Wie konnte es sein, dass ich jetzt nichts mehr für ihn empfand?

Die Antwort darauf fand ich, als ich in der dunklen Auffahrt bei meinem Auto stand. Das einzige Licht kam vom Scheinwerfer des Wagens, das ich per Funkfernbedienung angeschaltet hatte. Die Gefühle für ihn hatten einfach nachgelassen, bis sie irgendwann ganz weg waren. Als ich zweiundzwanzig war, hatte ich gehofft, dass mein Leben mit ihm perfekt werden würde, aber schon drei Jahre später fühlte ich in mir nur noch diese Leere. Trotz meiner Jugend war ich so schlapp und energielos.

Ich blickte kurz auf, gerade als der erste Regentropfen mein Gesicht berührte. Normalerweise hätte ich eine Kapuze aufgesetzt, um mein lockiges Haar zu schützen, damit es nicht anfing, sich zu kräuseln. Und ich wäre besorgt gewesen, wie ich wohl vor Lance und seinen mit Sorgfalt ausgesuchten Leuten aussehen würde, mit denen er sich umgab. Er bezeichnete sie als Freunde, aber keiner von ihnen kannte die Bedeutung dieses Wortes. Stattdessen machte mir der Sturm, der aus heiterem Himmel aufkam, überhaupt nichts aus. Jedes warme Tröpfchen traf meine Wangen und lief sie hinab, sie reinigten meine Haut und meine Seele. Der Wind wehte stärker, hob mein Haar, blies Strähnen in mein Gesicht. Ich fühlte mich befreit.

»Isabelle!«, schrie Lance aus dem geöffneten Fenster im zweiten Stock seines Sommerhauses in den Hamptons hinunter. Es war einfach schon zu lange her, seitdem ich irgendeinen Teil davon als mein Eigentum betrachtet hatte. Wenn ich das überhaupt jemals getan haben sollte.

Widerwillig sah ich zu ihm hoch.

»Du hast deinen Trotzanfall jetzt gehabt! Jetzt komm wieder rein, und wir reden wie vernünftige Menschen miteinander. Du willst hier doch nicht vor den Nachbarn eine Szene machen!«

Gott bewahre!, dachte ich und ersparte mir einen letzten Blick auf den Ort, an dem ich einfach viel zu lange gelebt hatte. Das Haus war Lance Daltrys Schauplatz, genauso wie auch ich nichts weiter als ein Accessoire für ihn gewesen war. Ich hatte ihm vielleicht den Rücken freigehalten und seine obligatorischen Dinnerpartys organisiert, aber ich hatte zu nichts beigetragen, was wirklich von Bedeutung gewesen wäre. Nie hatte er mir erlaubt, irgendetwas von dem Geld auszugeben, das ich als Innenarchitektin verdient hatte, bevor ich meinen Job schließlich für ihn aufgab. *Unnötig*, hatte er gemeint. Wenn ich ihn lieben würde, würde ich daheimbleiben und mich um das Haus kümmern. Schon eher war es aber die Kontrolle über mich gewesen, die er eigentlich gewollt hatte, und ich hatte es zugelassen.

Glücklicherweise hatte ich ein ganz stolzes Sümmchen aus den damaligen Zeiten angespart. Leider hatte ich es allerdings toleriert, dass Lance danach mein Geld anlegte und die Vollmacht über die Konten behielt. Und wie hoch standen die Chancen, dass das Geld verfügbar wäre, wenn ich etwas davon am Montagmorgen abheben wollte? Bei dem Gedanken daran schloss ich die Augen.

Obwohl ich zu der Zeit, als ich Lance traf, schon ein paar Jahre in Manhattan gelebt hatte, war ich trotzdem immer noch das naive Mädchen, das sich in einer Kleinstadt in der Nähe der Niagarafälle in einen Bus gesetzt und sich alleine in die große Stadt aufgemacht hatte. Was für ein Jammer, dass ich nicht schlau genug gewesen war, um rechtzeitig Lance als den Blender zu erkennen, als der er sich später entpuppt hatte.

»Isabelle!«, schrie er wieder von oben zu mir herab. Er machte sich nicht einmal die Mühe, nach draußen in den Regen zu kommen, um mit mir zu reden, geschweige denn sich wie ein Mann anständig bei mir zu entschuldigen. Nicht, wenn der Regen doch seinen 1000-Dollar-Anzug und seinen 100-Dollar-Haarschnitt ruinieren konnte. Bloß nicht reden, dachte ich und schüttelte lediglich den Kopf.

Reden war das gewesen, was mich in der Beziehung gehalten hatte, von der ich wusste, dass ich sie nicht mit einem Mann führen wollte, dem ich nicht vertrauen konnte. *Reden* war das gewesen, was mich überzeugt hatte, dass Lance, ein Wall-Street-Banker, mein Seelenverwandter sei, während ich jedoch tief in meinem Inneren bereits wusste, dass das nicht sein konnte. Mit seinem Gerede hatte er sogar geschafft, dass ich seinen Lügen Glauben schenkte, obwohl ich zumindest mir selbst gegenüber zugab, nicht wirklich glücklich mit ihm oder dem goldenen Käfig, in den er mich gesteckt hatte, zu sein. Das war wirklich das Erniedrigendste daran.

Ich brauchte keine Therapie, um selbst zu wissen, warum ich so empfänglich auf Lance' Charme und sein Verlangen, mich zu besitzen, reagiert hatte. Meine Kindheit, über die ich nicht gerne sprach, barg alle Antworten in sich. Aber da ich es jetzt geschafft hatte abzuhauen, war eines sicher: Ich würde nicht wieder zurückkehren!

»Würdest du jetzt mal aufhören, dich so kindisch zu verhalten, und wieder raufkommen?!« Lance versuchte es aufs Neue. Er bevormundete mich, obwohl er derjenige war, der ganz klar im Unrecht war. Eine andere beliebte Masche von ihm.

Zitternd stieg ich in mein geliebtes Auto, knallte die Tür zu und nahm vor Lance' Wortschwall Reißaus. Ich startete den Motor, hielt dann aber noch kurz inne und atmete tief durch. Die Ereignisse der letzten wenigen Minuten rauschten durch meinen Kopf wie ein schlechter Film.

Ich war an unserem gemeinsamen Laptop gewesen und hatte nach Rezepten gesucht, die ich dort abgespeichert hatte. Als ich einen Ordner entdeckte, den ich nicht zuordnen konnte, klickte ich ihn an. Fotos von Lance, wie er heißen Sex mit meiner schönen Nachbarin – die sich erdreistet hatte, sich als meine Freundin zu bezeichnen – hatte, waren auf dem Bildschirm aufgepoppt. Bei dem visuellen Beweis war mir schlecht geworden – wegen etwas, das ich vorher nur erahnt hatte.

Bei dem Gedanken an die Bilder musste ich zittern, aber ich war stolz auf mich, dass ich ohne ein Wort zu verlieren gegangen war, allerdings auch ohne einen Koffer. Mein Körper war wie erstarrt, mein Herz umhüllt von Eis. Obwohl ich die beheizbaren Sitze hätte einschalten können. Die Erinnerung, vom Verrat wie betäubt zu sein, würde mir bis in die Zukunft erhalten bleiben.

Ich schaltete die Zündung an, doch keine Tränen mischten sich mit der Feuchtigkeit des Regens auf meinem Gesicht. Stattdessen raste das Adrenalin durch meine Venen, und zwar schneller, als mein geliebtes Auto jemals auf der Autobahn hätte fahren können. Eigentlich sollte ich Angst haben. Mich danach sehnen, umzudrehen und wieder in mein altes Leben zurückkehren.

Mein Fuß drückte aufs Gaspedal, und ich setzte aus der Auffahrt zurück, ohne mich noch einmal umzublicken. Es konnte schon sein, dass ich keine Ahnung hatte, wo ich hingehen oder was ich als Nächstes tun sollte, aber es ging vorwärts. Endlich!

Im Radio verkündete das Lied von The Buggles aus dem Jahr 1979, dass das Video den Radiostar getötet hätte. Stimmt nicht, dachte ich, als ich in die dunkle Nacht fuhr. Das Radio hatte trotzdem Erfolg. Obwohl die Fotos heute Abend meinen Traum zerstört hatten, bis ans Ende meiner Tage glücklich zu sein – immerhin hatte ich mein Leben so eingerichtet, um nicht einsam zu sein –, würde ich mich von diesen Sexbildern nicht fertigmachen lassen! Schließlich hatten sie mir die Freiheit geschenkt.

***

Isabelle: vom Regen ...

Eine Meile außerhalb von Manhattan wurde ich verhaftet. Schwerer Autodiebstahl, behauptete der Polizist. Schwachsinn, erwiderte ich. Der Baby-Benz gehörte mir!

Dennoch legte er mir Handschellen an und schleppte mich zum nächsten Polizeirevier. Er sagte, dass sein Name Officer Dare sei. Er war dunkelhaarig und groß – größer als Lance, der sich auf seine Größe immer etwas einbildete. Und Officer Dare war unter seiner Uniform auch breiter gebaut als Lance, zumindest demnach zu urteilen, was ich sehen konnte. Er ließ mich keine Sekunde aus den Augen. Die ganze Zeit über blieb er ernst, aber ich ahnte, dass er attraktiv wäre, wenn er einmal lächeln würde. Bis jetzt hatte er das allerdings noch nicht getan.

Erst als wir auf dem Polizeirevier waren – das genauso wie in *Law & Order* aussah –, ließ mich Officer Dare neben seinem Schreibtisch Platz nehmen und befestigte meine Handschellen daran.

Eigentlich hätte ich Angst haben sollen, doch seltsamerweise hielt ich das Ganze nur für ein Missverständnis, das sich gleich aufklären würde. Zumindest dachte ich das, bis mich Officer Dare dazu aufforderte, meine Taschen auszuleeren, und mir meine letzten fünfhundert Dollar abnahm – Bargeld, das ich aus dem Versteck mit Banknoten, das ich in meinem Nachttisch aufbewahrte, herausgenommen hatte.

In einer nicht enden wollenden Stille blätterte er den prallen Stapel von 20-Dollar-Scheinen durch.

Das Geld war alles, was ich hatte. »Ich muss etwas essen, wenn ich hier rauskomme«, sagte ich zu meinem Gefängniswärter.

Er sah nicht auf. »Sie werden das Geld zurückbekommen.«

»Alles?«, fragte ich, so als ob ich allen Ernstes glaubte, dass ein Polizist einer vom Pech verfolgten Frau den Notgroschen wegnehmen würde.

Verärgert spannte er seine Gesichtsmuskeln an. »Wir protokollieren alles und zählen das Geld. Vor

Ihren Augen! Ich war gerade im Begriff, das zu tun … gnädige Frau.«

Aus irgendeinem hirnverbrannten Grund brach ich in Gelächter aus. Ich war nach der Beziehung, die eine einzige Lüge gewesen war, zu einer Obdachlosen geworden und unmittelbar danach verhaftet worden. Diese komplette Kehrtwendung in meinem Leben war wirklich völlig absurd.

Mit meiner freien Hand rieb ich meinen angeketteten Arm. »Habe ich nicht das Recht, jemanden anzurufen?«

Er nickte und griff nach dem Telefonhörer auf dem Tisch. Aber als mir dann mit einem Mal bewusst wurde, dass es ja überhaupt keinen gab, den ich hätte anrufen können, verdüsterte sich meine Miene. Lance anzurufen stand außer Frage, und unsere Freunde waren in Wirklichkeit seine Freunde. Was meine Eltern betraf, so konnten sie sich nicht einmal an meinen Geburtstag erinnern. Eine innere Stimme sagte mir, dass ein nächtlicher Anruf mit der Bitte, mich aus dem Gefängnis abzuholen, auf ihrer Prioritätenliste nicht gerade an oberster Stelle stehen würde.

»Egal …«, murmelte ich leise.

Der Officer starrte mich verwirrt an. »Jetzt wollen Sie doch nicht mehr telefonieren?«

»Nein, danke.« Weil ich mutterseelenallein war.

Übelkeit stieg wie Gallenflüssigkeit meine Kehle hoch, und ich vergrub meine Fingernägel in meinen Handflächen. Wenn ich mich dazu zwang, tief durchzuatmen, kehrte das vertraute Brennen in meiner Brust zurück, und ich realisierte, dass ich ohne die eine Sache gegangen war, ohne die ich normalerweise nie das Haus verließ, und dabei handelte es sich nicht um meinen Führerschein.

»Sie haben nicht zufällig Tums oder irgendwas anderes gegen Sodbrennen da?«, fragte ich.

Er knirschte mit den Zähnen, und ich schwöre, dass ich das hören konnte. »Mal sehen. Ich kümmere mich darum«, murmelte er und ging hinaus.

»Ich werde hier warten!«, rief ich ihm hinterher, hob meinen Arm, soweit es die Handschellen eben zuließen, und stöhnte.

Die Zeit, die dann verstrich, kam mir endlos lang vor. Ich dachte über meine Möglichkeiten nach, von denen ich aber, wie ich wieder einmal feststellen musste, keine hatte.

Und was jetzt?, fragte ich mich. Zum ersten Mal war ich wirklich richtig verzweifelt. Schließlich zwang ich mich dazu, den Kloß in meinem Hals hinunterzuschlucken, und nahm mir fest vor, das Beste aus dieser Situation zu machen.

Ich trat gegen den Linoleumboden, lehnte mich im Stuhl zurück und starrte an die rissige Zimmerdecke. Dann summte ich zu der Melodie im Radio, die im Hintergrund dudelte. Und ja … ich versuchte, nicht zu weinen.

»Weißt du, ich dachte, ich bräuchte länger, um dich in Handschellen zu sehen.« Eine vertraute männliche Stimme, die geradezu verführerisch klang, ertönte plötzlich neben mir.

Das konnte nicht sein, aber das Kribbeln in meinem Körper sagte mir bereits, wer es war. »Gabriel Dare! Was hat dich denn in diesen Teil von Mayberry verschlagen?«

Er lachte in sich hinein, ein tieferotischer Ton, der zu seiner Erwähnung mit den Handschellen passte. Doch er beantwortete meine Frage nicht.

Da mir keine andere Wahl blieb, neigte ich meinen Kopf und blickte in seine dunkelblauen Augen. Augen, die denen meines Polizisten einfach zu ähnlich sahen, und plötzlich konnte ich auch den Familiennamen richtig zuordnen. An einem unbekannten Ort und zu später Stunde, mit meinen Gedanken nur bei meiner Verhaftung und nichts anderem, war mir der Zusammenhang nicht vorher aufgefallen. Gabriel Dare kannte ich aus dem Country Club, zu dem Lance gehörte, aber einmal davon abgesehen, dass beide Männer zur Oberschicht gehörten, gab es ansonsten keinerlei Ähnlichkeiten zwischen ihnen. Während Lance sandfarbenes Haar hatte und eher schlank von Statur war, war Gabe – so nannten ihn seine Freunde – dunkelhaarig und athletisch.

Gabes bloße Körperhaltung und sein Auftreten hoben ihn von jedem anderen Mann ab, den ich je zuvor getroffen hatte. Seine weißen Zähne, die gebräunte Haut und seine kantigen Gesichtszüge passten derart gut zusammen, was ihn ungemein attraktiv machte. Dass er den Raum und die Luft um sich herum zu besitzen schien, steigerte lediglich seine Anziehungskraft. Eine derartige Anziehungskraft, die mir nicht entgangen war, selbst jetzt nicht, da ich auf einem Polizeirevier an einen Tisch angekettet war. Sein starrer Blick geriet niemals ins Wanken, diese dunkelblauen Augen schauten mich unverwandt an, und wenn ich nicht gesessen hätte, hätte ich mich vor Aufregung nicht auf den Beinen halten können.

»Du siehst angekettet gut aus«, meinte er mit anziehender tiefer Stimme.

Augenblicklich stellte ich mir vor, wie ich gefesselt und ihm völlig ausgeliefert war. Mein Körper, der schon zu lange nicht mehr – wenn überhaupt jemals – die Aufmerksamkeit bekommen hatte, die er brauchte, war von Gabes Bemerkung überfordert. Dieses Kopfkino, wie er mich berührte und dabei wusste, was er tat, war einfach zu viel für mich.

Ich presste meine Oberschenkel zusammen, aber anstatt dass das Gefühl nachließ, wurde das Verlangen nur noch größer. Hitze raste in einem schnellen Tempo durch mich hindurch, meine Brüste wurden schwer, meine Muschi pulsierte und flehte regelrecht danach, ausgefüllt zu werden. In einem unmöglichen Versuch, selbst wieder Herr der Lage zu sein, kniff ich die Augen zusammen.

Er grinste, so als ob er jeden einzelnen unanständigen Gedanken in meinem Kopf gehört hätte.

So war es immer schon zwischen uns gewesen. Jedes Mal, wenn ich ihn im Club zufällig getroffen hatte, war die gegenseitige Anziehung wie elektrisch aufgeladen gewesen. Und wenn wir uns zufällig alleine begegneten, war das Geflirte schon beinahe unverschämt.

Eines Nachts traf ich ihn, als ich gerade das Damen-WC verließ. Dann hatte uns aber Lance vorgefunden, und zurück zu Hause hatte er mir die Hölle heißgemacht und mir vorgeworfen, scharf auf Gabe zu sein. Natürlich hatte ich alles abgestritten.

Ich hatte gelogen.

Lance wusste das, und nachdem er uns mehr als nur einmal erwischt hatte, wie wir uns alleine unterhielten, hielt er mich jedes Mal am Arm fest und ganz nah bei sich, wenn wir im Country Club waren. Und weil ich verzweifelt versuchte, dem Leben, für das ich mich entschieden hatte, einen Sinn zu geben, hatte ich das zugelassen.

Außerdem war Gabe immer in Damenbegleitung – er hatte jedes Mal eine andere dabei. Er konnte jede schöne Frau haben, die er begehrte. Warum sollte er sich also für mich entscheiden? Selbst Lance, mit dem ich gefühlt schon ein ganzes Leben lang zusammen gewesen war, wollte nur etwas besitzen, nicht mich. Und seien wir doch mal ehrlich ... meine Eltern hatten mich auch nicht gewollt. Somit gehörte Selbstvertrauen nicht gerade zu meinen Stärken.

»Also ... warum bist du hier?« Gabe setzte sich auf den Stuhl seines Bruders und stützte einen Ellenbogen auf den unaufgeräumten Tisch, sodass er sich näher an mich heranlehnen konnte. »Prostitution?«

»Wie bitte?«, brachte ich geschockt hervor. »Du weißt, dass ich keine Nutte bin!« Ich war richtig beleidigt. Mir fiel wieder das Getuschel ein, das ich gehört hatte, als Lance und ich damals zusammengekommen waren.

In den Augen der anderen war ich immer bloß *eine, die es nur aufs Geld abgesehen hat*. Dabei war ich mir nicht sicher gewesen, ob ich wirklich mit ihm zusammen sein wollte, aber er hatte nicht lockergelassen.

Gabe schmunzelte und beteuerte, dass er lediglich einen Scherz gemacht hatte. »Jetzt mal ganz im Ernst, du bist genauso gut darin, dich zwanglos zu kleiden, wie dich chic zu machen!« Prüfend betrachtete er mich. In seinem eindringlichen Blick lag Anerkennung, wie es bei Lance niemals der Fall gewesen war.

Mein Innerstes bebte bei diesem überwältigenden Effekt, den dieser Mann auf mich ausübte. »Wo ist der Polizist mit meinem Geld?«, fragte ich schließlich, während ich suchend um mich schaute.

»Machst du dir Gedanken wegen deines Geldes?« Gabe trommelte mit den Fingern auf dem Tisch. »Bist du dir ganz sicher, dass du keine Prostituierte bist?«, grübelte er dann laut.

Eigentlich wollte ich nicht grinsen, aber tat es dennoch. »Warum lässt dich der Gedanke, dass ich eine sein könnte, so verzweifeln? Bist du etwa ein Zuhälter oder so was in der Art?«

Er brach in Gelächter aus, der Ton hallte durch die Wände des ruhigen Polizeireviers. »Nicht ganz«, meinte er dann sichtlich amüsiert.

Das Geräusch der schweren Schritte seines Bruders kündigte dessen Rückkehr an.

Gabe schaute ihn mit einem enttäuschten Gesichtsausdruck an. »Bruderherz, hat dir keiner gesagt, dass du eine Frau an das Kopfende eines Bettes fesseln solltest und nicht an einen Tisch?« Er verschränkte die Arme vor seiner breiten Brust. »Kein Wunder, dass bei dir nichts läuft.«

Ich zog meinen Kopf ein und versuchte nicht zu lachen.

Officer Dare stieg die Schamesröte ins Gesicht. »Was machst du denn hier, und warum belästigst du meine Tatverdächtige?«

Gabe tippte auf seine Armbanduhr. Gold. Weißes Ziffernblatt. Rolex. All mein Schmuck befand sich noch in Lance' Safe, realisierte ich da plötzlich und wurde etwas traurig. Nicht, weil ich materialistisch veranlagt war, sondern weil ich einige der Stücke – nämlich die, die ich selbst ausgesucht hatte – wirklich gemocht hatte.

Gabe blickte seinen Bruder an. »Hattest du nicht gesagt, dass du um elf Schluss hast? Ich dachte, wir könnten den Club austesten, den ich übernehmen will.«

»Suchst du wirklich nach einem neuen Club? Oder ist dieser Ausflug bloß eine faule Ausrede, um eine neue Frau zu finden, die dein Bett wärmt?«

Sein Bruder hält sich ja nicht gerade zurück, dachte ich und blickte schnell weg, weil ich nicht wollte, dass Gabe meine Reaktion auf die Vorstellung sah, wie er mit einer Frau im Bett wäre.

»Ich bin immer noch mit Naomi zusammen.«

Mein Magen rebellierte, als ich das hörte.

Sein Bruder blickte finster drein. »Sie ist eine Schlampe!«

Ich räusperte mich, denn ich hatte keine Lust, noch eine Minute länger hier rumzusitzen und mir Details über Gabes Liebesleben anzuhören. »Hallo? Die Gefangene ist immer noch hier!«, erinnerte ich die beiden mit einem Winken meiner freien Hand.

Gabe grinste mich an.

Ich schaute weg, denn ich wollte mir nicht eingestehen, dass seine kleine Geste mich wieder richtig geil werden ließ.

»Warum ist sie hier?«, fragte Gabe seinen Bruder.

»Schwerer Autodiebstahl, aber ihr Freund hat die Anschuldigungen jetzt fallen gelassen.«

Gabe fluchte leise. »Dieser Hurensohn hat dich verhaften lassen?!«

Ich konzentrierte mich auf den letzten Teil der Aussage von Officer Gabe. »Lance hat die Anschuldigungen fallen gelassen?« Gott, war ich erleichtert.

»Er hat die Anschuldigungen fallen gelassen«, wiederholte der Polizist. »Sofern Sie zustimmen, ihm das Auto zu überlassen.«

Blitzschnell hob ich meinen Kopf. »Dieser Bastard!« Immer noch versuchte er mich zu kontrollieren! Er wusste ganz genau, dass ich mit so gut wie nichts gegangen war, dennoch musste er mir noch eine Sache wegnehmen, von der er wusste, dass ich sie liebte. Realistisch gesehen konnte ich es mir allerdings auch nicht leisten, meinen Wagen in der Stadt zu parken, somit hatte mir Lance sogar irgendwie einen Gefallen damit getan.

»Abgemacht!«, sagte ich zu Gabes Bruder. »Er kann das Auto haben.«

»Ich habe nicht verhandelt«, meinte der Polizist trocken.

»Decklan!« In Gabes Stimme schwang eine entschiedene Warnung mit.

Ich konnte es jetzt nicht gebrauchen und wollte es auch nicht, dass Gabe sich für mich einsetzte, und ignorierte seinen heißen – und ich meine wirklich heißen – Blick.

»Lassen Sie mich frei?«, fragte ich und rasselte mit meinen Handschellen.

Decklan – nun kannte ich den Namen meines Gefängniswärters – nickte. »Ihr Freund meinte, er würde herkommen, um Sie abzuholen, und dass Sie beide dieses ... Missverständnis ausdiskutieren können. In welchem Falle Sie vielleicht sogar den Wagen behalten können.« Er blickte auf seine Armbanduhr. »Er wird in circa dreißig Minuten hier sein, mehr oder weniger.«

»Oh, auf gar keinen Fall!« Mit Lance würde ich nirgendwo hingehen, und bestimmt wollte ich auch keine Konfrontation mit ihm haben, die es aber mit Sicherheit geben würde, wenn er hier auftauchte. Ich rasselte noch einmal mit meinen Handschellen. Plötzlich überfiel mich der verzweifelte Wunsch, ganz schnell die Flucht zu ergreifen, denn ich musste hier sofort rauskommen, und ich brauchte einen Vorsprung!

»Decklan! Schließ jetzt endlich diese verdammten Handschellen auf!«, herrschte Gabe seinen Bruder in einem Bariton an, der mich ironischerweise beruhigte.

Decklan sprang auf, um seiner Aufforderung nachzukommen.

Ich schüttelte meine Hand aus und sah darauf. Eine rote Schramme blieb auf meiner Haut zurück, und ich rieb mein schmerzendes Handgelenk.

Gabes Blick folgte jeder meiner Bewegungen, seine Augen verdunkelten sich aufs Neue. Mit einem tiefen Knurren hob er meine Hand und berührte mein gezeichnetes Fleisch mit seinen starken gebräunten Fingern. Eine unvermittelte Vorstellung davon, dass er mich härter anfasste, mich fest an sich zog und seinen muskulösen Körper an mir rieb, nahm Gestalt an, und ich zitterte, war erregt von seiner Stimmlage, seiner sinnlichen Berührung und meinen mich quälenden Gedanken.

»Alles okay bei dir?«, fragte mich Gabe mit belegter Stimme.

Seine Stimme brachte mich in meine gegenwärtige Situation und meine missliche Lage zurück. »Ja. Alles gut.«

Ein inniges Lächeln spielte um seine Lippen, und ich hätte schwören können, dass er ganz genau wusste, wie heiß er mich gerade gemacht hatte – und wie feucht.

Aufgewühlt von diesem Gedanken und was nun alles auf mich zukommen würde, schnappte ich mir meine Sweatjacke vom Stuhl. »Darf ich jetzt gehen?«, fragte ich und zog mir die leichte Jacke an.

»Sie dürfen«, antwortete der Polizist. »Halten Sie sich zukünftig von Schwierigkeiten fern, Miss Masters.«

Das würde ich, dachte ich, sobald ich seinem Bruder erst einmal entkommen war. Ich streckte die Hand aus, und Decklan gab mir mein Geld zurück.

»Danke«, sagte ich und zuckte zusammen.

Was käme als Nächstes? Dankbarkeit dafür, dass ich verhaftet worden war?

Zumindest war es nicht weiter gekommen als bis zur Aufnahme meiner Personalien und dem Polizeifoto. Mit einer Hand fuhr ich mir durch meine wilden Locken. Schlagartig wurde mir bewusst, wie ich vermutlich gerade aussah.

»Man sieht sich!«, sagte ich mit einem Winken und einem erzwungenen Lachen.

»Warte!« Gabes tiefe Tonlage brachte mich fast wieder zum Dahinschmelzen.

»Was?«

»Weißt du, wo du hingehen kannst?«, fragte er, zu nett für mich, um nicht verlegen zu werden. Ich mied seinen Blick, als ich ihm antwortete: »Ich komm schon zurecht.«

»Isabelle …« Gabes Stimmlage wurde tiefer.

»Oh nein«, sagte sein Bruder, »bloß nicht!«

»Halt den Mund, Decklan!«

Ich kniff die Augen zusammen und fragte mich, warum der Polizist so vehement protestierte. Was hatte er geschlussfolgert, von dem ich nichts wusste? Mein Blick wanderte zurück zu Gabe, der seinem Bruder lediglich zunickte, so als ob alles schon entschieden wäre.

»Du kommst mit zu mir!«, meinte Gabe. Sein Ton klang bestimmend.

»Was?« Das hatte ich allerdings nicht kommen sehen, genauso wenig, wie ich seine Worte verarbeiten konnte.

Neben dem Tisch seines Bruders stützte er eine Hand an der Wand ab. »Du kommst zu mir nach Hause. Ich habe genug Platz, und du kannst so lange bleiben, bis du wieder auf die Beine kommst.« Seine Worte klangen überzeugend und machten ganz offensichtlich Sinn – zumindest für ihn.

Bei dem Gedanken, von einem Kontrollfreak zum nächsten zu gehen, geriet ich in Panik.

»Bist du wahnsinnig?«, fragte Decklan. Laut.

Nickend stimmte ich ihm zu. »Hör auf deinen Bruder, Gabe. Ich werde nirgends mit dir hingehen. Du bist praktisch ein Fremder für mich.«

Bei dem Kommentar verfinsterte sich Gabes Gesicht.

»Und sie ist eine Streunerin«, fügte Decklan hinzu.

»Hey!« Ich drehte mich zu ihm um und funkelte ihn böse an. »Das ist einfach nur beleidigend!«

»Du hast eine Schwäche für Streunerinnen«, meinte Decklan zu Gabe und ignorierte mich dabei völlig. Das gab mir nur noch einen weiteren Grund, ihn nicht zu mögen, von der Verhaftung einmal abgesehen.

»Halt verdammt noch mal den Mund«, murmelte Gabe und biss die Zähne zusammen, als er seinen Bruder böse anstarrte.

Mir fiel auf, dass Decklan ein heikles Thema angesprochen haben musste. Es musste schon einmal eine Streunerin in seinem Leben gegeben haben, und ich fragte mich, wer sie wohl gewesen war und was sie Gabe bedeutet hatte.

Aber ich hatte keine Zeit mehr, um das herauszufinden. »Es ist interessant gewesen«, sagte ich hektisch. »Tschüss, Jungs.«

Und während die beiden Brüder schweigend, mit streitsüchtigem Blick zurückblieben, machte ich auf dem Absatz kehrt und verließ mit großen Schritten das Polizeirevier, ohne mich noch einmal umzusehen.

2

Isabelle: … In die Traufe

Kaum war ich aus der Tür des Polizeireviers heraus und an der frischen Luft, als auch schon der Regen über mich hereinbrach. Meine Kleidung saugte sich fast augenblicklich mit Wasser voll.

Schnell sprang ich unter das Vordach zurück, wo es trocken war. Ich brauche einen Plan, dachte ich. Mein Handy hatte ich in Lance' Haus zurückgelassen, und selbst wenn ich es nicht dort vergessen hätte, würde Lance es abschalten lassen, sobald er feststellte, dass ich nicht mehr zu ihm zurückkommen würde.

Ich war noch nicht einmal bis nach Manhattan gekommen, wo sicherlich irgendwo ein Taxi mit eingeschaltetem Licht vorbeifahren und darauf warten würde, herbeigerufen zu werden. Aber ich hatte nicht mal eine Mitfahrgelegenheit zum nächsten Bus oder Zug. Mit zitternder Hand fuhr ich mir durchs feuchte Haar und fragte mich, warum ich nur so überstürzt aus dem Polizeirevier gestürmt war, wenn ich doch in Wirklichkeit überhaupt keinen Ort hatte, wo ich hätte hingehen können. Selbst wenn es wie durch ein Wunder plötzlich aufhören sollte zu regnen, war ich dennoch ganz allein.

»Hey!«

Ich drehte mich um. Gabe war mir nach draußen gefolgt. Von den Spitzen seiner schwarzen Schuhe weiter aufwärts zu seiner dunklen Denim Jeans, die sich an seine harten Schenkel schmiegte, und dem weißen Hemd, das weit genug geöffnet war, um seine gebräunte Brust zum Vorschein zu bringen, und dazu noch mit seinem dunklen Haar, sah er dermaßen zum Anbeißen aus, um ihn an Ort und Stelle vernaschen zu wollen. Und ich wollte einen langen, ausgiebigen Vorgeschmack. Es mochte sein, dass ich voller Panik war und hier schleunigst wegmusste, doch ich konnte die Anziehungskraft, die er auf mich ausübte, nicht leugnen.

Bei seinem Anblick fühlte ich mich irgendwie erleichtert, wenngleich ich nicht sagen konnte, warum das eigentlich so war. »Du gehst allein? Hat sich dein Bruder dazu entschlossen, dass die Nachtclub-Szene doch nichts für ihn ist?« Ich schlang meine Arme noch fester um mich. Es war zwar Sommer, aber mir wurde trotzdem immer kälter.

Er beobachtete mich eindringlich, so als ob er ganz genau wüsste, wie unbehaglich mir zumute war – sowohl in meinen feuchten Klamotten als auch angesichts meiner generellen Situation. Er beantwortete meine Frage nicht, sondern wartete lediglich darauf, dass ich auf das Unumgängliche zu sprechen kam.

Ich wollte mich ihm gegenüber wirklich nicht verpflichtet fühlen, doch er war meine einzige Option.

Das Wenige, das von meinem Stolz noch übrig geblieben war, schluckte ich herunter und erwiderte seinen Blick. »Kannst du mich zur nächsten Bushaltestelle bringen?«, fragte ich mit vor Kälte klappernden Zähnen.

Er schob seine Hände in seine vorderen Hosentaschen. »Also weißt du, wohin du gehen kannst?«

Mühsam schluckte ich. »Mir wird schon was einfallen, aber ich muss hier weg, bevor Lance aufkreuzt!« Ich lugte in den Regen und schaute die ruhige Straße auf und ab – voller Angst, ein Motorengeräusch zu hören, das die Stille durchbrechen und meine Flucht vereiteln könnte.

Gabe packte mich an den Hüften und zog mich wieder zurück unter das Vordach, ehe er mich zu sich herumdrehte, damit ich ihm ins Gesicht sehen konnte. Meine Sweatjacke war geöffnet, und meine Brustwarzen, die durch die Kälte ganz hart geworden waren, wurden nur noch fester unter seinem heißen Blick. Wenn ich nachgeschaut hätte, hätte ich bestimmt gesehen, wie sie sich durch mein dünnes Oberteil abzeichneten. Und er schaute dorthin, sah das, von dem ich zu verschämt war, um selbst hinzugucken. Eine Ader pochte an seiner Schläfe.

»Lass uns gehen!« Er ergriff meine Hand und führte mich hinaus in den Regen, zu dem Parkplatz neben dem Gebäude, wo sein schwarzer Porsche 911 Turbo stand.

Er öffnete die Tür für mich und half mir hinein. Zu meiner Überraschung klappte er danach den vorderen Kofferraum auf und kehrte mit einer Decke zurück, die er um mich legte, bevor er die Tür hinter mir wieder schloss.

Er ging um das Auto herum zu der Fahrerseite, stieg ein und schaltete die Zündung ein, ehe er eine Reihe von Knöpfen drückte. Er schaltete die Heizung an, diejenige, die meinen Sitz beheizte, miteingeschlossen. Wirklich entspannen konnte ich mich allerdings erst, als wir uns von dem kleinen Polizeirevier entfernt hatten und jegliche Möglichkeit, mit Lance konfrontiert zu werden, hinter uns ließen.

Um mich zu wärmen, wickelte ich die Decke um mich, und als wir uns immer weiter entfernten, dämmerte es mir langsam, dass ich mich nun in Sicherheit befand. Dieses Gefühl stand so sehr im Widerspruch zu meinem üblichen angespannten Zustand, dass es mir fast gar nicht aufgefallen war. Ich begriff auch, dass ich vor allem deshalb so erleichtert war, weil Gabe bei mir war – etwas, das ich im Moment nicht allzu stark hinterfragen wollte.

Als wir erst einmal auf der Autobahn waren und zurück nach Manhattan fuhren, brach Gabe schließlich das angespannte Schweigen. »Gibt es jemanden, den du anrufen möchtest?«

Ich umklammerte die Decke noch fester. »Ich habe Freunde von früher in der Stadt, aber ich bin nicht sicher, ob sie immer noch da wohnen. Es ist schon so lange her …« Ich starrte hinaus in die dunkle Nacht.

»Und wo bleibst du dann?«, fragte er. Die Freundlichkeit in seiner Stimme erinnerte mich daran, dass er nicht nur ein Fremder war, den ich anziehend fand, sondern auch ein Freund. Oder es zumindest werden könnte.

Ich seufzte schwer, bereute es aber sofort. »Keine Ahnung. Ich bin Hals über Kopf geflüchtet, weil ich das Ganze einfach nicht mehr ausgehalten habe, allerdings ohne die Dinge vorher gründlich zu durchdenken.«

»So viel ist jedenfalls klar.« Mit einer Hand auf dem Lenkrad fuhr er präzise und selbstbewusst. Für einen Moment wandte er seinen Blick von der Straße, um mir ins Gesicht zu sehen. »Aber du bist gegangen.« Zufriedenheit schwang in seiner Stimme mit. »Wie sahen deine Pläne denn aus?«

Ich zitterte, und er erhöhte die Temperatur im Wagen.

»Ich wollte ein billiges Motel finden, in dem ich mich verkriechen und in Ruhe nachdenken könnte. Was ich immer noch tun kann, da mir dein Bruder ja mein Geld zurückgegeben hat.«

Gabe knirschte mit den Zähnen, ähnlich wie es sein Bruder getan hatte, als ich etwas gesagt hatte, um ihn zu reizen. »Du kommst mit zu mir!«

Mein darauf folgender Seufzer klang schwer in dem geschlossenen Raum. »Das ist nicht besonders klug, Gabe.« Ich musste nicht näher darauf eingehen und erklären, warum das so war.

Er griff herüber und fasste nach meiner Hand.

»Vielleicht nicht in der Weise, wie du's meinst. Tu's für mich. Es ist doch nur zu deiner eigenen Sicherheit!«

Um in Ruhe über alles nachzudenken, schloss ich die Augen. Die sexuelle Spannung zwischen uns machte mir Angst, doch das kam anderen unmittelbareren Ängsten nicht einmal nahe. Angst hatte ich nicht, dass Lance mich ausfindig machen würde. Aber ehrlich gesagt machte mich die Vorstellung, was für eine Absteige in der Stadt ich mir nur leisten konnte, wahnsinnig.

Und dumm war ich ja nicht. Gabe wollte mich retten. Vielleicht kannte ich ihn nicht allzu gut, allerdings gab mir die Art, wie er die Kontrolle übernahm, ein Gefühl von Sicherheit, was ich bei Lance nie gespürt hatte – nicht einmal am Anfang und schon gar nicht am Ende unserer Beziehung.

Okay, dachte ich im Stillen, Entscheidung gefällt. »Ich gehe mit zu dir nach Hause. Zumindest fürs Erste.«

Sein tiefes Aufatmen sagte mir, dass er mit meiner Antwort zufrieden war, und mir gefiel es, dass er mich ernst nahm. Ich kniff die Augen zusammen, verwirrt von meiner eigenen Reaktion und der Wärme, die mich erfüllte.

»Du wirst es nicht bereuen!«, versicherte er mir.

Ein Lächeln spielte um meine Lippen. »Das wird sich noch zeigen.«

Sein leises schiefes Lachen hallte durch den Wagen.

Er steuerte die Gangschaltung so, als ob das Auto ein Teil von ihm wäre. Die hohe Geschwindigkeit war in keinerlei Hinsicht diesem beeindruckenden Mann gewachsen. Was mich noch neugieriger werden ließ, was ihn betraf.

»Also … wie verdienst du dir eigentlich deinen Lebensunterhalt? Davon abgesehen, dass du dein Geld in Nachtclubs investierst?«, fragte ich.

»Das ist ganz unterschiedlich.«

Ich rollte mit den Augen. »Zum Beispiel?«

»Ich besitze Hotels und Nachtclubs«, antwortete er.

»Das ist besser, als an der Wall Street zu arbeiten …«

»Eigentlich ist eins der Hotels auf der Madison Street, aber ich lebe am East River.«

Ich konnte mir ein anerkennendes Pfeifen nicht verkneifen. »Schicke Adresse.«

»Decklan hat dich aufgegabelt, als du aus den Hamptons kamst. Also wohnst du auch nicht gerade in der schlechtesten Gegend.«

Mühsam schluckte ich. »Das ist vorbei.«

Und hier saß ich nun, auf dem Weg aus einem komfortablen Strandhaus eines Mannes in das Luxusapartment eines anderen. Ich atmete aus und sagte das, was ich schon zu Beginn hätte sagen sollen. »Danke, dass du mir aus der Klemme hilfst!«

»Ist mir ein Vergnügen, Kätzchen.«

Der Kosename jagte einen Wärmeschauer durch meinen Körper, und ein deutliches Pulsieren zwischen meinen Schenkeln machte sich breit.

»Bleib so lange, wie du willst!«

Bei der Aussicht, mit Gabe alleine zu sein, musste ich zittern. Wenn ich doch nur wüsste, wie lange ich dortbleiben müsste. Aber die harte Realität war, dass seine Großzügigkeit mir dabei helfen würde, meinen Kopf wieder frei zu bekommen, und mir Luft zum Atmen gäbe, damit ich in aller Ruhe Entscheidungen für die Zukunft treffen könnte.

»Wenn ich bleibe, muss ich auf jeden Fall mein eigenes Geld verdienen!« Das Thema, mich wieder von einem Mann aushalten zu lassen, war vorbei.

»Also sind wir am Ende doch wieder bei der Prostitution gelandet?«, fragte er und lachte, bevor ich es ihm noch übelnehmen konnte.

Meine Wangen erröteten und wurden ganz warm. »Ich will deine Nettigkeit nicht ausnutzen!«

»Ich bin nicht nett!«, erwiderte er. Seine ernsten Worte standen im Widerspruch zu der Leichtigkeit von nur wenigen Sekunden zuvor.

»Aber wenn du darauf bestehst, werden wir uns etwas überlegen.«

Erleichtert atmete ich auf. Jetzt fühlte ich mich viel entspannter und lehnte meinen Kopf gegen das robuste Leder. Aber als ich die Augen schloss, überkam mich plötzlich ein sehr unwillkommener Gedanke.

Ich richtete mich in meinem Sitz auf. »Hat deine Freundin kein Problem damit, wenn ich bei dir wohne?« Ich hatte schon immer an diesem Punkt eine klare Grenze gezogen und noch nie dem Mann einer anderen Frau nachgestellt. Das war nicht erst so, seit Lance mich betrogen hatte.

Sein Blick glitt zu mir herüber. »Das wird sie nichts angehen«, entgegnete er. Seine Worte klangen abgehackt, aber bestimmt.

»Ich … oh.« Ich biss mir in die Wange und wusste nicht, was ich darauf antworten sollte oder was er genau damit meinte.

Wir schwiegen. Man hörte nur das Plätschern des Regens auf der Windschutzscheibe, das die Stille durchbrach. Wieder schloss ich die Augen und ließ den gleichmäßigen Takt über mich hinwegrauschen, er lullte mich förmlich ein, sodass ich endlich vergessen konnte …

»Wach auf, Kätzchen!« Eine vertraute beruhigende Stimme weckte mich.

Ein sanftes Schütteln und ich war wieder vollständig wach und registrierte meine Umgebung: Gabes Auto.

»Wir sind zu Hause«, sagte er mit dieser dunklen Stimme, die mich zwischen meinen Schenkeln feucht werden und meine Gedanken vergessen ließ.

Die Stimme, die mir unterbewusst zu verstehen gab, dass ich mich in Schwierigkeiten befand – in erotischen, unwiderstehlichen Schwierigkeiten.

***

Isabelle: zu Hause?

Ich ging davon aus, dass Gabes Apartment riesig sein müsste. Umwerfend. Teuer eingerichtet. Er sah aus wie ein Mann, der etwas erwartete und sich nur mit dem Besten zufriedengab. Und ich war oft genug mit Gabes Kollegen zusammen gewesen, um zu wissen, wie solche Menschen lebten.

Gabes Apartment stellte dann aber alles, was Lance besaß, sogar noch in den Schatten. Es befand sich in der Fifth Avenue und hatte drei Schlaf- und ebenso viele Badezimmer und nicht nur eine, sondern vier Terrassen. Ja. Allem Anschein nach bedeutete in der Nähe des East River *auf der teuersten Straße der Welt* zu leben. Ich war eine Quelle von unnützem Wissen, woran mich Lance nur allzu gern erinnert hatte, wenn ich gelegentlich mit einer Info herausplatzte, die ich aus dem Internet, Fernsehen oder Büchern hatte.

Außerdem war ich ein Bücherwurm und schämte mich kein bisschen dafür. Als ich mich dann, inmitten meines Streifzugs durch Gabes Wohnraum, in einem Zimmer voller Bücherregale und einer verschiebbaren hölzernen Leiter wiederfand, verliebte ich mich augenblicklich. Nicht in den Mann, versicherte ich mir zumindest, sondern in die Bibliothek.

»Du kannst jederzeit herkommen, um zu lesen.« Zufriedenheit schwang in Gabes Stimme mit, dass ich seine Bibliothek anscheinend genauso mochte, wie er es offensichtlich tat.

»Ich verstehe immer noch nicht, warum du das hier alles tust«, murmelte ich. »Dein Bruder hat recht. Du magst es anscheinend wirklich, irgendwelche Streunerinnen aufzunehmen. Wie viele waren es denn schon vor mir?«

Mit einem wütenden Blick in den Augen, den ich gar nicht mochte, wenn er auf mich gerichtet war, blieb er im Eingangsbereich der Bibliothek stehen.

»Keine«, erwiderte er.

Wir beide wussten, dass er log.

Mit einem leichten Nicken forderte er mich auf, ihm zu folgen, und ging zurück in Richtung Foyer und an einer verschlossenen Tür vorbei. »Was ist das hier für ein Raum?«, fragte ich, weil ich ganz schnell das Thema wechseln wollte, zumindest fürs Erste.

»Das Schlafzimmer«, antwortete er kurz angebunden. »Komm. Hier entlang.«

Mit meinen Gedanken war ich noch immer bei der Bibliothek und den vielen Büchern: ein paar Hardcover, die meisten aber Taschenbücher. Alle schienen in einem tadellosen Zustand zu sein. Ich seufzte vor Begeisterung.

»Eines Tages würde ich dieses Geräusch gerne bei etwas anderem hören und nicht, wenn's um Bücher geht«, meinte Gabe. Seine Stimmlage klang unbeschwerter als noch Sekunden zuvor.

»Jetzt mal ganz im Ernst … was soll ich dazu sagen?« Sein Kommentar war so ähnlich wie der über die Handschellen auf dem Revier.

Gabe schmunzelte, ergriff meinen Ellenbogen und führte mich zurück durch den eleganten, mit Marmor eingelegten Vordereingang, aus dem ich hereingekommen war, um zu der anderen Seite des riesigen Apartments zu gehen.

»Das Hauptschlafzimmer ist hier«, sagte er und zeigte auf die geöffnete Tür, die zu seiner Suite führte.

Ich war noch nicht bereit, um einen intimen Blick in seinen persönlichen Raum zu werfen, also wartete ich, dass er mich weiter herumführte.

»Und das hier ist dein Zimmer«, meinte er schließlich.

Es befand sich neben seinem …

Ich schluckte mühsam und ging hinein. Fenster nahmen eine ganze Wand ein, weiße Vorhänge und eine weitere großzügige Reihe von Fenstern befanden sich an einer angrenzenden Wand.

»Du kannst von hier aus den Central Park bei Tageslicht sehen«, sagte er. Seine Stimme klang wieder ganz normal. »Meine Schwester Lucy wohnt in diesem Zimmer, wenn sie in der Stadt ist.«

»Wie viele von euch Dares gibt es denn?«

»Drei. Lucy lebt in L. A. und führt dort unsere Clubs. In nächster Zeit hat sie aber keine Besuche geplant. Benutz ruhig alles von ihr, was du möchtest, bis wir dir einen eigenen Kleiderschrank besorgt haben.«

Ich drehte mich von dem umwerfenden Ausblick zu dem gleichermaßen hinreißenden Mann um. »Die Kleidung deiner Schwester leihe ich mir gerne aus, aber nur, wenn du sicher bist, dass es ihr auch wirklich nichts ausmacht.« Auf seine andere ungeheuerliche Aussage würde ich gar nicht erst eingehen.

»Wird es nicht. Lucy ist die großzügigste Frau, die ich kenne.« Die Wärme, die in seiner Stimme mitschwang, war unerwartet und rührend zugleich.

Er schien aber selbst auch ziemlich großzügig zu sein, zumindest mir gegenüber.

Er öffnete die Tür zum, wie ich annahm, Badezimmer. Es war tatsächlich ein luxuriöses Bad – eine Mischung aus cremefarbenem, braungrauem und braunem Marmor. Die Dusche war voller Düsen und Schläuche, von denen ich gar nicht wusste, was man mit so vielen überhaupt anstellen sollte, und es gab sogar eine Bank in der Dusche.

»Lucy hat bestimmt genug Fläschchen mit Zeug für Frauen dagelassen, mit denen du auskommen wirst. Da bin ich mir sicher.«

Mit Mühe und Not bekam ich ein Nicken zustande. Ich wollte nicht zugeben, dass ich überwältigt war, aber ich war mir sicher, dass er es dennoch an meinem Gesicht ablesen konnte. Scarlett O'Hara nacheifernd, entschied ich mich dazu, dass ich morgen in einer viel besseren seelischen Verfassung sein würde, um die Dinge anzupacken.

3

Gabe: Aufgedeckt

Stillschweigend dankte Gabe Gott, dass sein Gast unter der Dusche verschwand, sobald sich die Möglichkeit dazu bot. Der Rundgang durchs Haus hatte ihn fix und fertig gemacht. Isabelles »Ohs« und »Ahs« klangen echt, so wie ihre Liebe zu seinem persönlichen Lieblingsraum in seiner Wohnung. Ganz anders als Naomi, die bereits nach einem kurzen Blick in sein Apartment sofort darauf spekuliert hatte, für immer einzuziehen. Isabelle, die er selbst zu sich eingeladen hatte, wollte nicht nur selbst für ihre Unkosten aufkommen, sondern auch schnellstmöglich wieder ausziehen.

Aber das würde nicht passieren, wenn er seinen Willen durchsetzte.

Beim Polizeirevier, draußen im Regen, hatte er sich sehr zusammenreißen müssen, um nicht die Hände auszustrecken und ihre empfänglichen Brustwarzen zu streifen, ihr Zittern unter seiner Berührung zu spüren und die lächerliche Distanz zwischen ihnen beiden loszuwerden. Es mochte vielleicht sein, dass er sie nicht besonders gut kannte, aber er hatte immer schon das Gefühl gehabt, dass sie beide irgendetwas miteinander verband. Die gegenseitige körperliche Anziehungskraft war offensichtlich. Isabelle war durch und durch eine richtige Frau. Sie war ganz weich und hatte Kurven, ihre Brüste waren voll und üppig, und ihr Hintern war verdammt noch mal so richtig heiß. Sein Schwanz zuckte vor lauter Verlangen. Das war bereits beim ersten Mal schon so gewesen, als er sie an Daltrys Arm gesehen hatte.

Doch es ging tiefer. Sie hatten in Momenten, in denen er sie alleine angetroffen hatte, miteinander gescherzt und geflirtet. Er hatte einen ersten Eindruck von dieser intelligenten, witzigen Frau bekommen, die sie war, wenn sie nicht gerade mit diesem aufgeblasenen Arschloch zusammen war. Aber erst heute hatte er so richtig unter die äußere Schönheit bis in ihr Innerstes blicken können. Diese sexy blonden Locken, die wild um ihr Gesicht herumtanzten, waren der Beweis dafür, dass sie mit aller Verzweiflung alles dafür tat, selbstbestimmt und unabhängig zu sein.

Bei ihrem Versuch, so zu werden, wollte er ihr helfen.

Aber es würde nicht einfach werden. Er musste Isabelle gegenüber einfühlsam sein. Sie brauchte Verständnis. Geduld. Nicht gerade seine Stärken, aber wenn es um sie ging, hatte er bereits reichlich geübt. Er hatte abgewartet, bis seine Zeit kam, denn er wusste damals schon, dass Daltry früher oder später Mist bauen würde. Sein Eifer machte diesen zwar zu einem erstklassigen Finanzinvestor, aber auch arrogant, was früher oder später zu seinem Untergang führen würde. Und so war es dann schließlich ja auch gekommen.

Zu Gabes Glück war Isabelle in Decklans Polizeirevier gelandet. Als er sie dort sah, war er zu einer Erkenntnis gekommen, zu der er anderenfalls vermutlich nicht gekommen wäre. Isabelle faszinierte ihn, weil sie eine Frau war, deren schlechte Erfahrungen nicht spurlos an ihr vorbeigegangen waren, und zugleich noch immer ein unbescholtenes, naives Mädchen. Es war diese Unschuld, die der primitivste Teil in ihm erobern wollte. Er wollte sie besitzen. Seitdem er mit einundzwanzig Jahren begonnen hatte, das Imperium seines Vaters zu führen, war er im selben Alter gleichzeitig auch zu einer Art Ersatzvater für seine Schwester geworden. Seitdem hatte er immer das bekommen, was er wollte.

Und Gabe wollte Isabelle.

4

Isabelle: Dornröschen

Nachdem Gabe mein Zimmer verlassen hatte, schlich ich herum und betrachtete die wunderschönen Kunstwerke mit Blumenmotiven an den Wänden. Originale von Georgia O'Keeffe, wenn ich mich nicht irrte. Mich hatten die strahlenden Farben und das Licht schon immer magisch angezogen. Dann suchte ich nach den Schubladen mit der Kleidung und stellte fest, dass Gabes Schwester und ich einen ähnlichen Geschmack hatten. Tatsächlich besaßen wir sogar die gleichen Artikel, aber meine lagen in meinem alten Kleiderschrank, während ihre hier unbenutzt herumlagen und mich dazu einluden, meinen D-Cup in ihre kompakteren B-Körbchen zu quetschen.

Gabe hatte recht. Morgen müsste ich mir eigene Klamotten kaufen, und mir schauderte bei dem Gedanken, mein dürftiges Erspartes anzurühren. Aber das müsste ich tun, weil ich ihm auf keinen Fall erlauben würde, mir etwas zu kaufen, so wie Lance es stets getan hatte.

Dann nahm ich ein ausgedehntes heißes Bad. Ich ließ mir Zeit und fühlte mich ultradekadent, als ich mich in den Schaumblasen im Whirlpool entspannte. Danach zog ich mir eine Jogginghose von Lucy an. Mir war es peinlich, als ich feststellen musste, dass sie ebenfalls eine Größe zu klein war. Ganz offensichtlich hatte diese Frau nicht meine großen Brüste und auch nicht einen so großen Hintern wie ich. Und dabei hatte ich sie doch wirklich mögen wollen ...

Mit einem resignierten Seufzer ging ich aus dem Badezimmer und war überrascht, als ich ein Tablett mit Rühreiern auf dem Bettende vorfand. Darauf stand eine gekühlte Flasche Bling H2o, wovon eine Flasche vierzig Dollar kostete – dank der Swarovski-Kristall-überzogenen Fassung und dem Korken, der denjenigen von Champagnerflaschen ähnlich ist. Ich wusste das, weil sich Lance immer beschwert hatte, wenn ich in seinem Lieblingsrestaurant nur um Leitungswasser bat. Er hatte dann darauf bestanden, dass ich nur das Beste bestellte.

Und Gabe hatte dieses Wasser sogar bei sich zu Hause! Die Flasche sah zu hübsch aus, als dass ich sie überhaupt öffnen wollte. Na ja, der Mann besaß exklusive Hotels und Clubs, und ich wusste, dass er im Internet in Klatschkolumnen aufgetaucht war, und das mehr als nur einmal – weil er einer der begehrtesten Junggesellen war. Natürlich wünschte er sich nur das Beste und konnte es sich auch leisten.

Trotzdem war ich durstig, und er hatte es ja schließlich für mich dagelassen. Und genauso, was auch die meisten anderen Dinge in meinem Leben betraf, hatte ich einfach keine andere Wahl. Also aß ich die Rühreier, der Hunger war einfach zu groß.

Aber den größten Eindruck in dieser Nacht hinterließ ein anderer Gegenstand auf dem Tablett. Der neueste Roman von Nora Roberts – ein Hardcover, der soeben erst in den Handel gekommen war. Bislang hatte ich mich noch nicht getraut, in die Stadt zu gehen, um mir selbst ein Exemplar zu besorgen. Jetzt, wenn ich einmal ernsthaft darüber nachdachte, hätte ich den Plan vermutlich irgendwann sowieso aufgegeben, so lange zu warten, bis ich mir das Buch leisten konnte oder bis ich eine Bücherei gefunden hätte, wo es mit Sicherheit eine lange Warteliste dafür gab.

Warum Gabe das Buch besaß, war mir allerdings ein Rätsel. Und wie konnte er nur wissen, dass Nora Roberts eine meiner Lieblingsautorinnen war? Das verwunderte mich erst recht. Und ganz besonders, weil ich nicht als eine blauäugige Romantikerin rüberkommen wollte. Leider hatte er mich aber scheinbar bereits durchschaut. Ich war bereit, mich zu entspannen – zum allerersten Mal an diesem Tag –, und deshalb kroch ich in das luxuriöse Bett, sank in die Matratze und kuschelte mich unter die Decke, um in aller Ruhe zu lesen.

Das Nächste, das ich wahrnahm, war das Sonnenlicht, das – gedämpft durch die zugezogenen Gardinen – durch das Zimmer flutete. Ich blinzelte und wusste instinktiv, dass es nicht das Licht gewesen war, das mich aufgeweckt hatte. Ich zwang mich dazu, die Augen zu öffnen. Gegenüber von meinem Bett saß Gabe auf einem Stuhl und starrte mich an.

»Guten Morgen, Dornröschen.« Er nahm einen Schluck Kaffee, während er die Zeitung las, so als ob in meinem Schlafzimmer zu sein, das Normalste der Welt wäre und etwas, das er jeden Tag tat.

Beschämt sank ich noch tiefer unter die Decke. »Geh. Raus!«

Er betrachtete mich eingehend, Hitze loderte in seinem lüsternen Blick. Vermutlich bildete ich mir das aber alles sowieso nur ein. Ich war nicht eitel und mir voll und ganz bewusst, dass meine Haare morgens immer so aussahen wie ein gescheitertes Dauerwellenexperiment aus den Achtzigern.

»Wo liegt das Problem? Du bist doch komplett zugedeckt«, sagte er und faltete die Zeitung zusammen.

Ich kniff die Augen halb zu und fragte mich, wann mein Leben begonnen hatte, so verrückt zu werden. »Ich habe geschlafen! Das ist privat! Das ist das Allererste am Morgen. Warum sollte ich wollen, dass du mich so früh am Morgen schon siehst?« Mir wurde bewusst, dass ich kreischte, und ich zwang mich dazu, tief durchzuatmen und mich selbst wieder zu beruhigen. Eine hysterische Kratzbürste zu sein stand mir nicht gerade gut zu Gesicht. »Schau mal … wenn ich hierbleiben sollte, will ich ein Türschloss!« So! Ich hatte es geschafft, wieder die Kontrolle über meine Stimme zurückzugewinnen.

Er grinste. »Es gibt eins. Aber jetzt, da du mich daran erinnerst, werde ich es wohl entfernen lassen.« Er legte die Zeitung neben sich auf den Tisch.

»Das hier wird nicht funktionieren.« Unbewusst zitterte ich, rutschte im Bett höher und entblößte dabei das Unterhemd, das meine Brüste kaum bedeckte, und zog dort zu fest daran.

»Beruhig dich«, sagte er, offensichtlich immer noch ziemlich amüsiert. »Wir müssen reden.«

»Und das konnte nicht warten, bis ich angezogen bin?« Meine Stimme wurde wieder lauter. Schrei nicht so!, murmelte ich vor mich hin.

»Nein. Es ist etwas, das jetzt geschehen muss! Und ich will dich hierhaben, wenn ich Daltry eine Lektion erteile, die ganz dringend erforderlich ist!«

Ich schnappte nach Luft. »Warum in Gottes Namen würdest du das tun?«

»Jeder Mann, der eine Frau mitten in der Nacht sein Haus verlassen lässt, mit nichts außer ihren Klamotten am Leib, etwas Kleingeld und ohne Handy, hat es nicht besser verdient!« Er hob die Augenbrauen und schaute besitzergreifend in meine Richtung. »Dass er gerade dir das angetan hat, macht seinen Fehler sogar fast noch schlimmer!«

Ich fuhr im Bett hoch und vergaß dabei völlig, mich zu bedecken. »Das musst du mir jetzt wirklich mal erklären!« Ich redete offen mit ihm und gestikulierte dabei heftig mit den Händen hin und her. »Du kennst mich nicht gut genug, als dass es dir so viel ausmachen könnte, was Lance getan hat. Du kannst nicht erwarten, dass ich dir glaube, dass du einfach so irgendeine … Streunerin aufnehmen würdest!« Ganz bewusst benutzte ich das Wort seines Bruders für meine Zwecke. »Du hast mich bei dir zu Hause aufgenommen. Ist das denn nicht schon genug, ohne Lance noch eine Lektion erteilen zu müssen?«, fragte ich ungläubig.

Sein Blick verdüsterte sich. »Nicht einmal annähernd! Und wir können über das Warum gerne ein anderes Mal reden. Aber jetzt erzähl's mir. Hast du zu der Beziehung einen Beitrag geleistet?«

Ich nickte.

»Du hast ja ganz offensichtlich kein eigenes Bankkonto, also hattet ihr ein gemeinsames?«

Ich blickte hinüber zum Central Park, den ich hinter den durchscheinenden Gardinen sah, und fühlte mich nicht in der Lage, ihm ins Gesicht zu blicken, während ich erneut ein Nicken zustande brachte.

»Und du bist nicht der Typ, der einfach nur herumsitzt und Bonbons isst, während sich dein Mann die Finger wund arbeitet, um dich zu versorgen.«

Ich schluckte mühsam und murmelte dann verschämt: »Früher habe ich gearbeitet. Aber später dann … Ich glaub, ich wurde einer Gehirnwäsche unterzogen …«

Gabe brach in Gelächter aus. »Angesichts der Person, die ich in weniger als vierundzwanzig Stunden kennengelernt habe, müsste ich dir zustimmen. Wie kam es denn, dass du wieder klar denken konntest?«

Mit zusammengebissenen Zähnen erwiderte ich: »Im Moment will ich nicht darüber reden.«

Er schaute mich genau an. »Eines Tages wirst du das.«

Flüchtig blickte ich zu ihm hinüber. »Was für eine Art von Lektion willst du ihm denn erteilen?«, fragte ich und wechselte damit das Thema. »Aber du wirst dich doch nicht mit ihm schlagen?«

Er grinste. »Nein, ich bevorzuge eine ganz andere Art von Schlägen.«

Ich rollte mit den Augen. »Du weißt, was ich meine!«

»Ich werde mich absolut zivilisiert verhalten. Allerdings kann ich nicht versprechen, dass das Gleiche für Garrett gilt. Aber er wird nur zur Tat schreiten, wenn er provoziert wird. Schließlich ist er ein Ex-Navy-Seal.«

»Wer ist Garrett?«, fragte ich.

»Unser Bodyguard.«

Und da war es wieder. Das Besitzergreifende in seinen Worten und seinem Tonfall. Genauso wie *mein* Zimmer, so klang auch *unser* Bodyguard, so als ob wir irgendwie schon eine Beziehung führen würden. Dabei kannten wir einander doch kaum. Aber das, was ich wusste, war, dass er mich ganz eindeutig scharfmachte, und zwar in einer Weise, wie es noch kein anderer Mann zuvor geschafft hatte. Zudem gab er mir ein Gefühl von Sicherheit, dass ich gewollt wurde und dass sich jemand um mich kümmerte.

Doch ich fing gerade von vorne an, erinnerte ich mich. Das beinhaltete aber auch, sich dieses Mal klüger zu verhalten. Was das dann nach sich zöge, hatte ich noch nicht entschieden.

»Alle Fragen geklärt?«, fragte er.

Ich nickte.

Dann drückte er eine Taste auf dem Telefon. »Daltry? Hier ist Gabriel Dare.«

Mit der Zunge fuhr ich mir über meine trockenen Lippen. »Du hast seine Nummer eingespeichert?«, fragte ich laut und schloss dann ganz schnell wieder den Mund, als Gabe weitersprach. Während er mit Lance redete, blickte er mich unverwandt an.

»Ich bin nicht so zufrieden, und ich bin auch nicht dein Kumpel! Nicht mehr! Ich wollte dir lediglich Bescheid sagen, dass ich all meine Konten bei euch mit sofortiger Wirkung auflösen werde. Nur um das klarzustellen, mach keine Transaktionen mehr in meinem Namen! All meine Fonds und Finanzen werden bis zum Ende des heutigen Geschäftstages umgebucht!«

Ich riss die Augen weit auf, denn ich hatte keine Ahnung gehabt, dass Lance sich um Gabes Finanzkonten gekümmert hatte. Andererseits arbeitete Lance für die bekannteste Firma in Manhattan, und Gabe machte ganz klar nur Geschäfte mit den besten. Ihre geschäftliche Beziehung war gerade beendet worden ... meinetwegen!

Das Blut strömte aus meinem Kopf, und ich sank tiefer ins Bett und gegen die Matratze, die mir letzte Nacht einen so guten Schlaf beschert hatte. Jetzt gab sie mir Halt, als ich begann, am ganzen Körper zu zittern.

Gabe kam zu mir herüber und legte mir entschlossen eine Hand auf die Schulter. Seine Berührung verbrannte meine Haut, beruhigte mich aber genauso, wie sie mich auch durcheinanderbrachte.

»Nicht, dass ich dir eine Antwort schuldig wäre«, sagte Gabe in den Hörer. »Aber wenn du unbedingt eine Erklärung haben willst, gebe ich dir sehr gerne eine. Weil du nämlich ein gottverdammtes Arschloch bist, das keine Ahnung hat, wie man eine Lady anständig zu behandeln hat! Das ist der Grund!«

Gabe verteidigte mich! Ich war ihm so dankbar dafür, aber auch überrascht. Nicht einmal meine eigenen Eltern hatten mich je verteidigt. Lance hatte mich verdammt noch mal auch niemals wirklich unterstützt, in keiner Form. Und jetzt zog Gabe seine vermutlich millionenschweren Konten von Lance' Firma zurück. Meinetwegen!

Ich wusste nicht, wie ich damit umgehen sollte. Ich wollte nicht in seiner Schuld stehen. Um mich abzulenken, konzentrierte ich mich stattdessen wieder lieber auf den starken Druck von Gabes Hand auf meiner Schulter.

Ich begann wieder zu atmen, hörte genau hin, was Gabe während des Gesprächs sagte. »Ich werde dir keine deiner verdammten Fragen über Izzy beantworten, und ich gehe auch nicht davon aus, dass sie jemals wieder etwas von dir hören will!«

»Izzy« hatte mich bisher noch keiner genannt, aber es gefiel mir.

Was immer auch Lance gesagt haben mochte, Gabe grinste nur und meinte: »Ich will, dass ihre Sachen sofort an meine Büroadresse geliefert werden, ebenso wie das ganze Geld, das sie mit in eure Beziehung gebracht hat. Ich erwarte den Betrag in Form eines Schecks auf meinem Tisch bis Ende der Woche. Inklusive Zinsen.«

Jetzt konnte ich immer noch Lance' Schreien in den Hörer hören, als er das Gespräch beendete und das Telefon aufs Bett warf.

»Geht's dir gut?«, fragte er mich.

Ich nickte. Dann machte ich das Allerdümmste, das ich tun konnte in Anbetracht all der Veränderungen, die ich eigentlich doch in meinem Leben durchführen wollte. Ich sprang auf, schlang meine Arme um seinen Hals und küsste ihn. Direkt auf die Lippen. Sein maskuliner Geruch überwältigte mich, verursachte ein Kribbeln in meinem Bauch und ein schnelles Pulsieren zwischen meinen Schenkeln. Aber Gabes feste Lippen bewegten sich nicht.

Er reagierte nicht.

Er schmolz nicht dahin so wie ich.

Enttäuschung machte sich in mir breit, und dieser folgte schnell Demütigung, mit der ich nur allzu vertraut war. Wie viele Male hatte ich schon Lance zu verführen versucht, nur damit er sich wegdrehte, weil er müde von einem anstrengenden Arbeitstag war?

Ich hatte überreagiert, hatte Hilfe mit etwas mehr verwechselt, und weil ich so etwas in meinem Leben weder brauchte noch wollte, verstärkte ich wieder meine Abwehrhaltung und zog mich zurück.

»Na gut. Jetzt, da ich mich ordentlich bedankt habe, können wir weitermachen.« Ich kämpfte gegen die Schamesröte an, die sich auf meinen Wangen breitmachte.

»Gern geschehen«, erwiderte er, ließ mich aber nicht los. Er hielt mich sogar fast noch ein bisschen fester. Seine Finger gruben sich in meine Handgelenke, zogen dann an meinen Schultern, was alles unglückseligerweise nur den Effekt hervorrief, dass er mich damit sogar noch etwas schärfer machte.

Wir blickten einander in die Augen, und meine Atmung wurde flach. Oh verdammt, ich hechelte ja fast vor Verlangen, meine Brüste spannten das bereits eng anliegende Unterhemd. Ich verstand diesen Nebeneffekt von Zurückweisung einfach nicht.

Aber wenn er mich zurückwies, warum ließ er mich dann jetzt nicht los? »Ich versteh's nicht.« Ich wusste selbst nicht, ob ich über seine oder meine Taten sprach.

»Du wirst es, Iz. Mit der Zeit.«

Bei der Kurzform meines Namens musste ich zittern. »Wie lange dauert das genau?«

Ein verführerisches Lächeln spielte um seine Lippen, sah so aus, als wäre er weit davon entfernt, desinteressiert zu sein. »Ich will dich ficken, Kätzchen. Aber wenn ich es tue, wird es nichts mit Dankbarkeit zu tun haben. Und es wird so ablaufen, wie ich es will.«

»Oh …«

Lance hatte niemals das Wort *ficken* im Bett benutzt, und wenn er es getan hätte, dann hätte es mich auch nicht nur vom Tonfall allein bereits fast kommen lassen.

Meine Lippen öffneten sich, und blitzschnell schoss er mit seiner Zunge hinein, glitt mit seinem Mund über meinen, alles viel zu kurz, aber genug für einen kleinen Vorgeschmack.

Ein Necken.

Er riss stärker an meinen Handgelenken, und zur gleichen Zeit biss er mich leicht in die Lippe. Es stach an der Stelle, während es zwischen meinen Beinen zu pulsieren begann, so dermaßen stark, wie ich es noch niemals zuvor in meinem Leben erfahren hatte. Meine Unterwäsche wurde feucht, und ich schwankte vorwärts, stöhnte in seinen Mund.

In jenem Augenblick ließ er mich los. Nur sein starker Arm um meine Hüften verhinderte, dass ich hinfiel. Mein Kopf drehte sich bei seinem verführerischen Geruch, seinem erregenden Kuss, dem entschiedenen Tonfall in seiner Stimme. Verwirrung und noch mehr stritten in mir.

Gabe trat einen Schritt zurück, ganz offensichtlich hatte er nicht mit den gleichen Problemen zu kämpfen wie ich. »Ich muss mich um ein paar geschäftliche Dinge kümmern. Wenn ich zurückkomme, werden wir über deine Pläne reden.«

Pläne … Flüchtig blickte ich ihn an. Richtig. Ich hatte Pläne. Es war gut, dass er ins Büro ging. Ein wenig Distanz würde mir jetzt guttun und mich daran erinnern, dass ich keinen Mann brauchte, um mein Leben perfekt zu machen.

Und ich brauchte ihn auch nicht, um zu kommen. Das war eine Angelegenheit, um die ich mich später selbst kümmern würde, sobald sich Gabe zum Büro aufmachte.

***

Isabelle: Der geheime Raum

Nachdem ich geduscht und mich um gewisse … Angelegenheiten gekümmert hatte, ging ich in die Küche. Dort fand ich auf dem Tisch einen Zettel, den Gabe mir dagelassen hatte. »Iz« … da war schon wieder dieser Spitzname, und ich konnte mir ein Lächeln nicht verkneifen. »Hab mich zum Büro aufgemacht. Fühl dich ganz wie zu Hause. Und verhalt dich anständig, während ich weg bin.«

Ich verhielt mich doch immer anständig …

Ich goss mir Kaffee aus einer Kanne ein, die Gabe mir hingestellt hatte – aus einer Kaffeemaschine, die in den Fliesenspiegel eingebaut war –, und schaltete dann den Fernseher an. Die Morgennachrichten dröhnten um mich, als ich mir einen Bagel toastete, ihn mit Frischkäse bestrich und mich danach hinsetzte, um zu essen. Und um nachzudenken.

Im Moment – mir fiel kein besseres Wort ein – saß ich fest. Zumindest würde ich bald dank Gabes Aufforderung mein Geld und meine Klamotten zurückbekommen. Dann würde ich mich mehr wie ich selbst fühlen, hätte mehr Kontrolle über mich und mein Leben. Dann könnte ich als Nächstes in Ruhe darüber nachdenken, was ich mit meinem Leben eigentlich anfangen wollte.

Das letzte Mal, als ich allein gewesen war und am Scheideweg stand, war ich nach New York City aufgebrochen, mit einem Stipendium für die *Parsons School of Design* in der Tasche. Dies hatte zu einem Praktikum geführt und schließlich nach der Graduierung zu einem Job bei *Lisa Stern Designs*, einer Firma, die nur aus einer Person bestand und die auf verschiedene Typen von Kundschaft ausgerichtet gewesen war – von Renovierungsarbeiten in Privathaushalten bis hin zu gelegentlichen Instandsetzungsarbeiten im Country Club. Ich war begierig darauf gewesen, mehr zu lernen, zu arbeiten, aber ich hatte mich auch nach Liebe und nach einer Beziehung gesehnt, zu der ich etwas beitragen könnte und in der ich eine gleichberechtigte Partnerin auf Augenhöhe wäre.

Das war meine Schwäche gewesen. Eine, die Lance für sich ausgenutzt hatte. Bevor ich wusste, wie mir geschah, hatte er alle meine Träume für sich ausgenutzt und schließlich zerstört. Und auch nach dieser Enttäuschung lebten die Sehnsucht nach einer Familie und das Bedürfnis, irgendwohin zu gehören, immer noch in mir. Wie auch immer ... ich musste mich jetzt vernünftig verhalten, und dieses Mal würde ich das auch tun!

Ich nahm einen Schluck von dem köstlichen Kaffee, als genau in dem Moment Gabes Festnetztelefon klingelte. Es klingelte nur ein einziges Mal, dann sprang auch schon der Anrufbeantworter an. Das Nächste, das ich hörte, war die Stimme einer älteren Frau.

»Guten Morgen, Mr. Dare. Hier spricht Amelia. Heute werde ich es nicht schaffen, zum Putzen vorbeizukommen. Bei mir gibt es in der Familie einen Notfall, aber höchstwahrscheinlich schaffe ich es morgen. Ich hoffe, dass Ihnen das nicht allzu große Unannehmlichkeiten bereitet. Morgen früh werde ich mich gleich als Allerersten um das Gästezimmer kümmern. Rufen Sie mich bitte nur zurück, falls Ihnen das zeitlich nicht passen sollte.«

Putzen. Ich rümpfte die Nase. Das Apartment befand sich in einem tadellosen Zustand, so, als ob es erst gestern professionell gesäubert worden wäre, demnach konnte ich mir nicht vorstellen, dass Gabe allzu verärgert sein würde, dass seine Putzfrau abgesagt hatte. Andererseits ... wenn das Gästezimmer doch heute gereinigt werden müsste, war das etwas, um das ich mich auch kümmern konnte. Mich hier ein wenig nützlich zu machen, würde mir auch ein gutes Gefühl geben, da ich mir ja sowieso schon Gedanken machte, dass ich meinen Nutzen aus dieser Situation zog.

Nach kurzem Suchen in den Schränken und in der Vorratskammer fand ich schließlich Putzzeug. Aber bevor ich alles in das Gästezimmer rüberschleppte – das Zimmer mit der Tür, die gestern verschlossen gewesen war –, dachte ich mir, würde ich mich dort lieber erst einmal in Ruhe umsehen und dann entscheiden, was dort gebraucht wurde.

Ich marschierte den Flur entlang, drehte am Türknauf des Raumes und ging hinein. Das Bett war nicht gemacht. Die Laken waren zerwühlt, die Kissen eingedrückt und lagen wahllos verstreut herum. Wer hatte hier geschlafen? Ich ging weiter und stellte fest, dass die Einrichtung hier schlichter war als in Lucys Zimmer, weniger warm und einladend. Die einzigen Möbelstücke waren ein übergroßes Himmelbett, Nachttische und ein Kleiderschrank. Kein Fernseher. Keine Uhr oder ein iPod-Ständer. Keine Bilder an den Wänden. Ich lief am Bett vorbei, auf dem schwarze Satinlaken und eine Steppdecke lagen, und sah mich um.

Als ich tief Luft holte, umschloss mich der Duft von Gabes Eau de Cologne. Als Nächstes warf ich einen Blick in das Badezimmer, das ebenfalls dringend geputzt werden sollte. Handtücher lagen auf dem Boden herum sowie eine Zahnbürste und eine offene Zahnpastatube auf dem Waschtisch.

Ein Blick nach unten zeigte mir dann alles, was ich wissen musste und von dem ich mir gewünscht hätte, es lieber nicht gesehen zu haben. Im Mülleimer lagen Kondomverpackungen.

Mein Magen zog sich zusammen, und mir blieb das Herz fast stehen. Keine Ahnung, wie lange ich dort stand und hinstarrte und versuchte, aus dem Mann, den ich eigentlich doch überhaupt nicht kannte, schlau zu werden.

Am Tag zuvor hatte er mich nicht in dieses Zimmer gelassen, und jetzt wusste ich auch, warum. Er hatte hier Sex gehabt. Und das erst vor Kurzem. Der Beweis zwang mich dazu, mich der hässlichen Wahrheit zu stellen. Kaum, als er mich aus dem Polizeirevier gerettet hatte, hatte er sich auch schon dazu entschieden, Naomi den Laufpass zu geben.

Natürlich hatte ich es gewusst, aber ich war einfach zu durcheinander von den Ereignissen der Nacht gewesen, um seine logische, aber harte Reaktion zu verarbeiten. Er hatte kein Problem damit gehabt, die Frau sitzen zu lassen, mit der er noch ein paar Nächte zuvor zusammen gewesen war. Er hatte die Entscheidung ganz spontan gefällt. Was sagte das über ihn aus? Dass er herzlos war?

Weil ich selbst betrogen worden war, mochte ich den Gedanken nicht, dass Gabe im Grunde dazu fähig war, das Gleiche zu tun wie Lance. Obwohl er nicht fremdging, so war er doch dazu fähig, ohne Probleme eine Beziehung zu beenden.

Ich verließ das Zimmer, ging zur anderen Seite des Apartments und hielt vor Gabes Schlafzimmer an. Augenscheinlich *fickte* er in dem anderen Raum am anderen Ende des Flures. Das war schonungslos.

Ich will dich ficken, Kätzchen. Aber wenn ich es tue, wird es nichts mit Dankbarkeit zu tun haben. Und es wird so ablaufen, wie ich es will. Ich zitterte, meine Knie knickten fast ein bei dem Gedanken an seine verführerische Stimme, den Geruch seines moschusartigen Eau de Cologne und seine Berührung, die jeden meiner Abwehrversuche vergeblich gemacht hatte. Wie einfach hätte ich doch beinahe nachgegeben.

Gott sei Dank hatte mich dieser Raum wieder zurück in die Realität und zur Besinnung gebracht, dachte ich, als sich Panik in mir breitmachte. Jetzt brauchte ich frische Luft. Ich musste tief durchatmen und nachdenken. Und vor allem musste ich raus aus diesem Apartment, in dem mich alles an den Gabe erinnerte, den ich bislang kennengelernt hatte. Wie lange hätte es sonst gedauert, bis er mir sein wahres Gesicht gezeigt hätte? In der Art, wie ich auch irgendwann Lance' andere Seite kennengelernt hatte?

Ich tätschelte meine Taschen und ging sicher, dass ich mein Geld bei mir hatte, ehe ich wieder in Lucys Zimmer zurückging, mir meine Flip-Flops anzog und die Wohnung verließ. Erst als die Haustür hinter mir ins Schloss fiel, realisierte ich, dass ich nun aus dem Apartment ausgesperrt war. Ich hatte keinen Schlüssel bei mir, um wieder hineinzugehen, bevor Gabe zurückkehrte.

Aber wollte ich überhaupt zurückgehen? Zu dem Gabe, über den ich gerade erst herausbekommen hatte, wie leicht er seine Gefühle abschalten konnte? Wegen alledem sagte ich mir selbst, dass ich keine andere Beziehung mehr haben wollte, denn eines wusste ich ganz genau: Wenn ich hierbleiben würde, könnte ich Gabriel Dares Charme nicht widerstehen.

5

Isabelle: Verloren in der Zeit

Den Tag verbrachte ich in der öffentlichen Bücherei. Dort hatte ich Internetzugriff und durchforstete die Stellenanzeigen in der *New York Times*. Ich wollte mir einen Job suchen. Auch wenn es schon ein Weilchen her war, dass ich berufstätig gewesen war, so hatte ich doch einen Abschluss von der *Parsons School of Design* und eine frühere Chefin, die meine Arbeit geschätzt hatte.

Lisa, meine frühere Arbeitgeberin, würde ich gleich am Montag anrufen. Jetzt machte ich mir erst einmal eine Namensliste von eindrucksvollen Innenarchitekten. Ich sammelte Namen von Personen, auf die ich in Zeitschriften gestoßen war oder die ich durch Lance' Bekanntenkreis kennengelernt hatte. Dann machte ich mit Magazinen und den dortigen Verzeichnissen weiter. Schließlich gab es derzeit nichts mehr, was ich tun konnte, bis die nächste Arbeitswoche beginnen würde.

Zum Mittagessen holte ich mir einen Hotdog bei einem Straßenverkäufer, kaufte mir ein Taschenbuch in einer nahe gelegenen Buchhandlung und ließ mich schließlich unter einem Baum nieder, um in Ruhe zu lesen. Ja, ich weiß, dass ich mir etwas Zeit hätte nehmen sollen, um nachzudenken, aber ich mochte nicht die Art, in welche Richtung mich meine Gedanken führten, und das Verlangen, zu Gabe zurückzukehren. Wie konnte es nur möglich sein, dass ich mich dermaßen zu ihm hingezogen fühlte – ich kannte ihn doch gar nicht!? Und warum, oh warum nur wollte ich mehr über ihn herausfinden? Sich in ein Buch zu vertiefen und alles um sich herum zu vergessen machte in meinen Augen gerade mehr Sinn, als mich mit Fragen zu quälen und nach Antworten zu suchen, die ich einfach nicht hatte.

Gegen vier Uhr nachmittags knurrte mir schon wieder der Magen, und ich war müde und schlecht gelaunt. Nachdem ich den ganzen Tag gelesen hatte, war ich zu der Erkenntnis gelangt, dass ich mich nicht dafür schämen musste, immer noch keinen Plan zu haben, was genau ich jetzt mit meinem Leben anfangen wollte. Zumindest befand ich mich gerade in einer besseren Lage, als wenn ich in einem billigen Motel aufgewacht wäre, mit sogar noch weniger Geld in der Tasche. Und ich entschied mich, dass ich mit dem Thema durch sei, vor meinen Problemen davonzulaufen. Was aber auch bedeutete, dass ich besser zurückkehren und mich mit dem Mann auseinandersetzen sollte, der dieses Gefühlschaos in mir auslöste.

Also ging ich zurück zu dem großen Wohngebäude, in dem Gabe lebte, und hielt bei dem Pförtner, der nicht derselbe Mann wie gestern war.

»Kann ich Ihnen weiterhelfen?«, fragte er.

»Ist Mr. Dare da?«

»Sie müssen Ms. Masters sein! Er hat alle paar Minuten angerufen und gefragt, ob Sie schon zurückgekommen sind.«

Verwundert riss ich die Augen auf. Es war mir nie in den Sinn gekommen, dass Gabe wegen meines Fortbleibens beunruhigt sein könnte. Daran hätte ich zwar denken sollen, aber ich war einfach zu durcheinander gewesen wegen … na ja, einfach wegen allem. Ich biss mir auf die Lippe. »Würden Sie ihn bitte anrufen und Bescheid geben, dass ich auf dem Weg zu ihm bin?«

Der Pförtner lächelte. Seine freundliche Art gab mir das Gefühl, dass er bestimmt selbst ein Vater oder Großvater war. Jemand, der sich für andere Leute interessierte. Jemand, der ganz anders war als meine eigenen Eltern. Und mit diesem unschönen letzten Gedanken ging ich zum Aufzug und hielt die Luft an. Plötzlich war ich nervös.

Die Fahrstuhltüren öffneten sich, und ich war völlig perplex, als ich Gabe im abgedunkelten, düsteren Hausflur wartend vorfand. Mit einem Arm stützte er sich am Türrahmen ab. Er trug dunkle Jeans und ein langärmeliges weißes Hemd, weit genug aufgeknöpft, um jemanden in Versuchung zu führen, aber trotzdem verlieh es ihm immer noch dieses kontrollierte, gefährlich-sexy Aussehen. Sein dunkelbraunes Haar war zerzaust, so als ob er mit seinen Fingern mehr als nur einmal frustriert durch es hindurchgefahren wäre.

Er sah mich mit funkelnden Augen an, und in diesem Moment spürte ich Verlangen einhergehend mit einer gesunden Dosis Vorsicht. Denn ganz egal, was ich auch fühlte ... wenn ich ihn ansah, änderte das nichts an der bitteren Wahrheit. Und auch wenn ich zurückgekehrt war, musste ich doch erst begreifen, was zwischen uns eigentlich vor sich ging, bevor ich bleiben könnte.

Ich stieg aus dem Fahrstuhl und blieb vor ihm stehen.

»Dir geht's gut.« Die Worte klangen nach einer Mischung aus Zorn und Erleichterung.

Mühsam schluckte ich. »Ja.«

»Und wie hätte ich das bitte wissen sollen? Du warst schon seit dem frühen Morgen weg!« Er machte einen Schritt auf mich zu, hielt sich dann aber sichtlich zurück.

Ich zuckte zusammen. »Ich nehme an, ich hätte dir eine Nachricht dalassen sollen, aber ...«

»Ja, das hättest du tun sollen!«

Ich schaute nieder, meine Stimmung war etwas gedrückt. Ich hasste es, und doch war ich ... seltsam betroffen von seinen gemischten Gefühlsregungen. Weil das bedeutete, dass er sich immer noch um mich sorgte? Mich begehrte?

War es das, was ich wollte?

Ich schob meine Finger in mein wirres Haar. »Mir tut's leid, falls du dachtest ...«

»Du hast keine Ahnung, was ich dachte!« Er machte eine leichte Bewegung mit dem Handgelenk in Richtung seiner Wohnung.

Auch wenn ein Teil von mir gegen seinen Kommandoton rebellierte, ging ich dennoch an ihm vorbei, aber erhobenen Hauptes. Um ehrlich zu sein, war ich sogar irgendwie zufrieden, dass er sich um mich Sorgen machte. Wann hatte sich zuletzt jemand um mein Wohlergehen Gedanken gemacht?

Er knallte die Tür hinter sich zu, bevor er sich mir wieder zuwandte. »Willst du wissen, was mir durch den Kopf gegangen ist?«

Ich schluckte mühsam. »Natürlich.«

»Mal schauen ... Zuerst dachte ich, Daltry wäre vorbeigekommen. Und ich habe mich gefragt, ob du vielleicht deine Meinung geändert hast und mit ihm gegangen bist.«

Oh, Gabe. »Ich würde nicht einfach so weitermachen wie bisher und abhauen, nachdem du so nett zu mir warst.«

»Ich dachte, wir wären dieses Thema schon mal durchgegangen. Ich bin nicht nett!«, sagte er in einem Ton, der mich ganz eindeutig überzeugen sollte.

Er schaffte es nicht.

»Na ja, zu mir bist du es jedenfalls.« Und plötzlich war es unwichtig, was er mit Naomi gemacht hatte. Ich war anders. Er behandelte mich besser. Oder machte ich mir gerade wieder einmal selbst etwas vor, so, wie ich es auch schon bei Lance getan hatte?

Bei dem Gedanken drehte sich mir der Magen um. »Willst du wissen, wo ich gewesen bin?«, fragte ich.

»Rede weiter.«

Ich atmete aus, und dann erzählte ich ihm, wie ich meinen Tag verbracht hatte. »Zuerst war ich in der öffentlichen Bücherei, um im Internet Stellenanzeigen durchzusehen. Ich habe Listen gemacht und für Montag Telefonanrufe geplant. Danach habe ich den restlichen Tag im Park verbracht und gelesen. Und nachgedacht.«

»Hat das Nachdenken vielleicht auch das mit eingeschlossen, ob du bei mir bleiben solltest oder nicht?«

Ich nickte.

Er streckte seine Hand aus und schnappte sich meine, verschränkte seine großen Finger zwischen meinen, packte immer fester zu. Seine Nähe ließ meine zurückgebliebene Anspannung etwas nachlassen, und meine Schultern sanken, als ich mir selbst gestattete, mich unter seiner Berührung zu entspannen. Er zog mich näher an sich heran, drang in meine persönliche Distanzzone ein, schmiegte sein Kinn in mein Haar.

Seufzend schloss ich die Augen, und als ich einatmete, umhüllte mich der Duft seines teuren Eau de Cologne, das ich langsam begann, mit ihm in Verbindung zu bringen, und das mich von innen heraus strahlen ließ wie ein Feuerwerkskörper mit einer immer kürzer werdenden Zündschnur. Ich presste meine Schenkel zusammen, um das Verlangen zu lindern, das mich sowohl erregte als auch verunsicherte.

»Geh nicht!« Er drehte mich um, sodass ich ihm ins Gesicht blickte.

Mein Herz schlug immer schneller. Eigentlich sollte ich wegrennen und mich nicht um ihn schlingen und ihn nie wieder loslassen wollen.

»Ich muss dich das sagen hören!« Sein Griff wurde noch fester.

Mit zusammengebissenen Zähnen und flehendem Blick sah er mich an, und ich ließ mein Herz sprechen. »Ich werde nicht gehen.« Ich versuchte bei der Zusage nicht in Panik zu geraten und versicherte mir selbst, dass ich einen Job finden und diese neue Situation funktionieren lassen würde. Was es auch immer für uns bedeuten mochte. Wenn etwas passieren sollte, würde es von selbst passieren.

Als ich sah, wie erleichtert er war, wusste ich, dass ich ihn zufrieden gemacht hatte, und ein Gefühl der Ruhe machte sich in mir breit und ließ mich nachdenken ... Was war eigentlich dieses unausgesprochene Zusammengehörigkeitsgefühl zwischen uns? Ich verstand es einfach nicht.

Ich wollte mehr, wenngleich ich gegen diese Gefühle ankämpfte, weil sie mich damit in Gefahr brachten. Um genauer zu sein, gefährdeten sie meinen Sinn für Unabhängigkeit, von dem ich mir selbst gesagt hatte, dass ich ihn brauchte.

Gabe strich mit seiner Hand durch mein Haar, zupfte daran, bis ich mit einem Wimmern darauf reagierte. Okay, offensichtlich mochte ich diese dominante Seite an ihm. Es war etwas, das ich noch nie zuvor erlebt hatte, aber irgendwie sprach es mich ja ganz offensichtlich an. Eine andere Facette an mir, über die ich später einmal in Ruhe nachdenken müsste, wenn sich die Gelegenheit dazu bot.

»Ich werde dich jetzt küssen«, teilte er mir mit. »Und das hier hat nichts mit Dankbarkeit zu tun«, murmelte er noch und umschloss dann meinen Mund mit seinen Lippen.

Während er mich ganz festhielt, glitt er mit seiner Zunge über meine Lippen. Einmal, ein zweites Mal und verlangte nach Einlass. So, als ob ich ihm das verweigert hätte. Die bloße Berührung seiner Zunge löste Feuerwerke in mir aus, und ich wollte alles von diesem Mann. Alles, was er sich nahm, wollte ich ihm geben. Und alles, was er mir bot, von dem lechzte ich nach mehr. Er musste das gemerkt haben, denn seine Zunge umschlang meine, schmeckte meinen gesamten Mund, saugte, zog sich wieder zurück, lernte jeden Teil von mir kennen, während ich zu Wachs in seinen Händen wurde, bei jedem Rutschen und Gleiten, jedem Vorstoß und Abwehren.

Das hier war es, richtig geküsst zu werden. Es zeigte mir, dass ich wichtig war. Selbst die Art, wie er seine Hände in meinem Haar vergrub und es festhielt, ließ mich wissen, dass sosehr er mich auch dominierte, genauso sehr verzehrte er sich auch nach mir. Er brauchte den körperlichen Kontakt zwischen uns genauso sehr, wie ich es tat. Die Intensität war heftig, hastig und unerwartet, aber ich brauchte es, und irgendwie spürte er es genauso sehr. Meine Brustwarzen wurden zu harten Knospen, bis sie nach Gabes Berührung förmlich flehten. Sein Kuss schien in direkter Verbindung zu meiner Muschi zu stehen. Aber von den körperlichen Reaktionen einmal abgesehen, erklärte das emotionale Nachgeben so viel mehr. Es weckte in mir den Glauben, dass ich diesem Mann vertrauen konnte. Gewissermaßen war er ein Fremder in vielerlei Hinsicht, allerdings schien ihn mein Körper bereits zu kennen. Warum sonst waren meine Sorgen auf einmal wie weggeblasen, und ich war stattdessen total euphorisch?!

Er unterbrach unseren Kuss, ließ mich aber trotzdem nicht los. Stattdessen wanderte er mit seinen Lippen über meinen Kiefer und hinab bis zu dem Punkt, wo meine Schultern den Hals trafen, und glitt dann mit seiner Zunge über meine Haut. Ich erzitterte, als er eine erogene Zone fand, von deren Existenz ich bislang nicht einmal etwas geahnt hatte. Mein Höschen wurde feucht. Wenngleich ich verschämt sein sollte, da ich mich ihm so schnell hingab, fühlte es sich einfach zu gut an. Begierde verschmolz in einem Strudel von brennendem Verlangen. Plötzlich spürte ich einen festen Biss an meiner Haut, der mich wieder zurück ins Bewusstsein rüttelte. Der brennende Schmerz hatte mich völlig überrascht, und ich jaulte laut auf. Bevor ich mich ihm gegenüber noch wehren konnte, zog mich allerdings ein Schock der Ekstase wieder zurück in den Strudel, reichte abwärts bis zu meiner vollständig feuchten Muschi.

Zitternd rückte ich näher an ihn heran und fühlte seine Erektion. Ich brauchte ihn so furchtbar und könnte so leicht kommen. Ich zitterte und stöhnte: »Oh mein Gott …«

»Nein, Iz. Ich bin's nur.« In meinem Ohr spürte ich seinen heißen Atem, und selbst sein tiefes, leises Lachen ging mir durch und durch. »Ich will dich genau jetzt ficken. Ich will in dich gleiten, wenn ich komplett nackt bin. Und ich will deine pulsierende, heiße Muschi um meinen Schwanz spüren, bis ich in dir komme und du alles fühlst, was ich dir geben kann.«

Heilige Mutter Gottes. Ich hatte weiche Knie und zitterte am ganzen Leib. Nur Gabes fester Griff an meinem Nacken und die Art, wie er einen Arm um meine Hüften schlang, verhinderten, dass ich hinfiel.

»Ist es das, was du willst, Kätzchen?«

Zustimmend stöhnte ich. »Ja. Ja, nimm mich jetzt!«

Sein eigenes Stöhnen ließ ihn erbeben. »Mein Schlafzimmer …«, murmelte er, und sein Griff wurde sogar noch fester.

Das eine Wort machte meinen Kopf auf einmal wieder klar genug, um mich an das andere Zimmer in seiner Wohnung zu erinnern. Das eine mit den zerwühlten Laken, dem Geruch nach Sex und den Kondomen im Mülleimer, die mich hatten weglaufen lassen.

»Nein. Ich kann nicht.«

Gabe hob seinen Kopf und starrte mir in die Augen. Zweifel funkelte in den schwelenden Tiefen. Er fragte nicht nach einer Erklärung, aber ich hörte die stille Aufforderung dennoch.

»Nicht auf diese Art.« Ich wiederholte seine Begründung, warum er mich nicht früher hatte küssen wollen, wenngleich seine Erklärung damals eine gänzlich andere war als meine jetzige.

Wieder wartete er, so, als ob er ein Recht auf eine Erklärung hätte, er sich aber nicht dazu herablassen würde nachzufragen.

Mühsam schluckte ich, aber ein Klumpen steckte im hinteren Teil meiner Kehle fest. »Ich habe auf dem Anrufbeantworter gehört, wie deine Haushälterin den Termin für heute absagte, und ich dachte, ich könnte aushelfen. Sie versprach, dass sie sich, wenn sie das nächste Mal kommt, als Allererstes um das andere Zimmer kümmern würde«, sagte ich hastig. »Das Zimmer mit der verschlossenen Tür. Also bin ich ... reingegangen und habe ... alles gesehen.«

Seine Augen verfinsterten sich vor Wut.

Weil ich die Schwelle überschritten hatte, wo ich nicht hingehörte? Wenn Lance wütend geworden war, waren die Auslöser meist weitaus harmloser gewesen. »Ich habe nicht herumgeschnüffelt. Ich wollte lediglich helfen.«

»Scheiße!« Er schaute weg.

Seine Reaktion schmerzte, und ich verspannte

mich, da ich nun eine Lektion erwartete, die mir mit Sicherheit bevorstand.

Ohne Vorwarnung lockerte sich jedoch sein Griff, und ich sah zu ihm auf. Er schaute auf mich nieder, sein Blick war unerwartet sanft. »Hab niemals Angst vor mir, Isabelle. Ich bin nicht er!« Seine besänftigende Stimme beruhigte mich.

Ich nickte und stellte fest, dass ich zitterte. Diese Angst hatte tatsächlich von mir Besitz ergriffen. »Schreien war Lance' bevorzugte Form der Kommunikation. Das oder komplette Missachtung, gefolgt von eisigem Schweigen.« Was mir das gleiche Gefühl der Sprachlosigkeit und des Alleinseins vermittelt hatte wie schon damals als Kind bei meinen Eltern.

»Noch mehr?«, fragte er zwischen zusammengepressten Zähnen hindurch.

»Nein«, versicherte ich ihm. »Lance wusste, wie er jemanden verletzen konnte, ohne dabei handgreiflich zu werden.«

Ein Muskel zuckte in seinem Kiefer. »Meine Wut hatte auch nichts mit dir zu tun«, beruhigte er mich schließlich und streichelte dabei über meinen Hals und meinen Nacken. »Ich war auf mich selbst wütend. Dass es in diesem Raum überhaupt etwas für dich zu finden gab …«

Ich schüttelte den Kopf. »Damals habe ich noch nicht für dich existiert. Aber ich komme gerade aus einer langjährigen schlechten Beziehung. Dermaßen schlecht, dass es ein Fehler wäre, sich gleich Hals über Kopf in die nächste Beziehung zu stürzen. Und wir kennen einander nicht mal wirklich.« Ich merkte, wie ich rot anlief, denn ich wusste, wie unreif und naiv ich klingen musste, und dennoch meinte ich jedes Wort genau so, wie ich es gesagt hatte.

Natürlich könnte ich sofort bei ihm einziehen und mir selbst erlauben, mich auf ihn zu verlassen. Die Fähigkeit, jemandem vertrauen zu können, ist doch schließlich angeboren, oder? Bisher konnte ich das aber noch nie. Nicht einmal Lance, wenn er gerade seine liebenswürdigsten und charmantesten Momente hatte. Aber mit Gabe zu schlafen war etwas komplett anderes.

Er strich mir das Haar von meiner Wange. Seine Berührung wärmte mich dort, wo ich kalt gewesen war. »Ich würde dich nicht betrügen.«

»Aber Naomi …«

»Ich habe auch sie nicht betrogen.«

»Nein, das hast du nicht. Du hast mit ihr Schluss gemacht, als ob dir die Beziehung rein gar nichts bedeutet hätte.« Nervös biss ich mir in die Unterlippe. »Und wenn du ihr das antun konntest, könntest du es bei mir bestimmt genauso leichtfertig machen.« Wenn er anfangen würde, sich irgendwann zu langweilen. Oder er feststellte, dass ich doch nicht so interessant war, wie er jetzt ja noch allem Anschein nach fand.

Er fuhr sich mit der Hand über die Augen. »Wenn ich dir sage, dass sie mir nichts bedeutet hat, wirst du denken, dass ich ein kaltherziger Dreckskerl bin, aber es ist die reine Wahrheit.« Er schob sich die Hände in die Hosentaschen.

Es machte es nicht leichter, doch zumindest war er ehrlich gewesen. »Okay.«

»Nein, nichts ist okay. Aber du musst etwas anderes begreifen.« Er legte seine Hand unter mein Kinn, sodass ich ihm in die Augen sehen musste. »Sie ist nicht du! Keine ist so wie du gewesen.«

Bei seinen aufrichtigen Worten hämmerte mein Herz wie verrückt gegen meine Brust. Ich wusste nicht, was ich sagen oder wie ich mich fühlen sollte. Ich wusste nur eines: Ich mochte die Gefühle, die er in mir auslöste, viel zu sehr …

»Ich will nur, dass du weißt, dass ich dir nicht absichtlich wehtun würde! Und ich. Bin. Nicht. Er!«

Ich bekam ein Nicken zustande. »So viel weiß ich.« Und ich tat es wirklich.

»Also ist wieder alles zwischen uns in Ordnung?«, fragte er.

»Ja.« Aber da gab es noch etwas anderes, das ich loswerden musste, und es würde mir nicht leichtfallen.

Er kniff die Augen zusammen. »Ich merk schon, dass es ein Aber gibt. Sag's einfach.«

Ich nickte, fuhr mir mit der Zunge über meine trockenen Lippen und ging tief in mich, um den Mut für die folgenden Worte zu finden. »Niemand ist für mich je in der Art da gewesen wie du, dabei kennst du mich kaum … ganz egal, was auch für eine verrückte Anziehungskraft zwischen uns sein mag.«

»Ich kenne dich aber, Iz.«

Ein leichter Schauer wogte durch mich hindurch, und ich zwang mich dazu, weiterzureden. »Und heute bin ich abgehauen, weil ich es nicht mochte, was für Gefühle dieser Raum in mir auslöste. Ich brauchte Luft zum Atmen und habe erst realisiert, dass ich ausgesperrt war, als die Tür hinter mir zuknallte. Aber ich bin nicht weggeblieben, um dir eine Lektion zu erteilen oder um mich wie eine eifersüchtige Tussi zu verhalten. Es kam mir nie in den Sinn, dass du dir Sorgen machen würdest.« Flüchtig blickte ich ihn an und schaute dann schnell wieder weg. »Meine Eltern haben es nie getan. Lance ebenso wenig. Deine Zuwendung und dein Beschützerinstinkt … das ist etwas völlig Neues für mich.«

Verständnis und noch ein bisschen mehr als das ließen seinen Gesichtsausdruck warm und sanft aussehen. »Es ist für mich doch auch etwas ganz Neues«, gab er dann schließlich zu. Seine Stimme klang dabei heiser. »Du bist doch mein Kätzchen.«

Ich war unsicher, wie ich das interpretieren sollte, neigte meinen Kopf und blickte zu ihm auf.

Ein wissendes Lächeln hob seine Mundwinkel zu einem entwaffnenden, sexy Grinsen. »In der einen Minute bist du mutig, in der nächsten ängstlich. Du musst einfühlsam behandelt werden, um zu lernen, dass du der Hand, die dich streichelt, vertrauen kannst.«

Während er sprach, glitt sein Daumen über meinen Hals. Bei meinem heftig schlagenden Puls hielt er inne. »Ich kann nichts daran ändern, was oder wer vor dir kam, aber eines kann ich dir mit Sicherheit sagen, nämlich dass du anders bist. Für mich, zu mir. Ich versteh ja selbst nicht, warum das so ist, aber ich weiß es einfach. Und wenn du mir die Chance gibst, werde ich es dir auch beweisen.« Er fuhr damit fort, mit seinem Daumen auf meiner Haut vor und zurück zu gleiten, liebkoste mich, so, wie er es gesagt hatte.

Ich schloss die Augen. »In meinem ganzen Leben gab es niemals jemanden, dem ich wirklich vertrauen konnte.« Die Menschen, denen ich vertrauen sollte, hatten mich betrogen, und das Gleiche galt für denjenigen, den ich auserwählt hatte.

»Na ja, jetzt hast du jemanden ...« Seine Hände wanderten aufwärts, bis sie über meinen Hals strichen, dann streichelte er mit seinem Daumen über meine Lippen.

Verdammt, ich fiel schon wieder in diesen Zustand des absoluten Verlangens zurück, in den er mich vorher bereits versetzt hatte. Aber ich fühlte mich jetzt mutiger, leckte erst an seinem Finger und knabberte dann verspielt daran.

Er stöhnte und strich mir meine eigene Feuchtigkeit über die Lippen. »Gib mir eine Chance«, murmelte er mit belegter Stimme, die mich am ganzen Körper kribbeln ließ.

Mein Magen wählte genau diesen Moment aus, um ein unattraktives Knurren von sich zu geben, und ich spürte, wie meine Wangen rot anliefen.

Gabe lachte lediglich in sich hinein. »Mein Kätzchen braucht etwas zu essen.«

Ich zwang mich dazu, meine schweren Augenlider zu öffnen, und schämte mich ein bisschen wegen dem lauten Geräusch. »Ich habe seit dem Hotdog heute Mittag nichts mehr gegessen.«

Sein Stirnrunzeln sagte mir, was er darüber dachte. »Komm. Ich werde dich füttern.«

Was mein nächstes Bedenken ans Tageslicht brachte, das gleichermaßen, wenn nicht sogar noch gefährlicher für meinen inneren Seelenfrieden war. Er wollte mich füttern, hatte er gesagt. Ich konnte sehr wohl eigenständig essen, aber warum argumentieren? Er redete eben so, wie er redete, und es sprach mich ja sogar an. Aber ich musste mich einfach fragen, wie ich mich selbst neu erfinden sollte, wenn ich sofort in das Heim eines anderen Mannes hüpfte ... gar nicht zu erwähnen in sein Bett.

Wenngleich Gabe nicht so zu sein schien wie andere Männer. Ich hatte bereits das Gefühl, dass er sehr wichtig für mich geworden war. Und das war etwas, das ich einfach nicht verstehen konnte. Vielleicht war ja die Lösung, ihn erst einmal besser kennenzulernen und als Resultat dabei auch mehr über mich selbst zu erfahren und herauszufinden, warum ich so stark auf ihn reagierte.

Allerdings fragte ich mich, wie lange ich wohl seinem verführerischen Charme noch widerstehen konnte ...

6

Gabe: Ansprüche anmelden

Gabe konnte sich das primitive Bedürfnis, sich unbedingt um Isabelle kümmern zu wollen, selbst nicht so recht erklären. Genauso wenig wie das Bedürfnis, sie davon überzeugen zu wollen, dass sie aus freien Stücken bei ihm bliebe. Damit sie hier ihre Wunden lecken und auch alles andere finden könnte, was sie in ihrem Leben brauchte. Mit ihm zusammen. Es hatte nichts damit zu tun, eine Streunerin aufzunehmen, so wie es ihm sein Bruder an den Kopf geworfen hatte, sondern sich um eine Frau zu kümmern, von der er sich vom ersten Moment an restlos angezogen fühlte. Eine Frau, von der er spürte, dass sie alles auf den Kopf stellen würde, was er sich selbst geschworen hatte, nicht mehr in seinem Leben haben zu wollen – nach Krissie, seiner verstorbenen Ehefrau. Auch wenn er sich geschworen hatte, sich nie wieder einem anderen Menschen gegenüber zu öffnen ... Aber Isabelle gab ihm die Chance, seine Meinung zu ändern. Nun musste er jedoch noch ihre Meinung ändern.

Zuerst einmal könnte er sich allerdings auf so etwas Simples wie das Abendessen konzentrieren. Seine Haushälterin kochte für ihn immer verschiedene Gerichte vor, sodass er eine gewisse Auswahl hätte, aber heute Abend wollte er sich nichts aufwärmen.

Während Izzy unter der Dusche stand, holte Gabe zwei Steaks aus der Tiefkühltruhe, taute sie auf und bald schon brutzelten sie auf seinem Indoor-Grill. Lucy hatte darauf bestanden, dass seine Küche nur mit dem Besten ausgestattet wäre, und mit der Zeit hatte er es sehr zu schätzen gewusst, hin und wieder für sich selbst zu kochen. Sich um Isabelle zu kümmern bereitete ihm großes Vergnügen, von dem er niemals gedacht hätte, dass er so etwas einmal spüren würde.

Während die Kartoffeln kochten, deckte er den Tisch für zwei Personen. Mit seinem Tempo beeindruckte er sich sogar selbst. Sie schien sich unter der Dusche Zeit zu lassen, und er hoffte, dass sie sich dabei entspannte und sich nicht wieder – panisch wie sie war – in das hektische Bedürfnis, wieder gehen zu wollen, hineinsteigerte.

Er hatte gerade die Steaks vom Grill genommen, als es überraschenderweise an der Haustür klingelte. Er ging zur Tür und war nicht allzu erfreut, dort seinen Bruder zu sehen.

Decklan kam herein, ohne dass Gabe ihn dazu aufgefordert hätte. Er atmete tief ein und grinste: »Es riecht so, als ob ich gerade rechtzeitig zum Abendessen gekommen wäre.«

»Verdammt, das bist du nicht! Du gehst jetzt wieder!«

Sein Bruder warf ihm einen wissenden Blick zu. »Das beantwortet Frage Nummer eins. Sie ist also immer noch hier?!«

Gabe nickte. »Ja, das ist sie. Und ich möchte auch, dass sie bleibt. Also verschwinde, bevor du sie vergraulst. Sie hat dich nicht allzu gern, wenn ich mich richtig erinnere.«

Decklan schüttelte den Kopf. »Das ist auch der Grund, warum ich hergekommen bin … um ein paar Geschenke zu überbringen.« Er hielt eine schlichte braune Tüte hoch, die vorne mit einem Aufdruck der lokalen Apotheke gekennzeichnet war.

»Gabe?« Vom Schlafzimmer her hörte Gabe Izzy nach ihm rufen.

»Bin sofort da!« Gabe drehte sich wieder zu seinem Bruder um. »Keine Ahnung, was du da in der Tüte hast, aber nimm's wieder mit und geh nach Hause!« Er wollte Izzy während des Abendessens für sich alleine haben. Die Zeit nutzen, um etwas über ihre Vergangenheit, ihre Gegenwart, ihre Vorlieben und Abneigungen herauszufinden und sie ihn kennenlernen zu lassen.

Bevor Decklan noch antworten konnte, wurde Gabe auf einen zarten femininen Duft aufmerksam.

»Ich wusste gar nicht, dass du noch jemanden erwartest.« Isabelle gesellte sich zu ihnen. Sie trug ein anderes Outfit von Lucy – eine Jogginghose, die wieder eng anliegend war und ihre tolle Figur betonte. Gott sei Dank war sie nicht so dünn wie ein Model. Sie blickte zu Decklan, ihre Augen weiteten sich vor Überraschung. »Oh … Sie sind es.«

»Verfallen Sie bloß nicht in einen Freudentaumel, weil Sie mich sehen«, meinte Decklan. Sein Tonfall klang amüsierter als letzte Nacht, als sie aufeinandergestoßen waren.

»Sie waren unhöflich zu mir!«, ließ Isabelle ihn in einem hochmütigen Tonfall und mit demonstrativ gereckter Nase wissen.

Gabe brach in schallendes Gelächter aus.

»Sie wurden verhaftet!«, feuerte Decklan zurück.

»Fälschlicherweise!« Sie verschränkte ihre Arme vor der Brust und funkelte ihn wütend an.

Gabe schaute zu seinem Bruder und grinste. »Klingt ganz danach, als ob sie dich hier im Moment genauso wenig haben will wie ich.«

Decklan schien das aber nicht weiter zu stören. »Nicht einmal, wenn ich etwas für Sie mitgebracht habe?« Er blickte Isabelle an und hielt die Tüte hoch.

Jetzt war es Gabe, der unbedingt wissen wollte, was verdammt noch mal in dieser Tüte war, das seinen sonst immer so ernsten Bruder so dermaßen stolz auf sich sein ließ.

Isabelle hob die Augenbrauen und machte einen Schritt nach vorn. Gabes Blick fiel auf ihre nackten Füße und die heißen rosa lackierten Zehennägel. Verdammt, wie gerne würde er an jedem einzelnen von ihnen ganz langsam saugen, dann daran knabbern und Isabelle dabei stöhnen hören, wenn er sich allmählich nach oben arbeitete …

»Lassen Sie mal sehen.« Ihre Stimme ließ Gabes Tagtraum wie eine Seifenblase zerplatzen.

Decklan reichte ihr die Tüte. Isabelle schnappte sie sich und warf einen prüfenden Blick hinein. Ihre Augen wurden groß, und sie starrte ihn mit offenem Mund an. »Sie … Ich … Das hier ist aber sehr fürsorglich von Ihnen!«

Gabe fühlte sich hin und her gerissen. Er wusste nicht, ob er darüber lachen sollte, dass sie nicht gedacht hätte, Decklan könnte fürsorglich sein, und war andererseits eifersüchtig, dass sie nun seinen Bruder mit einem neu entdeckten Respekt anstarrte.

»Vielen Dank, Ms. Masters. Bekomme ich nicht zumindest ein Küsschen auf die Wange für die Mühe?«, fragte Decklan.

Eine rosafarbene Schamesröte schlich sich auf Izzys Wangen. Gabe ärgerte sich jetzt noch mehr, denn er wollte der Einzige sein, der für die Schamesröte auf ihrem Gesicht verantwortlich war!

Sie machte einen Schritt nach vorn, und Gabe brummte böse. Er knurrte geradezu. »Geh nach Hause, Decklan! Izzy und ich haben Pläne.«

»Sei nicht unhöflich! Er hat den ganzen Weg auf sich genommen, um herzukommen und um mir was zu schenken. Und zwar …«

Gabe schnappte sich die Tüte und schaute hinein. »Tums? Er hat dir Tums mitgebracht, und deshalb kriegst du dich vor lauter Begeisterung gar nicht mehr ein?«

Decklan brach in schallendes Gelächter aus, während Isabelle sprachlos zwischen beiden Männern stand. Ganz offensichtlich war sie völlig verwirrt wegen Gabes besitzergreifendem Verhalten. Gabe verstand es ja selbst nicht. Er wusste nur, dass bis Izzy und er noch nicht fest zusammen waren, kein anderer Mann zwischen sie treten durfte. Sein Bruder und dessen Billig-Geschenke mit eingeschlossen.

»Eigentlich muss ich jetzt auch wirklich wieder gehen. Ich habe nämlich noch eine Verabredung«, sagte Decklan. Ganz offensichtlich riss er sich ziemlich am Riemen, um nicht zu lachen. »Ich dachte, aufgrund dessen, wie sich mein Bruder letzte Nacht verhalten hat, will er Sie behalten, und es wäre das Beste, wenn ich ein Friedensangebot mache.« Er zuckte mit den Achseln. »Und angesichts dessen, von dem ich gerade selbst Zeuge geworden bin, hat sich nichts daran geändert, also bis demnächst, Isabelle! Gesetzt den Fall, dass er Sie nicht vorher schon mit seiner Eifersucht vergrault hat.«

»Geh nach Hause«, murmelte Gabe. Es schämte sich, dass er dabei erwischt worden war, sich wie ein Arschloch verhalten zu haben. Und das vor dem einzigen Mann auf der Welt, dem er bezüglich Isabelle vertrauen konnte.

Decklan drehte sich um und wollte gehen. Gabe dachte, dass er morgen mit seinem Bruder schon wieder alles in Ordnung bringen würde.

»Warten Sie«, rief Izzy und stoppte Decklan bei seinem Rückzug.

Decklan drehte sich zu ihr um.

»Waffenstillstand!«, sagte sie mit einem dankbaren Lächeln auf ihrem schönen Gesicht. Was Gabe denken ließ, dass wenn ein Fläschchen Tums sie bereits in einen strahlenden Engel verwandelte, er es schon jetzt nicht abwarten konnte, ihr – seinem Mädchen – unerwartete intimere Geschenke zu machen.

7

Isabelle: Klarheit

Ich war völlig ausgehungert und verschlang geradezu das köstlichste Steak, das ich je gegessen hatte. Mir war sehr wohl bewusst, dass Gabe mich währenddessen die ganze Zeit über beobachtete. Wir saßen in einer kleinen Essecke in der Küche und aßen an einer weißbeigen Granit-Tischplatte. Gabe zog seinen Sitz dicht an meinen heran, und wenngleich es mir hätte unangenehm sein sollen, war es das irgendwie auch nicht, weil ich noch zu amüsiert darüber war, was zwischen Gabe und Decklan vorgefallen war – meinetwegen!

Allen Ernstes meinetwegen!

»Was ist so lustig?«, fragte Gabe. Mit einer Serviette wischte er sich über den Mund, bevor er sie dann wieder zurück auf seinen Schoß legte.

»Ich kann nicht gerade behaupten, dass ich jemals der Anlass für einen Streit gewesen wäre.«

Er stützte einen Arm auf den Tisch. »Und ich kann nicht gerade behaupten, dass ich vorher schon jemals in einen involviert gewesen wäre.«

Wirklich glauben konnte ich ihm das nicht. »Keine großen, teuren Immobilien, die du besitzen wolltest? Keine Club-Übernahmen?«

»Ich habe über Frauen gesprochen.« Er machte eine Pause. »Du hast ja das Schlafzimmer gesehen …«

Es war unnötig zu fragen, welches er meinte.

Er rieb sich mit der Hand über sein stoppeliges Kinn. Offenbar überlegte er, was er als Nächstes sagen sollte. Ein quälender Schmerz nagte in meinem Magen, als ich darauf wartete, dass er fortfuhr.

»Damenbesuch habe ich immer in diesen Raum mitgenommen, solange ich mich erinnern kann.« Er kreuzte seine Finger und starrte mich eine lange Zeit schweigend an, ehe er dann endlich weiterredete. »Normalerweise nehme ich Frauen nicht mit in mein Bett, aber genauso wenig will ich in ihrem Bereich sein.«

»Zu intim?«, fragte ich und lehnte mich zurück, so als ob ich kein Problem mit seinen Frauengeschichten oder Gewohnheiten hätte.

»Viel zu sehr.« Seine dunkelblauen Augen blickten prüfend in meine.

»Das ist traurig«, stellte ich fest und stand auf. Ich hob meine Schüssel auf, dann seine und beabsichtigte abzuräumen.

Er umklammerte mein Handgelenk. »Lass es bleiben!«

»Du hast gekocht, ich mach sauber.«

Er ließ mich nicht los, sein Griff wurde fester. »Das kann warten. Amelia kommt morgen.«

Ablehnend schüttelte ich automatisch den Kopf. »Ich will ihr aber nicht noch zusätzlich Arbeit machen. Ich kann …«

»Aber du wirst nicht!« Seine Stimme duldete keine Widerrede.

Ich schüttelte meine Hand frei. »Macht es dir etwas aus, wenn ich nach dem Grund frage?«

»Ich arbeite zu hart, um das Leben von denjenigen, die ich gernhabe, angenehm zu machen, und ich bezahle denjenigen, die für mich arbeiten, zu viel, als dass du dir deswegen Gedanken machen müsstest.«

»Oh …« Seinen Standpunkt versuchte ich zwar nachzuvollziehen, aber ich war in einem Durchschnittshaushalt aufgewachsen, in dem von mir erwartet worden war, dass ich mich um Hausarbeiten kümmerte und bei den täglich anfallenden Arbeiten mithalf.

Selbst Lance, der für Partys Hilfskräfte anheuerte und wöchentlich einen Reinigungsdienst beschäftigte, hatte von mir erwartet, dass ich mich um die täglichen Pflichten der Haushaltsführung kümmerte. Aber das war nicht das Einzige an Gabes Aussage, das mir auffiel. *Ich arbeite zu hart, um das Leben von denjenigen, die ich gernhabe, angenehm zu machen.* Dass er so über sich selbst dachte, konnte ich durchaus nachvollziehen. Bei seiner Schwester natürlich auch, wenn sie bei ihm über Nacht blieb. Selbst bei seinem Bruder, wenn sie sich nicht gerade zankten, machte es durchaus Sinn.

Aber bei mir? Wie war ich zu einer von denjenigen geworden, die er gernhatte, und dazu auch noch in solch einer kurzen Zeit? Hast du ihn denn nicht gern?, fragte mich eine schwache Stimme in meinem Hinterkopf.

Ich wollte mich darauf konzentrieren, ihn besser zu verstehen. »Lass mich das richtig begreifen. Du nimmst keine Frauen mit in dein richtiges Bett. Und du gehst auch nicht zu ihnen nach Hause, daher das zusätzliche Schlafzimmer?!«

Er neigte seinen Kopf als Zeichen seiner Zustimmung, blieb aber still und gab mir die Möglichkeit, meine nächste Frage auszuformulieren, von der ich wusste, dass sie ihm nicht gefallen würde, doch ich beabsichtigte, sie dennoch zu stellen.

»Du hast mir deutlich zu verstehen gegeben, dass du … mich ficken willst …«

Gabes Iriden verdunkelten sich zu einem stürmischen Farbton. »Ich will … und plane … dich zu ficken, ja.«

Ich hatte mich dazu entschieden, das von ihm benutzte Wort zu wiederholen, einen Begriff, den ich noch niemals zuvor verwendet hatte.

Zumindest nicht im Zusammenhang mit mir und irgendeinem Mann, mit dem ich intim geworden war. Nicht, dass es da viele gegeben hätte. Und ich begrüßte es auch nicht gerade, dass meinem Körper das rein gar nichts auszumachen schien, wenn ich Wörter wie *ficken*, *Sex* oder *Liebe machen* benutzte. All diese Begriffe, wenn sie in Bezug auf Gabe und mich ausgesprochen wurden, ließen mich zusammenzucken und meinen knappen Stringtanga, den ich mir von Lucy ausgeliehen hatte, feucht werden.

»Worauf willst du hinaus, Kätzchen?« Sein athletischer Körper zitterte vor Verlangen. Die Anstrengung, mich nicht zu berühren, war ihm förmlich anzusehen.

Ich konnte es sehen. Es fühlen. Ich wollte ihn ja auch, aber Klarheit brauchte ich jetzt mehr.

Auf meinen nackten Füßen geriet ich ins Schwanken. »Ich will wissen, warum ich in dem Zimmer neben deinem bin ... Ist das so, weil der andere Raum nicht sauber gemacht wurde?« Ich rümpfte die Nase und war nicht imstande, die Verachtung in meiner Stimme zu kontrollieren.

Er biss die Zähne fest zusammen, und sein Blick schweifte weg.

Offensichtlich hatte ich ins Schwarze getroffen ... Ich schlang meine Arme um mich.

»Es ist nicht so, als ob ich mir das vorher ausgedacht hätte. Und es ist auch nicht so, als ob ich das überhaupt hätte tun müssen, da es sowieso nur das eine verfügbare Zimmer gab.«

Ich nickte. »Okay ...« Das machte Sinn. Es tat zwar auf eine dumme Weise auch weh, doch es machte Sinn.

»Bist du fertig?« Offenbar gefiel es ihm nicht, in welche Richtung meine Gedanken gingen.

Ich schüttelte den Kopf. Nein, ich war nicht fertig, und er stand kurz davor, gleich noch bestürzter zu werden, weil ich Fragen hatte, die nach Antworten verlangten. Er hatte mir erzählt, dass Naomi ihm nicht viel bedeutet hatte, aber er konnte das ja schließlich auch nur gesagt haben, um mich zu beruhigen.

Ich räusperte mich und fuhr dann fort. »War Naomi zu irgendeinem Zeitpunkt jemals eine dieser Personen für dich, die du gernhattest und deren Leben du angenehm machen wolltest?« Bevor sie ihm lästig geworden war und er sie kaltherzig abserviert hatte.

Hatte er sie und die anderen vor mir auserwählt, sie benutzt, ihr Leben angenehm gemacht und war sie dann wieder schnell losgeworden, wenn er mit ihnen fertig war? Wenn jemand Neues und Reizvolleres gekommen war? So, wie es Lance mit mir gemacht hatte, außer dass er nicht den Anstand besessen hatte, die Beziehung zu beenden, ehe er sich auf eine neue Frau einließ.

Ich kapierte, dass ich zumindest wissen sollte, wer und was für ein Mann Gabriel Dare wirklich war.

Du weißt es bereits.

Ich ignorierte die Stimme in meinem Kopf – diejenige voller Hoffnungen und Träume, die niemals Wirklichkeit wurden, aber stattdessen viel Schaden anrichteten.

Gabe hob mein Kinn – eine bevorzugte Angewohnheit von ihm – und zwang mich dazu, seinen Blick zu erwidern. In sein schönes Gesicht zu blicken, das gleichzeitig sowohl wild und kantig als auch vollkommen war.

»Ich habe es dir schon einmal gesagt, und ich werde es noch einmal tun, dieses Mal deutlicher. Naomi war für mich ein Zeitvertreib, für die anderen Frauen galt das Gleiche. Schließlich habe ich auch Bedürfnisse, aber es waren nie Gefühle mit im Spiel. Und ich will jetzt nie wieder hören, dass du dich mit diesen Frauen vergleichst!«

Vor Erleichterung bekam ich ganz weiche Knie, und wie lächerlich war das denn bitte? Dieser Mann hatte Auswirkungen auf mich, so tief in meinem Inneren, sodass meine Gefühle schon längst involviert waren. Und das, obwohl ich mir selbst versprochen hatte, nicht mehr verletzlich zu sein. Es machte keinen Sinn. Und es ängstigte mich ungemein.

Also fuhr ich mit meinen Fragen fort und hoffte, dass mit den Antworten alles klarer für mich werden würde. »Aber da gab es einmal jemanden. Eine andere Frau. Eine Streunerin, die dein Bruder erwähnte.«

Ein Muskel zuckte in seiner Wange. »Ich bin kein Mann vieler Worte, und für heute Nacht habe ich genug von mir erzählt.« Seine Hand glitt von meinem Kinn und umschloss meinen Kiefer. »Ich werde dir nur eines sagen, und zwar, dass das lange her ist.«

»Gut, das reicht mir.«

Ein Lächeln spielte um seinen Mund.

»Fürs Erste ...«, fügte ich hinzu, damit er nur ja nicht glaubte, dass ich so leicht aufgäbe.

Ein tiefes Brummen ertönte aus seinem Inneren. Das Nächste, was ich wusste, war, dass er mich hochhob und mich auf seinen Armen aus der Küche trug, durch den Eingangsbereich und in Richtung der beiden Schlafzimmer im hinteren Teil des Apartments.

»Gabe, warte!«

Er blieb am Ende der langen Halle stehen. »Dies wird das einzige Mal sein, dass du entscheidest!«, sagte er mit belegter Stimme.

Meine Antwort hing davon ab, durch welche Tür er mich nun tragen würde, aber ich konnte die Frage nicht stellen, da sie nur das Bedürfnis nach mehr als nur Sex offenbaren würde. Etwas, von dem ich, auch wenn ich bereits darauf angespielt hatte, nicht wollte, dass er es so offensichtlich sah.

»Die Zeit ist abgelaufen«, meinte er schließlich und trat seine Schlafzimmertür auf.

***

Isabelle: Hinter der erwählten Tür

Gabe ließ mich langsam seinen Körper hinabgleiten, und ich reagierte mit feuchter Hitze zwischen meinen Beinen bei jedem harten Zentimeter von ihm, den ich berührte.

Ein leises Stöhnen hallte um uns, und ich war geschockt, als ich realisierte, dass es von mir stammte.

»Runter mit den Klamotten!«, sagte Gabe und klang wie ein Mann, der genau wusste, was er wollte.

Meine Augen wurden ganz groß bei seinem Befehl.

Ich war kurviger als die Frauen, mit denen er sich früher getroffen hatte. Und ich hatte mich ja auch selbst oft genug mit den anderen Frauen im Country Club verglichen, dennoch befolgte ich brav seine Anweisungen. Ich zog am Tunnelzug, ließ die Jogginghose zu meinen Füßen niederfallen und schüttelte sie dann schließlich ganz ab. Das T-Shirt kam als Nächstes dran, ich hob es über meinen Kopf und warf es dann ebenfalls auf den Boden.

Sein lüsterner Blick zögerte nie, verdunkelte sich nur, als ich vor ihm in dem knappen Stringtanga und in meinem einzigen BH stand. Wenigstens ist er aus Spitze, dachte ich noch. Ich bemühte mich, meinen Kopf vor lauter Demütigung nicht einzuziehen, und meine Hände wanderten hoch, um meinen Körper zu bedecken. Irgendwie wusste ich aber, dass er es sowieso nicht zulassen würde, also behielt ich meine Arme dann schließlich doch an den Seiten.

»Alles, Iz!« Er verschränkte die Arme vor seiner breiten Brust.

Mir fiel auf, dass er immer noch vollständig angezogen war. Aber ich tat dennoch zum wiederholten Male, was er mir befahl. Kein einziges Mal dachte ich daran, ihm nicht zu gehorchen. Alarmglocken schrillten zwar in meinem Kopf, allerdings im hinteren Teil meines Gehirns, eine Stelle, die vorne und mittig hätte sein sollen, doch irgendwie war sie ganz weit weg.

Schnell zog ich das Höschen aus. Den BH auszuziehen fiel mir dann aber nicht mehr ganz so leicht. Wegen meiner Brüste war ich immer schon verunsichert gewesen. Sie waren einfach zu groß für den Rest meines Körpers, von meinen breiten Hüften und dem üppigen Hintern einmal abgesehen, aber das war ein anderes heikles Thema für mich. Mit der Zeit war Lance auch nicht mehr so höflich gewesen, und erst jetzt verstand ich wirklich die Gründe. Indem er mir das Gefühl gegeben hatte, dass mich sowieso kein anderer haben wollte, hatte er mich dazu gebracht, weitaus länger bei ihm zu bleiben, als ich es hätte tun sollen.

Schon etwas mutiger griff ich nun nach meinem BH-Verschluss, öffnete ihn und ließ den BH auf den Boden fallen.

»Mach die Augen auf!« Seine Stimme klang wie ein Donnerkrachen, scharf und dröhnend.

Mir war gar nicht aufgefallen, dass ich sie geschlossen hatte. Nun zwang ich mich dazu, seinen Blick zu erwidern. Ihm war ganz heiß, und sein schönes Gesicht leuchtete förmlich auf. Es bestand kein Zweifel daran, dass mich dieser Mann wollte. Mit Haut und Haaren. Feuchtigkeit rann meine Schenkel hinab, und ich war sicher, dass er es bemerkte. Er musste es einfach, und ich wäre vor lauter Scham am liebsten im Erdboden versunken, dass mich seine Befehle dermaßen heißmachten. Feucht. Ich war so notgeil, dass ich mich am liebsten an ihm gerieben hätte. So wie ein Kätzchen, wie er mich genannt hatte.

»Braves Mädchen.«

Das Kompliment wogte leicht durch mich hindurch, förderte ein tieferes Verlangen und noch mehr Feuchtigkeit zwischen meinen Schenkeln.

Er kam zu mir herüber, und der starke Duft seines Eau de Cologne umhüllte mich wie ein Sicherheitsnetz. Verzweifelt lechzte ich nach seiner Berührung, wusste aber nicht, wie ich am besten danach fragen sollte.

Er streckte seine Hand nach mir aus und umfasste meine Schulter mit einem festen Griff, und einfach so beruhigte ich mich. Meine Muskeln entspannten sich, und mein Kopf fühlte sich weniger schwer an. Ein zufriedenes Lächeln spielte um seine Lippen. Es sagte mir irgendwie, dass er gewusst hatte, was ich brauchte, und es ihn glücklich machte, dass ich darauf reagiert hatte.

Verwirrt und extrem erregt atmete ich lange aus … und wartete. Worauf ich eigentlich wartete, wusste ich nicht genau, aber er schien mit seinem persönlichen Tempo weiterzumachen, und ich war zufrieden, ihm dieses Privileg zu gewähren.

»Du bist perfekt«, sagte er, und neigte seinen Kopf für einen süßen Kuss auf meine Lippen.

Süß?

Ja, dachte ich, widersprüchlich süß, und ich stellte mich auf meine Zehenspitzen für mehr.

Abrupt unterbrach er plötzlich den Körperkontakt. »Aufs Bett!«

Ich zwang mich, meine schweren Augenlider aufzureißen, und kroch dann ins Bett, so wie er gesagt hatte, und hinterfragte es nicht einmal mehr.

»Rücken an die Kissen, Beine weit spreizen, Hände ans Kopfende!«

Ich kniff die Augen zusammen.

Ein Muskel zuckte an einer Seite seines Kiefers. »Vertrau mir, dass ich dir das geben werde, was du brauchst.«

Zumindest hätte ich zögern sollen.

Ich sagte mir selbst, dass ich mir etwas Kontrolle zurücknehmen sollte.

Stattdessen fügte ich mich.

Mit meinem Hintern rutschte ich zurück und lehnte mich an die Kissen. Die Beine weit spreizen? Nicht so leicht. Ich öffnete meine Schenkel, fühlte mich offen und entblößt. Albern. Dann konzentrierte ich mich auf meine andere Aufgabe, hob meine Hände an die Latten des Kopfendes, bis mir der Effekt auffiel. Meine Brüste wurden dadurch vorgeschoben, und er konnte sie jetzt noch besser sehen. Na ja, das lenkte meine Gedanken jedenfalls von meinem Unterkörper ab, und ich ließ meine Ellenbogen sinken, um das Gefühl, so entblößt zu sein, abzuschwächen.

Der laute Klaps von Gabes Hand ließ mich zusammenzucken. »Augen«, befahl er und zeigte auf seine eigenen, »immer auf mich gerichtet! Beine weiter spreizen!«

Ich bekam es hin, tief einzuatmen, und entblößte meine feuchte Muschi seinem heißen Blick.

»Und entspanne deine Arme, Kätzchen, oder du wirst sonst hinterher völlig grundlos einen Muskelkater haben.« Sein Ton liebkoste mich, als er näher an das Bett trat und neben mich sank.

Er ergriff mit einer Hand meinen Oberschenkel. »So verdammt perfekt …«, murmelte er. Und bei den Worten ging mir das Herz förmlich auf.

Er neigte sich zu mir, sank mit seinen Lippen auf meine in einer Art und Weise, von der ich spürte, dass es bedeutete, er würde sich in naher Zukunft nicht mehr von mir trennen. Mit seinem wunderschönen Mund glitt er auf meinen Lippen vor und zurück. Die Flüssigkeit von uns beiden verursachte zwischen uns ein herrliches Rutschen und Gleiten. Seine Hand wanderte meinen Schenkel hinauf, Zentimeter für Zentimeter, bis sein Daumen begann, gleichmäßig über meinen entblößten Venushügel zu streichen – ein Ort, dem schon so lange eine liebevolle, einfühlsame Berührung verwehrt worden war.

Ich stöhnte erneut. Und dieses Mal machte es mir nichts mehr aus. Ich hob meine Hüften, suchte nach einem stärkeren Kontakt, mehr Druck. Ein leichter Klaps auf meine Muschi ließ mich aufschrecken.

»Erstens, Augen auf mich gerichtet!«, sagte Gabe. »Und zweitens, ich werde dir geben, was du brauchst. Du musst mir nur vertrauen, dass ich weiß, was … und wann.«

»Aber …«

Ein weiterer Klaps, dieser etwas härter, das Brennen intensiver. »Oh!« Ich keuchte vor empörter Überraschung, nur um zusammenzufahren, als das Brennen nachließ und eine pulsierende Wärme an dessen

Stelle trat. »Oohh«, flüsterte ich in einem plötzlichen Verstehen, als Erregung meine Verwirrung ablöste.

Meine Hüften drängten sich gegen seine Hand, aber ich fing mich sofort wieder, hörte mit der Bewegung auf, ganz egal wie sehr ich auch den Kontakt und den Druck, den seine Handfläche mir bieten konnte, wollte.

»Jetzt verstehst du es«, stellte er zufrieden fest. Er lehnte sich nah an mich heran, legte sein stoppeliges Kinn an meine Wange, und ich atmete seinen Geruch ein, nahm seinen Duft bis tief in meine Knochen auf.

»Lass mich es dir gut gehen lassen.«

»Ja.« Ohne nachzudenken, war mir das Wort herausgerutscht.

Er war immer noch angezogen, und mir machte es nichts mehr aus. Mein einziger Gedanke konzentrierte sich auf die Linderung des Verlangens, das er verursacht hatte und das er weiterschürte.

Er lag zwischen meinen Beinen und neigte seinen Kopf. Sein warmer Atem strömte über meinen Venushügel. Ich wollte so sehr meine Hüften anheben, wagte aber es nicht.

Vertrau mir, hatte er gesagt.

Niemand hatte sich je um mich gekümmert. Immer waren die Bedürfnisse anderer meinen vorangestellt worden. Doch dieser Mann schien einzig und allein auf mich und meine Bedürfnisse konzentriert zu sein, dachte ich noch, als seine Zunge begann, über mich zu gleiten, und ein langer Schauer durch meinen Körper jagte. Er leckte und streichelte mich, zuerst die eine äußere Schamlippe, dann die andere. Er reizte mich mit kreisförmigen Bewegungen seiner Zunge, aber immer um die eine Stelle herum, die nach Beachtung flehte.

Ich griff fester nach dem Kopfende, während er jede noch so kleine Stelle von mir förmlich verschlang. Niemals hatte jemand so lange an dieser Stelle verweilt und mich unter Stöhnen derart verwöhnt. Er knabberte mit seinen Zähnen, bearbeitete mich mit seiner Zunge, abwechselnd schnell und gnadenlos, bis die Empfindungen aufeinanderprallten und um die Vorherrschaft stritten. Meine Erregung wuchs immer mehr, während er voller Hingabe meine Muschi liebkoste. Meine Hüften zitterten, und Wellen der Lust durchströmten mich, sie wurden höher, erreichten allerdings nie den Höhepunkt, weil Gabe sich Zeit ließ. Mein Höhepunkt war zum Greifen nah, aber genauso außer Reichweite.

Ich war nass von meinen eigenen Säften und von ihm, und es interessierte mich überhaupt nicht. Er stieß ein tiefes Brummen hervor, und die Vibrationen schnellten durch mich empor, meine Seufzer, mein Stöhnen, meine *Oh-mein-Gott*-Rufe hallten durch den Raum. Sterne flackerten vor meinen Augen, und ich war mir sicher, dass es das hier war. Ich war so dermaßen bereit zu kommen, und dieser Bastard ließ einfach nach, veränderte das Tempo, ließ meine Empfindungen abebben, nur um wieder von vorn zu beginnen. Niemand hatte jemals so sorgfältig oder gut mit mir gespielt.

Ohne Vorwarnung stieß er nicht einen, sondern gleich zwei Finger in mich hinein, genau in dem Moment, als er meinen Kitzler mit seinen Zähnen umschloss. Ich schrie. Er krümmte seine Finger, und irgendwie fand er eine unglaubliche Stelle, die mich in überwältigende Höhen schießen und mich in Stücke zerspringen ließ, die sich in der Luft ausbreiteten. Ich verlor das Gefühl für Zeit und Raum und war völlig erschöpft.

Ich weiß nicht, wie viel Zeit danach verging. Das Einzige, was ich noch weiß, war, dass ich langsam wieder zu mir kam. Meine Atmung zog mit meinem Geist gleich, mein Geist mit meinem Körper, bis ich imstande war, mich wieder zu konzentrieren. Gabe hatte seine starken Arme eng um mich geschlungen.

Ich streckte meine Hand nach ihm aus, fand aber nur sein Hemd und nicht seine Haut. »Du bist ja immer noch angezogen«, sagte ich enttäuscht. Ich wollte seinen Körper sehen, seine Muskeln, die ich mir lediglich vorgestellt hatte, die heiße Haut unter seiner Kleidung. Aber mir war das Vergnügen dieses Anblicks nicht vergönnt gewesen. Meine Hände hatten ihn nicht gefühlt, und ich hatte ihn auch nicht tief in meinem Körper gespürt.

»Ich wollte nichts überstürzen …« Er schaute zu mir nieder, sein Gesichtsausdruck war jetzt verschlossener als zuvor.

Mein Herz schlug ein schnelles Stakkato, die Angst verdrängte meine Befriedigung. Ich strampelte mich frei, um mich hinzusetzen und um mich zurückzuziehen. Wenn er mich nicht wollte, was war das dann eben bitte gewesen? Mich auf diese Weise bloßzustellen?!

»Entspann dich.« Er schlang seine Arme fester um mich, zog mich wieder zu sich zurück.

Ich schüttelte den Kopf, rebellierte gegen seine Kontrolle. »Ich mag diese Art von Spielchen aber nicht.« Sexspiele? Spiele der Lust? Vorher hätte ich nicht gedacht, dass ich solche jemals genießen würde, doch er hatte es geschafft, mich vom Gegenteil zu überzeugen. Aber mit Gefühlen zu spielen war etwas völlig anderes, und er hatte sich ganz eindeutig zurückgezogen, sich einen Schutzpanzer zugelegt. Und das, nachdem er mich für sich hatte dahinschmelzen lassen. Das war einfach nur grausam!

Ich fühlte mich gekränkt und hatte Tränen in den Augen. »Lass mich los!«

»Ich will dich«, sagte er. Seine Worte beruhigten mich wieder. »Vielleicht sogar zu sehr …«

Das verursachte einen Schmerz in meiner Brust. »Erklär's mir bitte.«

Sein langes Schweigen machte mir Angst, aber da er seinen festen Griff nicht lockerte, blieb mir nichts anderes übrig, als seine Erklärung abzuwarten.

»Ich habe niemals ungeschützten Sex.«

Ich rümpfte meine Nase. »Das will ich hoffen.« Langsam dämmerte es mir aber. »Du hast keine Kondome?« Hatte er sie etwa alle aufgebraucht … schnell stoppte ich diesen Gedankengang.

Er seufzte und streichelte mein Haar. »Doch.«

»Dann versteh ich's wirklich nicht.«

»Ich tu's ja genauso wenig«, murmelte er, fast schon zu leise, sodass ich ihn kaum verstehen konnte.

Ich begriff einfach nicht, was in diesem Mann vor sich ging … hatte er seine Meinung etwa geändert? Oder nicht?

Ich fühlte mich unwohl, weil ich die Einzige war, die nichts anhatte, und ich mich schutzlos fühlte. Dann kämpfte ich mich aus seiner Umarmung frei. »Erklär's mir jetzt, oder ich gehe!«, sagte ich und sprang aus dem Bett, um nach meinen Klamotten zu suchen.

»Stopp!«, befahl er mir mit dieser dominanten Stimme.

Solange er es mir dann erklärte, machte das Sinn, und ich würde mit Sicherheit nicht wieder in seinen Bann gezogen werden. Ohne mir Gedanken über das Höschen zu machen, fuhr ich fort, meine anderen Klamotten zu suchen, hob die Jogginghose hoch und riss mir mein Oberteil über den Kopf.

»Ich will nichts zwischen uns haben, wenn ich in dir komme«, meinte er schließlich. Das Geständnis kam aus seinem tiefsten Inneren. »Haut an Haut. Fleisch an Fleisch. Keine Barriere. Ich könnte es einfach nicht ertragen, etwas zwischen uns zu haben.«

Ich blieb stehen. Seine Worte waren sanft und nicht in diesem Befehlston, dennoch reagierte mein Körper darauf, kehrte an jenen Punkt zurück, wo ich ihm ohne nachzudenken und aus freien Stücken die Kontrolle überlassen hatte.

Das hier war schlecht, realisierte ich. Angsteinflößend schlecht, dieses plötzliche tiefe, emotionale Bedürfnis und die Verbindung zwischen uns. Aber es existierte dennoch.

Ich sah auf, erwiderte seinen Blick. Er starrte mich an, doch sein Gesichtsausdruck war immer noch ausdruckslos und mein Magen auf unangenehme Weise aufgewühlt.

Er streckte seine Hand aus.

Ich ging zu ihm rüber, legte meine Hand in seine. Entscheidung gefällt, scheiß auf die Nervosität. Was immer das hier auch sein mochte, wir steckten beide in dieser Sache drin. Weil das, was ich mit Gabe hinter seiner Schlafzimmertür gefunden hatte, einfach zu stark war, um es zu verleugnen.

Und ich spürte, dass da noch mehr war, warum er mich nicht … gefickt hatte … als uns beide nur Haut an Haut haben zu wollen. Ich zitterte bei der sinnlichen Aussicht, weil ich es auch wollte. Doch es machte mir Angst. Riesengroße Angst.

Und ich fragte mich, was es ihm wohl abverlangte zuzugeben, dass es ihm auch Angst gemacht hatte.

8

Gabe: Mit sich ins Reine kommen

Scheiße, scheiße, scheiße.

Gabe fegte die Papiere von seinem Tisch, ließ sie alle auf den Boden segeln. Er sollte für niemanden mehr solche Gefühle haben. Nie wieder!

Bilder von den Menschen, die ihm nahegestanden hatten, flammten vor seinen Augen auf. Von denen, die er geliebt und verloren hatte. Und von der einen, die er nicht wirklich geliebt hatte und niemals hätte heiraten sollen. Genau in diesem Moment schlief eine Frau in seinem Schlafzimmer, und von seinen ganzen verdammten Befehlen einmal abgesehen, war es in Wirklichkeit doch sie, die die ganze Macht besaß.

Er hatte etwas über Machtaustausch gelernt, um das Gefühl zu haben, die Kontrolle zu haben. Über sich selbst und sein Leben? Und das hatte er.

Bis Isabelle kam.

Er hätte auf seinen Bruder hören und sie nicht mit zu sich nach Hause nehmen sollen, aber er hatte sich ihre frechen Antworten angehört, ihr in die Augen geblickt, und dann saß er auch schon in der Falle. So sah es also aus. Er hatte einen Ständer wie noch nie in seinem Leben, nur wenige Schritte entfernt war jemand, der ihn befriedigen konnte, und er tat etwas, was er noch niemals zuvor getan hatte. Er beraubte sich dessen, was er wollte.

Weil das, was er wollte, mehr war als nur ihren Körper. Er wollte ihre Seele. Und sie war ganz offensichtlich nicht einmal annähernd bereit, sie ihm zu schenken.

Sein Telefon klingelte, und er ging ran, ohne auf das Display zu schauen. »Ja?«

»Ich wünsche dir auch einen guten Morgen, großer Bruder.«

»Lucy, warum rufst du am Wochenende in aller Herrgottsfrühe an?« Wenn es neun Uhr morgens in New York war, war es sechs Uhr früh in Kalifornien.

»Decklan hat angerufen und mir erzählt, dass du wegen einer Frau den Verstand verloren hast, deswegen ruf ich an. Um ein paar Infos zu kriegen.«

Gabe rollte mit den Augen. »Ich habe nicht den Verstand verloren, Luce! Decklan übertreibt.«

»Aber du hast sie doch in mein Zimmer einziehen lassen, oder?«

»Ach, daher weht der Wind! Das ist also der Grund, warum du wirklich anrufst. Du bist sauer, dass du aus deinem Zimmer vertrieben wurdest?!«

Lucy brach in schallendes Gelächter aus. »Das ist mir doch total egal. Und ich fasse diese Antwort als ein Ja auf.« Sie stieß einen Freudenschrei aus.

»Beruhige dich«, murmelte Gabe.

»Kommandier mich nicht so rum. Ich werde nach Hause fliegen, um sie kennenzulernen!«

Gabe schüttelte den Kopf. »Das wirst du nicht!« Zumindest nicht, bevor er sich darüber im Klaren war, was er mit ihr machen würde.

»Ich wäre sowieso gekommen. Es gibt dort nämlich ein Inselresort vor der Küste Floridas. Es nennt sich Eden. Wie cool ist das denn bitte? Du kommst dort nur über eine Einladung hin. Die Insel ist abgesondert, geheimnisvoll und vornehm, und wir haben die einmalige Chance, dort einen Nachtclub zu eröffnen. Darüber muss ich dich sowieso noch genauer informieren.«

»Klingt faszinierend«, erwiderte er und meinte es auch so.

»Oh, das ist es! Mach dir keine Gedanken, ich werde dir noch alles darüber erzählen, wenn wir uns sehen. Und mach dir keine Sorgen, entweder werde ich dann bei Decklan wohnen oder ich nehme mir ein Zimmer in einem unserer Hotels.«

Normalerweise hätte er jetzt lauthals Einwände erhoben, aber er wollte nicht, dass irgendjemand Isabelle und ihn störte. »Danke.«

»Gern geschehen.«

»Geht's dir denn sonst gut?«, fragte er seine Schwester.

Lucy atmete entnervt aus. »Immer. Du musst dir um mich keine Sorgen machen.« Ihre Standardantwort.

Er biss die Zähne zusammen. »Ich habe dich praktisch aufgezogen …«

»Wohl kaum! Ich war schon sechzehn, als Mom und Dad starben.«

Er schluckte mühsam. »Okay, dann habe ich dich eben durch diese furchtbaren Teenagerjahre gebracht – mit Jungs, Dating, Partys. Du weißt schon, die harten Sachen.«

»Oh ja, du musstest mit mir über Sex und Empfängnisverhütung reden.«

»Irgendjemand musste das ja tun. Decklan wollte es jedenfalls, und das ist so sicher wie das Amen in der Kirche, nicht machen.«

Sie kicherte, es klang ganz so wie früher. Er hatte sie damals im Auto, als sie gerade auf dem Highway fuhren, in die Enge getrieben und sie so lange dort festgehalten, bis das unangenehme Gespräch beendet war.

»Ich erinnere mich. Und das bedeutet, ich stehe in deiner Schuld.« Ihre Stimme nahm einen tieferen, ernsthafteren Ton an. »Also wenn du eine Frau kennengelernt hast, muss ich sie auch treffen. Und geh sicher, dass sie gut genug für dich ist!«

Ihm ging das Herz auf. Lucy und Decklan waren die einzigen Menschen, bei denen er sich selbst erlaubte, sie zu lieben. Natürlich, denn sie gehörten ja schließlich auch zur Familie. Gabe musste sie einfach lieben.

Dann war da aber auch noch Isabelle …

9

Isabelle: Der Tag der Abrechnung

Ich wachte allein in Gabes Bett auf, und widersprüchliche Gefühle überfielen mich. Einerseits konnte ich mir selbst gratulieren, denn ich hatte nicht mit ihm geschlafen. Andererseits hatte er mich nicht gefickt, nachdem er verkündet hatte, wie sehr er es doch wollte … und wenn er es gewollt hätte, hätte ich ehrlich gesagt auch nicht Nein gesagt.

Ich beruhigte mich selbst mit der Tatsache, dass ich letzte Nacht Antworten gefordert und diese auch erhalten hatte – auf vieles, wenn nicht sogar alles, was Gabe betraf. Dieses Mal war ich für einen Mann nicht leicht zu haben gewesen. Der erste Punkt ging also an mich. Andererseits hatte Gabe mir befohlen, meine Beine weit zu spreizen, und hatte mir an dieser einen bestimmten Stelle einen Klaps gegeben. Und ich hatte es nicht nur zugelassen, sondern von diesem Gefühl sogar einen heftigen Orgasmus gehabt. Bei der Erinnerung daran brannten meine Wangen, aber auch wegen dem Kribbeln zwischen meinen Schenkeln und der Feuchtigkeit, die sich dort breitmachte.

Und schließlich hatte dieser rätselhafte Mann, der behauptete, niemals Frauen mit in sein Schlafzimmer zu nehmen, und immer ein Kondom benutzte, gesagt, dass er mit mir keins benutzen wollte. Er könnte es nicht ertragen, wenn irgendetwas zwischen uns wäre. Bis jetzt hatten wir allerdings nicht miteinander geschlafen, und ich hatte ihn auch noch nicht einmal nackt gesehen.

Und diesen Morgen lag ich in seinem Bett und war ganz allein …

Ich zitterte. Die Schauer, die mich erfassten, hatten allerdings weniger etwas mit der Raumtemperatur, sondern mehr damit zu tun, dass ich im Moment nackt war. Als ich die Decke zurückschlug, fiel mein Blick auf ein großes T-Shirt, das über einer Chaiselongue in der Ecke des Zimmers hing. Ich zuckte mit den Schultern und zog es mir dann schnell über.

Jetzt fühlte ich mich schon wohler, fand mein Höschen auf dem Fußboden wieder und zog es an, bevor ich mir den Rest meiner Kleidung schnappte und auf die Tür zusteuerte. Ich lugte hinaus, ging dann auf Zehenspitzen durch den Flur und war dankbar dafür, dass ich auf meinem Weg nicht Gabe oder seiner Haushälterin über den Weg lief. Eine Dusche und Kleidung waren das, was ich nun brauchte, um für den heutigen Tag – und für diesen Mann – gewappnet zu sein.

Eine Stunde später war ich sauber, meine Haare frisch geföhnt, und ich trug Make-up, das ich mir von Lucy geliehen hatte. Ich riss mich zusammen und ging in die Küche, aber nur um festzustellen, dass dort ebenfalls keiner außer mir war.

Als das Telefon klingelte, sprang ich verschreckt auf, ehe ich dann allerdings realisierte, dass es ja doch nicht das Telefon gewesen war, sondern die Sprechanlage für den Pförtner unten im Gebäude. Eigentlich wollte ich gar nicht rangehen, aber das Klingeln war dermaßen hartnäckig, dass ich schließlich doch nachgab und den Hörer abhob. »Hallo?«

»Ms. Masters?«

Ich rümpfte die Nase. Entweder erinnerte sich der Mann tatsächlich noch an mich, oder Gabe hatte ihn informiert, dass ich hier war. »Ja?«

»Hier unten ist ein Gentleman mit Koffern, von denen er sagt, dass sie für Sie wären.«

Lance?, fragte ich mich. Mein Herz schlug schneller. Gabe hatte darauf bestanden, dass Lance mir meine Sachen schicken sollte. Und ich brauchte sie auch wirklich dringend, wenn ich nicht vorhatte, das wenige Geld, das ich besaß, auszugeben. Wenn Lance den Scheck gebracht hatte, so wie es ihm Gabe aufgetragen hatte, wär's sogar umso besser. Aber Gabe war nicht hier, um mir Rückendeckung zu geben, und ich fragte mich, ob Lance tatsächlich klein beigeben würde.

Das machte nichts, entschied ich mich schließlich. Ich konnte nicht auf Gabe oder irgendjemand anderen angewiesen sein und erwarten, dass sich ein anderer mit meinem Ex für mich auseinandersetzte. Weglaufen gilt nicht mehr, erinnerte ich mich. Ich würde Lance entgegentreten und ihm die Stirn bieten.

»Schicken Sie ihn bitte hoch.« Ich hängte den Hörer auf und strich mir mit zitternder Hand über meine wilden Locken.

Kurz darauf hörte ich schon, wie es laut an der Tür klopfte.

Ich betrat den Flur und blickte dem Mann ins Gesicht, den ich verlassen hatte. Lance trug sein Haar glatt nach hinten, seine blauen Augen starrten mich eisig an. Für diesen Anlass hatte er sich eine navyblaue Hose und ein durchgeknöpftes Anzugshemd angezogen. Er betrachtete prüfend meine Jogginghose und das T-Shirt. Sein Blick war ganz angewidert und finster. Früher habe ich Lance gut aussehend gefunden, aber das war noch zu einem Zeitpunkt gewesen, bevor ich Gabe mit seinem dunklen Typ und seiner athletischen Figur als Vergleich gehabt hatte.

Ohne ein Wort zu sagen, starrte er mich an.

Ich griff nach dem Türrahmen. »Wo sind meine Sachen?« Auch als ich genauer hinschaute, konnte ich keinen Rollwagen oder Gepäck hinter ihm oder in seiner Hand sehen.

»Hast du wirklich gedacht, dass ich klein beigeben würde, nur weil der Mann, mit dem du im Moment herumhurst, das so angeordnet hat?«

Ich kniff die Augen zusammen. Mir hätte klar sein sollen, dass das hier nicht reibungslos verlaufen würde, und ich hätte ihm vorschlagen sollen, meine Sachen unten zu lassen. »Du hast meine Sachen gar nicht dabei? Dann habe ich nichts mehr zu sagen!«

Gerade wollte ich die Tür wieder hinter mir schließen, als er auch schon seinen Arm dazwischenschob und mich daran hinderte, ihn auszusperren. »Du hast keine Ahnung, mit wem du es zu tun hast!«

Bei seinen Worten hob ich die Augenbrauen. »Natürlich weiß ich das. Du bist ein fremdgehender Drecksack, der nicht zu schätzen wusste, was er hatte, als wir noch zusammen waren! Jetzt schlage ich vor, dass du gehst, bevor …«

»Bevor was? Bevor dein neuer Freund mich rausschmeißt? Er ist nicht hier, oder hast du wirklich geglaubt, dass ich so dumm bin und hier auftauche, wenn er gerade zu Hause ist?«

»Woher hättest du das denn wissen können?«

»Geld regiert die Welt und verschafft Informationen. Aber du kannst das natürlich nicht wissen, weil du ja keins hast.« Er schüttelte missbilligend den Kopf. »Du bist zu naiv, und das zu deinem eigenen Besten. Ein Mann wie Gabe wird sich schnell mit dir langweilen. Gott weiß, dass es bei mir der Fall war.«

Mir war es egal, wie sehr er mich zu verletzen versuchte, doch ich weigerte mich, ihn sehen zu lassen, wie weh mir seine Worte taten. Ich gähnte demonstrativ, um gelangweilt auszusehen.

Aber leider schien sich Lance zu amüsieren. Er kam näher an mich heran. »Nur aus Mitleid habe ich mich damals mit dir abgegeben, weißt du das?! Erst einmal das, und außerdem hast du ja auch das

Haus gut in Schuss gehalten und das, was ich verlangt habe, ohne viel Tamtam erledigt. Nicht zu erwähnen, dass du frigide genug warst, dass du nicht einmal gemerkt hast, wie oft ich mir meinen Spaß woanders geholt habe.«

In mir brodelte es, nicht nur aus Wut darüber, wie gefühlskalt er mich behandelte, sondern auch weil ich mich fragte, wie ich nur so dumm gewesen sein konnte, dass ich überhaupt auf ihn hereingefallen war. Ich hatte seinen Lügen geglaubt und war bei ihm geblieben, selbst als ich es eigentlich schon besser hätte wissen müssen.

»Wenn ich frigide war, dann nur, weil du verdammt noch mal nicht wusstest, was du da tust, du verlogener Fremdgeher!« Ich griff so fest nach dem Türrahmen, dass es mich wunderte, mir keinen Finger gebrochen zu haben.

»Tu nicht so, als wärst du ganz ohne Schuld. Wie lange ging das zwischen dir und Gabe schon hinter meinem Rücken?«

Ich antwortete nicht. Er würde mir sowieso nicht glauben.

»Gabriel Dare fühlt sich vielleicht jetzt gerade noch zu dir hingezogen. Mir ging's ja auch so, zumindest eine Zeit lang. Aber irgendwann wird er sich langweilen, genauso wie es bei mir der Fall war. Ich bin nur gekommen, um dich wissen zu lassen, dass du nicht einen müden Cent von mir sehen wirst! Du hast bereits genug bekommen!«

Wieder einmal hatte er es geschafft, mich auf bestmöglichste Weise zu verletzen. In meinen Ohren hallte es von all den Beleidigungen, die er mir an den Kopf geworfen hatte, aber ich würde es nicht zulassen, dass er mich fertigmachte. »Du dummes, arrogantes Arschloch! Lieber würde ich auf der Straße leben, als irgendetwas von dir anzunehmen!«

»Das lässt sich einrichten.« Ein fieses Grinsen machte sich auf seinem Gesicht breit. Ich fragte mich, wie er es nur geschafft hatte, diese gemeine Seite von sich vor mir so lange versteckt zu halten.

Ich drehte ihm bereits den Rücken zu, doch da packte er mich an der Schulter.

Mich zu berühren war der letzte Tropfen, der das Fass zum Überlaufen brachte. Ich wirbelte herum und trat zu. Mein nackter Fuß traf ihn in den Unterleib.

»Du Schlampe!« Er schlug hart zu. Genau in dem Moment öffnete sich die Fahrstuhltür, Gabe kam herausgestürmt und sah noch, wie Lance' Hand meine Wange traf.

Gabes Blick schwenkte von Lance zu mir, bevor er sich meinen Ex schnappte, ihn an seinem Hemd hochzog und ihn dann mit dem Rücken gegen die Wand stieß. Seine Faust traf Lance' Kiefer. »Du schlägst keine Frauen! Aber vor allen Dingen schlägst du nicht diese hier!«, stieß er hervor und hielt meinen Ex dabei immer noch gegen die Wand gedrückt.

Lance funkelte ihn zornig an, blieb aber standhaft und zuckte kein einziges Mal mit der Wimper.

»Ich habe dir ausdrücklich gesagt, dass du ihre Sachen zu meinem Büro bringen sollst. Tauch hier noch ein einziges Mal auf und du wirst nicht mehr in der Lage sein, eigenständig dieses Haus zu verlassen!«

»Konnte er fast auch nicht«, murmelte ich. Nach meinem Fußtritt und Gabes Faustschlag wirkte Lance verstört und fassungslos.

Und wenn ich richtige Schuhe angehabt hätte, dann hätte der Fußtritt einigen Schaden anrichten können. Ich bewegte meinen schmerzenden Kiefer vor und zurück.

Gabe löste seinen Griff, und Lance bemühte sich, nicht hinzufallen. Er richtete sich auf, zog sein Hemd gerade und warf einen Blick in Gabes Richtung. »Da haben wir noch nicht das letzte Wort gesprochen.«

»Wenn du damit meinst, dass du ihr immer noch Geld schuldest, dann hast du recht!« Gabe trat neben mich, zog mich eng an sich heran. Ich ließ es zu, dass er mich wie sein Eigentum präsentierte, und wusste, es würde meinen Ex rasend machen.

Lance' finsterer Blick bewies mir, dass ich recht behielt. »Sie ist die Schwierigkeiten nicht wert, die ich dir noch machen werde.« Lance' Worte waren eine klare Drohung.

Gabes tiefes Knurren jagte dann aber selbst mir Angst ein. »Das beweist nur, wie unglaublich dumm, ganz zu schweigen davon, wie unwissend du bist!«

Zitternd schlang ich meine Arme um mich und gestand mir leise ein, dass Lance wahrscheinlich sogar recht hatte. Ich war diesen Ärger nicht wert, was

Gabe vielleicht auch gerade eben herausgefunden haben mochte, aber zumindest beschützte er mich vor meinem Ex.

Gabe drückte beruhigend meine Schulter, dann ging er in den verdunkelten Gang und drückte den Fahrstuhlknopf, ehe er sich wieder zu Lance umdrehte. »Ich schlage vor, du verschwindest jetzt besser, bevor ich die Polizei rufe. Du begehst gerade Hausfriedensbruch!«

Lance blieb klugerweise still, bis er in den offenen Fahrstuhl trat. »Mach dich wegen einem netten Hintern nicht zum Idioten!«, rief er Gabe noch zu. Er tat es ganz bewusst in genau dem Moment, als sich die Fahrstuhltüren schlossen.

***

Isabelle: Soll ich bleiben oder gehen?

Gabe wartete, bis die Türen komplett verschlossen waren, bevor er sich zu mir umdrehte und mich ansah. Mit zusammengekniffenen Augen blieb sein Blick schließlich an meiner Wange hängen.

»Ich hätte ihn umbringen sollen, als ich noch die Chance dazu hatte.«

Er griff nach meiner Hand, zog mich in sein Apartment und knallte die Tür hinter uns zu. Sobald wir in der Küche waren, hielt er am Tiefkühlschrank und füllte einen Gefrierbeutel mit Eiswürfeln.

»Warte hier!« Er stürmte raus und kam mit einem

weißen T-Shirt zurück. Er wickelte es um das Eis und hielt die weiche Baumwolle an mein Gesicht.

Ich zuckte zusammen.

»Entschuldige, aber lass es an der Stelle.« Er führte mich zu dem Sofa im Wohnzimmer und setzte sich dann neben mich. »Geht's dir gut?« Er strich meine widerspenstigen Locken von meinen Schultern.

Seine liebevolle Fürsorge wollte ich nicht so sehr genießen, wie ich es in Wirklichkeit tat, und die Worte, die ich sagen musste, blieben mir in der Kehle stecken, ehe ich es schließlich hinbekam, sie auszusprechen.

»Ich werde gehen. Du hast etwas sehr Nettes für mich getan, indem du mich bei dir wohnen lassen hast, und wir haben uns zu etwas hinreißen lassen … Lass mich dir einfach nur Danke sagen, und dann belassen wir es dabei, okay?!« Ich legte das Eis auf den Tisch.

Er machte ein finsteres Gesicht und hielt den Eisbeutel sofort wieder zurück an mein Gesicht. »Warum hast du das Arschloch überhaupt nach oben kommen lassen?«, fragte er und ignorierte dabei völlig meine Aussage.

Nicht, dass es mich überrascht hätte, und ich entschied mich dazu, ihm zuerst seine Frage zu beantworten. »Der Pförtner rief an. Er sagte, dass ein Mann unten sei, mit Koffern für mich. Ich nahm an, dass Lance meine Sachen nach oben brächte, sagen würde, was er zu sagen hat, und dann wieder verschwinden würde.«

Gabe kniff die Augen zusammen. Seine Wut war ihm deutlich anzusehen. »Der Pförtner sagte, der Mann hätte Gepäck für dich?«

Ich nickte.

»Und er hat gelogen!«, stellte Gabe mit düsterer Miene fest.

Wieder nickte ich. »Als ich Lance fragte, woher er wusste, dass du nicht zu Hause bist, erwähnte er irgendetwas davon, dass man mit Geld Informationen kaufen könnte.«

Gabe schüttelte frustriert den Kopf. »Ich hätte ihm einen Schritt voraus sein müssen. So etwas wird nicht noch einmal passieren!«, versprach er dann.

Ich wusste, dass so etwas nicht mehr passieren würde, weil ich bald nicht mehr hier wäre. Wenn Lance versprach, Schwierigkeiten zu machen, dann meinte er das auch so. Gabe brauchte keinen Ärger in seinem Leben, den einzig und allein ich verursachte. Das war nur noch ein weiterer Grund für mich zu gehen. Mein Selbstrespekt und mein Bedürfnis nach Unabhängigkeit waren zwei weitere. Lance noch einmal zu sehen bestätigte mich nur darin, warum ich ihn überhaupt erst verlassen hatte. So, wie ich mich kannte, würde ich es zulassen, dass Gabes überzeugende Art mir ein Gefühl von Sicherheit gibt, das nur noch eine weitere Falle für mich sein könnte.

Ich ergriff sein Handgelenk und nahm das Eis von meinem Gesicht. »Es geht schon wieder.«

Er legte das eingewickelte Eis auf den Tisch, stützte seine Hände auf den Knien ab und schien tief in Gedanken versunken zu sein.

Ich gab ihm die Zeit, die er zu brauchen schien. Ich drängte ihn nicht und blieb still.

»Mir tut's leid«, meinte er schließlich.

»Was? Warum?«, fragte ich.

»Ich habe mich entschuldigt, und du willst wissen warum?«

Ich nickte.

»Wir sind über die Warums doch schon hinweg. Und du gehst nirgendwohin!«, meinte er dann mit einem tiefen Knurren.

Doch, das würde ich …

Ich musste auf meinen eigenen Beinen stehen, bevor ich mich jemals wieder irgendeinem Mann hingeben könnte. Besonders einem, der so eine starke Wirkung auf mich hatte und so dominant war wie Gabe.

Aber ich wusste es einfach besser, als zu glauben, dass er mich einfach so gehen lassen würde. Denn er wusste wiederum, dass ich seiner überzeugenden Art nicht widerstehen könnte. Was bedeutete, dass ich für den Rest der Nacht Zeit schinden musste. Ich würde einfach behaupten, ich hätte Kopfschmerzen, und mich früh schlafen legen.

Als Allererstes am Morgen oder so früh wie es eben umsetzbar wäre, würde ich dann zu meinem ursprünglichen Plan zurückkehren.

Ich war bereit, ein neues Kapitel in meinem Leben aufzuschlagen. Gabe zu verlassen würde um so vieles härter werden, als es bei Lance gewesen war, aber wenn ich Gabe dazu bringen wollte, mich zu respektieren und nicht nur zu besitzen, blieb mir keine andere Wahl.

10

Isabelle: Stark und ich selbst sein

Es war alles andere als leicht, und es brach mir das Herz, aber als Gabe am nächsten Morgen dringend geschäftlich wegmusste, nutzte ich die Chance, um mich aus dem Staub zu machen. Ich hinterließ ihm eine Nachricht, erklärte ihm, dass ich unabhängig sein wollte und warum ich ihn verlassen musste, um so zu werden.

Unverzüglich kontaktierte ich meine alte Freundin, Chefin und Mentorin Lisa. Ihr Büro befand sich immer noch an demselben Ort wie früher, und sie war sichtlich erleichtert, als sie meine Stimme am Telefon hörte. Die erste Nacht schlief ich in ihrem Apartment, und wir erzählten uns, was sich bei uns in der Zwischenzeit alles getan hatte. Es stellte sich heraus, dass Lisa ein Geschenk des Himmels und eine wahre Freundin war. Als Erstes bot sie mir an, mich als ihre Assistentin einzustellen, sodass ich langsam in meinen alten Beruf zurückfände. Sofort stimmte ich zu. Wenngleich sie meinen neuen Arbeitsplatz geschaffen hatte, um mir einen Gefallen zu tun, brauchte ich an meinem ersten Tag im Büro nur einen einzigen Blick auf ihren Schreibtisch, ihre Bücher und das pausenlos klingelnde Telefon zu werfen, und ich hatte kaum noch Zweifel, dass sie mich eigentlich wirklich brauchte.

Sie besorgte mir auch eine Wohnung. Seit zwei Jahren war sie mit einem Mann zusammen und häufiger bei ihm als bei sich, deshalb bestand sie darauf, dass ich in ihr Apartment zöge. Wir einigten uns auf eine faire Miete. Sie versicherte mir, dass ihr das sehr entgegenkäme, da sie praktisch bereits mit Tom zusammenlebte, aber ihre eigene Wohnung nicht aufgeben wollte, solange die Beziehung noch nicht ernster war.

Ich war dankbar, wenn auch nicht gerade begeistert über das Gefühl, wieder einmal nur zu nehmen. Doch ich war nicht so dumm, als dass ich diese Chance nicht gerne wahrgenommen hätte. Außerdem kannte ich Lisa. Sie log nicht, und sie schonte niemanden. Sie war ein knallharter Boss, und ich wusste, dass ich hart arbeiten würde, und das tat ich! Ich begleitete sie bei all ihren Terminen, sie fragte mich um Rat, verwendete oft meine Ideen und binnen Kurzem fühlte ich mich wohl damit, meine Ansichten bezüglich der Farben, die Wahl der Art der Stoffe und Möbel-Platzierungen durchzusetzen. Es war schön, mein theoretisches Wissen wieder in der Praxis anwenden zu können. Einige Tage später überbrachte mir eines Morgens ein Kurier an meinem Arbeitsplatz einen Umschlag. Nachdem ich unterschrieben hatte, ging er wieder. Als ich danach an meinem Platz saß, stellte ich fest, dass es ein Scheck über die Summe war, die ich besessen hatte, als ich damals bei Lance einzog, plus zwei Jahre Zinsen. Dass ich erstaunt war, war noch untertrieben, und mich beschlich das sichere Gefühl, dass Gabe bei der Rückzahlung meines Kapitals die Finger mit im Spiel haben musste. Was bedeutete, dass Lance ihm nicht gerade wohlgesonnen war ... oder mir. Tage, sogar Wochen später war ich noch auf der Hut, dass Lance mir nicht doch noch auflauern könnte, aber er tauchte nie wieder auf. Das Gleiche galt allerdings auch für Gabe. Auch wenn er sich darum gekümmert hatte, dass Lance mir mein Geld zurückgab, war er ganz offensichtlich nicht interessiert genug, um mich zu sehen.

Am ersten Tag, verdammt ... selbst noch Wochen später, nachdem ich gegangen war, hatte ich darauf gewartet, dass Gabe käme, um mich zurückzuholen. Ein Teil von mir hatte das sogar gehofft. Nicht, dass ich gewusst hätte, wie ich die Stärke hätte aufbringen sollen, ihm zu widerstehen, wenn er tatsächlich aufgetaucht wäre. Aber ich brauchte mir keine »Sorgen« zu machen. Er hatte mich viel leichter gehen lassen als erwartet. Eigentlich hatte er mich sogar ganz und gar gehen lassen. Entweder hatte er meine Entscheidung respektiert, oder ich hatte ihn so sehr verletzt oder verärgert, dass ich ihn jetzt nicht mehr interessierte. Das war der Gedanke, der mich quälte. Dass ich Gabe wehgetan hatte, um mein Selbstwertgefühl zu finden. Ich denke, ein Teil von mir glaubte, dass er selbst dann noch hartnäckig wäre, wenn er versuchen würde, mich zu verstehen. Und ich hätte ehrlich gesagt auch nicht gedacht, dass er die Sache zwischen uns einfach auf sich beruhen lassen würde. Andererseits hatte ich ihn ja verlassen. Was sonst würde ein Mann tun, der etwas auf sich hielt?

Es gab Zeiten, in denen ich mich fragte, ob er vielleicht dachte, dass ich ihn nur testen würde, indem ich ihn verließ, und er nun sauer war, weil ich Spielchen mit ihm spielte. Die Wahrheit war allerdings, dass ich überhaupt keine Ahnung hatte, wie man so etwas macht. Nicht, wenn Gefühle mit im Spiel waren. So blieb alles beim Alten. Es herrschte Funkstille zwischen uns, so unverhohlen und bedeutungsvoll wie damals bei meinen Eltern, und ein stechender Schmerz ergriff bei diesem Gedanken mein Herz.

Drei Monate später vermisste ich Gabe noch immer. Die ganze Zeit über fragte ich mich, wie ich denn überhaupt einen Mann vermissen konnte, den ich nicht einmal richtig kennengelernt hatte. Nichtsdestotrotz war er mir durch sein Verständnis und seine wahre Leidenschaft so nahegekommen, denn das waren die Dinge, die ich mir am meisten ersehnte.

Wenn ich ehrlich zu mir selbst war – und während dieser Zeit der Selbstfindung hatte ich mich dazu gezwungen, nichts anderes zu sein als das –, vermisste ich auch die sexuelle Dominanz, die er über mich gehabt hatte. Da, wo Lance' Kontrolle zerstörerisch gewesen war und mein Selbstwertgefühl vernichtet hatte, hatte Gabes Bestimmtheit mich aufgebaut – auf subtile, aber besondere Weise. Nur wenige Tage mit ihm, und ich hatte mich bereits stärker gefühlt. Stark genug, um dem bequemen Leben, das er mir angeboten hatte, den Rücken zu kehren und ganz allein auf mich gestellt fortzugehen, nur um mir selbst zu beweisen, dass ich es schaffen konnte.

Als ich mich an diesem Morgen an meinen Schreibtisch setzte und begann, meine E-Mails zu checken, hörte ich ein vertrautes Geräusch. Lisa kam durch die Tür, und ich sah auf. Sie schwebte förmlich in das Büro herein. Es gab kein anderes Wort, das ihre Ankunft hätte besser beschreiben können. Mit perfektem Make-up, das blonde Haar in symmetrischen Wellen, kam sie sofort an meinen Tisch. Sie strahlte über das ganze Gesicht.

»Hattest du einen schönen Abend?«, fragte ich, denn ich wusste, dass Tom ihr gesagt hatte, sie solle sich etwas Hübsches anziehen, weil er sie an einen besonderen Ort ausführen wollte.

»Der Abend war fantastisch!« Sie präsentierte mir ihre Hand, und ich bemerkte den großen, funkelnden Verlobungsring an ihrem Finger.

»Oh mein Gott!«, kreischte ich, so wie es nur eine wirklich gute Freundin tun konnte. Aufgeregt sprang ich auf und umarmte sie fest. »Herzlichen Glückwunsch!« Ich griff nach ihrer Hand, um mir den Ring genauer anzusehen. »Er ist wunderschön!«

»Ich weiß!«

Ich lachte, denn ich freute mich wirklich für sie. Lisa war gerade vierzig geworden und hatte schon angefangen zu denken, dass ihr Tom wohl niemals einen Antrag machen würde. Aber sie liebte ihn zu sehr, als dass sie ihn verlassen oder ihm ein Ultimatum gestellt hätte. Offensichtlich hatte sich ihre Ausdauer gelohnt.

Anstatt in ihr Büro zu gehen und sich sofort ans Telefon zu hängen, so wie sie es normalerweise immer tat, hockte sie sich auf die Tischecke. Sie war nie die Art von Chefin gewesen, für die Hierarchien am Arbeitsplatz eine Rolle gespielt hätten, und genauso wenig kümmerte es sie, dass ich gut zehn Jahre jünger war als sie.

Wir kamen gut miteinander aus, und aus diesem Grund waren wir irgendwann Freundinnen geworden.

Ich lehnte mich auf meinem Stuhl zurück. »Ich freue mich wahnsinnig für dich!«

»Danke.« Ruhig schaute sie mich prüfend mit ihren strahlenden grünen Augen an. »Ich bin wirklich froh, dass du zurückgekommen bist und dass ich das hier mit dir teilen konnte. Ganz abgesehen davon, dass du wirklich ein Organisationstalent bist.«

Ich lächelte sie an. »Ich bin auch froh.« Meine Arbeit und die Freundschaft mit ihr hatte ich wirklich vermisst.

Sie lehnte sich näher an mich heran. »Weißt du was? Lance hat auch mich getäuscht.«

Blitzschnell hob ich den Kopf. Sie hatte Lance seit der ersten Nacht meiner Rückkehr nicht erwähnt, denn sie respektierte, dass ich noch nicht darüber sprechen konnte. Ich denke, sie wollte mir einfach

Zeit geben, um das Ganze zu verdauen. Nun, da bei ihr privat alles stimmte, war die Stunde gekommen, um über mein Liebesleben zu sprechen.

Mein Magen war aufgewühlt, aber ich dachte, es sei besser, jetzt dieses Gespräch zu führen und es hinter mich zu bringen, als ihr aus dem Weg zu gehen und es zuzulassen, dass Lisa mich drängte und ich erst dann alles erzählte.

»Lance hat dich wirklich auch getäuscht?«, fragte ich überrascht, dass selbst sie ihn nicht durchschaut hatte.

Sie nickte. »Ich hätte mehr auf dich eingeredet, mit ihm Schluss zu machen und mich hier nicht im Stich zu lassen, aber du warst einfach so glücklich. Du hast ihn geliebt, und du wolltest Sicherheit. Und ich kannte dich einfach zu gut, um das zu wissen. Und außerdem schien Lance der perfekte Mann zu sein, um dir das alles zu bieten.«

Zumindest wusste ich, dass wir beide das Gleiche in Lance gesehen hatten – wenigstens am Anfang.

»Mir hat's damals nicht gefallen, dass du deine Unabhängigkeit und deinen Job aufgegeben hast, um mit ihm zusammen zu sein, doch ich habe es respektiert. Nicht alle Frauen wünschen sich in ihrem Leben das Gleiche. Aber ich wusste, dass mir dein Talent fehlen würde.«

Ich lächelte. »Ich wollte wirklich glücklich mit ihm sein und das Heim haben, das ich nie hatte, aber ...« Ich gab mir einen Klaps auf die Wange und zwang mich dazu, weiter zu lächeln.

»Ich bewundere es, dass du ganz genau wusstest, was du wolltest, obwohl du noch so jung warst. Daran ist ja auch überhaupt nichts falsch. Wir sind nicht alle aus dem gleichen Holz geschnitzt und nur auf Karriere aus.« Sie blickte nieder auf ihren Ring, als sie sprach, was mich vermuten ließ, dass auch sie in letzter Zeit wahrscheinlich eine Art von Neubewertung für ihr Leben gemacht hatte.

»Es hätte mir auffallen müssen, als ich anrief und dich einfach nicht erreichen konnte und du mich auch nie zurückriefst ...«

Ich hob eine Hand. »Was?« Soviel ich wusste, hatte sie von einem Tag auf den anderen plötzlich damit aufgehört, sich bei mir zu melden.

»Als du damit anfingst, dir Entschuldigungen auszudenken, um nicht mehr zu unserem wöchentlichen Mittagessen kommen zu müssen, und Lance mir sagen ließ ...«

»Du hast mich angerufen?«

Sie nickte. »Ich habe versucht, dich auf deinem Handy zu erreichen. Die Nummer war abgemeldet, also rief ich schließlich Lance an, und er versprach, die Nachricht weiterzugeben. Nachdem ich das zweimal getan hatte, behauptete er, dass du neue Freunde gefunden hättest und zu beschäftigt wärst ...«

Meine Wangen wurden ganz heiß. »Oh mein Gott, was bin ich nur für eine Idiotin gewesen!« Am Anfang war er immer mit irgendwelchen Sachen angekommen, die ich unbedingt erledigen musste, wenn ich mich an dem Tag doch eigentlich mit Lisa treffen wollte. Aber ich hatte nicht gewusst, dass er mir absichtlich nichts von ihren Anrufen erzählt hatte. Ich hätte es merken müssen und die Freundschaft nicht so leichtfertig aufgeben dürfen, aber Lance war ja da gewesen, und er hatte mich dazu ermutigt, ein neues Leben anzufangen.

Lisa verscheuchte meine Selbstvorwürfe. »Mir kam es doch auch nie in den Sinn, dass er die Nachrichten nicht weitergab. Ich dachte lediglich, dass du zu beschäftigt wärst mit deinem neuen Leben und deinen neuen Freunden. Und das war auch okay, wenn du damit glücklich warst. Aber ich habe dich vermisst.« Ihre Lippen wurden schmal. »Ich hätte dich besser kennen sollen. Also siehst du, wir sind beide auf ihn reingefallen. Mach dir also keinen Kopf!« Ihr freundlicher Blick traf meinen.

»Danke.« Lisa war eine weitere Person in meinem Leben, auf die ich mich wirklich verlassen konnte, dachte ich und bemerkte sofort, dass ich im Geiste Gabe in diese kleine Gruppe von zwei Menschen mit einbezogen hatte.

Ich hatte einen Kloß im Hals, so wie immer, wenn ich an ihn dachte.

»Trotzdem ...« Lisas Stimme lenkte mich glücklicherweise von meinen eigenen Gedanken ab. »Wir werden dir einfach einen anderen Mann suchen, so einen wie Tom.«

Ich hatte Lisa noch nichts über die kurze Zeit erzählt, die ich mit Gabe verbracht hatte, bevor ich wieder in ihrem Leben aufgetaucht war. Der Schmerz war noch zu frisch gewesen, und ich war noch nicht bereit zuzugeben, dass ich nach dem einen Mann sofort Zuflucht beim nächsten gesucht hatte. Ich wollte Gabe und das, was ich für ihn empfand, noch für mich behalten.

Ich schüttelte den Kopf, denn ich wollte keinen Mann wie Tom. Und ich wollte auch nicht einfach irgendeinen Mann. Ich wollte nur den einen, den ich zurückgelassen hatte.

Aber ich fand nicht, dass zu ihm zurückzugehen der richtige Schritt war. Zumindest nicht, nachdem all die Monate Funkstille zwischen uns herrschte. Ich hatte jetzt schon einige Schritte in Richtung Unabhängigkeit gemacht, seitdem ich Gabe verlassen hatte. Doch ich hatte immer noch sehr viele Schritte vor mir. Ich hatte das bekommen, was ich brauchte: Zeit für mich allein, um mein Leben aufzuräumen.

Was für ein Jammer, dass sich das Leben oft so leer anfühlte …

»Wir werden sehen …«, sagte Lisa. »Ich bin nur froh, dass wir dieses Gespräch hatten.«

»Und ich freue mich so für dich!« Wieder schaute ich auf ihren Ring und lächelte.

Lisa erhob sich von ihrem Stuhl und streckte ihre Hand aus. »Hat jemand angerufen?«, fragte sie. Mit ihren Gedanken war sie schon wieder beim Geschäftlichen.

Erleichtert atmete ich aus. Es war gut, etwas Normalität zu haben und keine Gespräche mehr über meine Vergangenheit führen zu müssen. Ich reichte ihr einen Stapel mit rosafarbenen Papieren, bei denen es sich hauptsächlich um Telefonanrufe handelte, die ich vom Anrufbeantworter abgerufen hatte.

Sie blätterte die Papiere durch. »Okay, ich werde sie abarbeiten. Mittwoch fahre ich nach Chicago«, erinnerte sie mich dann noch.

»Ich weiß Bescheid!« Lisa reiste viel, während der anfänglichen Rücksprache-Phase eines Projekts und dann wieder während der Durchführung.

Lisa ging in ihr Büro, und ich machte mich wieder an die Arbeit. Einige Stunden später knurrte mir der Magen, und ich ging nach draußen, um mir etwas zum Mittagessen zu besorgen. Lisas Büro befand sich in der Nähe von Cosi's, meinem Lieblings-Sandwichladen, und ich aß draußen, genoss die Sonne auf meiner Haut, die leichte Brise, die über mein Gesicht und durch meine Locken wehte. Erfrischt und bereit, mich wieder in die Arbeit zu stürzen, kehrte ich anschließend ins Büro zurück.

»Isabelle, ich habe in den letzten fünfzehn Minuten ständig versucht, dich auf deinem Handy zu erreichen!«, teilte mir Lisa sofort mit, als ich aus dem Treppenhaus kam. Ich war die vier Stockwerke nach oben gelaufen. Auf den Lift zu verzichten und stattdessen zu laufen war die einzige Form von Sport, für die ich momentan Zeit fand.

»Nun bin ich ja hier. Ich habe doch jetzt gar keine Termine. Was ist denn los?«, erkundigte ich mich.

Sie schob eine Mappe in meine Hände, und ich

blickte nieder. *Elite* stand getippt auf dem Etikett. »Neuer Kunde?«, fragte ich.

Lisa nickte und trieb mich bereits durch den Haupteingang und in Richtung Konferenzraum. »Wir haben Besuch. Eine Dame wartet.«

»Warum übernimmst du sie dann nicht? Du überprüfst doch sonst immer die Kunden, ich arbeite an …«

»Sie hat aber ausdrücklich nach dir gefragt«, antwortete Lisa.

Verwirrt kniff ich die Augen zusammen. »Aber keiner weiß etwas über mich …« Ich machte eine Pause und verbesserte mich dann schnell. »Über meine raumgestalterischen Fähigkeiten, meine ich.«

»Macht nichts. Bei diesem Auftrag geht's um einen Nachtclub, der alle anderen Clubs in den Schatten stellen wird. Nur die Crème de la Crème wird dorthin gehen, oder sollte ich besser sagen, dass nur ihnen überhaupt der Einlass gewährt wird? Die Dame in dem Raum hat nach dir gefragt, also geh jetzt!« Lisa schob mich leicht am Rücken vor sich her.

Das ganze Szenario machte überhaupt keinen Sinn. Ich umklammerte die Mappe fester und öffnete dann die Tür zu dem kleinen Konferenzraum. »Lisa …« Ich drehte mich noch einmal um, aber nur um festzustellen, dass meine Chefin bereits verschwunden war.

Ich drückte die Schultern durch und ging in den Konferenzraum hinein. Dann stand ich einer kleinen brünetten Frau mit dunkelblauen Augen gegenüber.

Sie hatte Augen, die ich zuvor nicht nur einmal, sondern sogar schon zweimal gesehen hatte. Augen, die ich niemals vergessen würde, obwohl sie sich dieses Mal in dem Gesicht einer schönen Frau befanden.

»Du musst Lucy Dare sein!«, sagte ich und war stolz, dass meine Stimme nicht zitterte, was nur meinen Schock verraten hätte.

Sie lächelte breit. »Isabelle!«

Ich schloss die Tür hinter mir und starrte die Frau an, die ihrem Bruder so verdammt ähnlich sah. Ich wusste nicht, wo ich anfangen sollte, also begann ich mit dem Naheliegenden. »Danke.«

»Wofür?« Lucy neigte ihren Kopf zur Seite. Dass sie neugierig auf mich war, stand ihr deutlich ins Gesicht geschrieben, als sie mich ganz offen musterte.

»Dass ich mir deine Kleidung ausleihen durfte.« Ich wurde rot, als ich das sagte, doch sie verdiente meine Dankbarkeit. Ich war ja schließlich zu Gabe mit buchstäblich nichts als mit meinen Klamotten am Leib gekommen.

Sie machte eine abwehrende Handbewegung. »Was mir gehört, darf Gabe jedem, dem er will, ausleihen.« Sie lachte, war aber schnell wieder ernüchtert, als sie meinen Blick bemerkte. »Er hat das noch nie zuvor getan. Noch nie!«

Irgendwie wusste ich, dass es stimmte. Ich glaubte ihr. Und ich vertraute ihm.

»Was kann ich für dich tun?«

»Was weißt du über die Geschäfte bezüglich unserer Clubs?«, fragte sie.

»Nicht viel.« Ich war nicht lange genug bei Gabe gewesen, um etwas über seinen Beruf zu erfahren.

»Gut.«

»Wie bitte? Du bist doch ganz offensichtlich hier, um mit mir über Geschäftliches zu reden, und du bist froh darüber, dass ich nicht viel weiß?! Inwiefern macht das denn bitte Sinn?«

Sie lächelte. »Ich mag dich. Und ich verstehe, warum Gabe süchtig nach dir ist.«

Ich kniff die Augen zusammen. »Seit drei Monaten habe ich nicht mehr mit ihm geredet.«

Sie winkte mit der Hand ab. »Das macht nichts. Wie auch immer ... alle unsere derzeitigen Clubs sind elitär und exklusiv. Unsere Klientel sind die oberen Zehntausend. Wohlhabende Leute, die sich austoben wollen und einen stolzen Preis zahlen, nur um durch die Eingangstür gelassen zu werden.«

Lucy, die eine weiße Hose, ein gelbes Neckholder-Bustier aus Seide und hochhackige Riemchensandalen trug, begann auf und ab zu gehen, während sie sprach, und gestikulierte dabei wild mit den Händen. Sie war offenbar ganz in ihrem Element, wenn sie über ihren Beruf sprach.

»Alles interessante Fakten, aber es erklärt nicht, warum du hier bist.« Ich nahm an, dass Lucy lediglich die Frau treffen wollte, die für kurze Zeit eine Rolle im Leben ihres Bruders gespielt hatte. Weil ich mir einfach nicht vorstellen konnte, dass sich Gabe, nachdem ich gegangen war, noch lange nach mir verzehrt hatte. Wenn das überhaupt der Fall gewesen war ...

»Weil wir die Chance unseres Lebens bekommen haben! Es gibt ein exklusives Inselresort in der Nähe des Bermudadreiecks – Eden.«

Ich schüttelte den Kopf. »Ich habe noch nie etwas darüber gehört.«

Lucys Augen leuchteten auf. »Das haben nicht viele Leute. Man kann nur auf die Insel gelangen, wenn man von dem Hausherrn, dem Master, persönlich eingeladen wird.«

Bei dem Namen »Master« musste ich zittern, auch wenn ich nicht wirklich wusste, warum das so war.

»Und was hat das mit mir zu tun?«

»Darauf komme ich noch zu sprechen. Also, wir haben erste Rechte angeboten bekommen, um uns einzukaufen und dort einen unserer unverwechselbaren Nachtclubs nachzubauen. Natürlich mit unserem unverwechselbaren Wiedererkennungseffekt. Und ich möchte, dass du dich um die Raumgestaltung kümmerst!«

Sie hielt mir eine Mappe hin. »Innen findest du Fotos von unseren Clubs und andere Informationen darüber, was Elite zu … na ja, Elite macht. Ich will, dass du dem Ganzen noch den letzten Schliff verpasst und mir dabei hilfst, uns sogar noch selbst zu übertreffen!«

»Aber …«

»Ein ›Aber‹ wird nicht akzeptiert!«, meinte Lucy nur und machte weiter, so als ob ich nichts gesagt hätte. »Dafür müssen wir die Insel besuchen. Deine Einladung ist in der Mappe mitsamt Reiseinformationen und den Tickets. Da ich davon ausgehe, dass du eine gewisse Zeit brauchen wirst, um inseltaugliche Kleidung zu kaufen und alles Weitere zu regeln, wirst du nicht vor Freitag abreisen. In der Mappe liegt auch ein Scheck für die Unkosten für die Kleidung, weil wir dich ja aus deinem gewohnten Arbeitsumfeld rausholen. Hin kommst du mit einer Chartermaschine, der Flug dauert zwei Stunden.«

Bei dem Teil mit dem Scheck bezüglich der Unkosten schaute ich sie flüchtig an. »Sommerkleidung besitze ich bereits.«

Lucy machte eine abwehrende Handbewegung. »Kauf dir trotzdem etwas Neues.«

Mein Kopf drehte sich, nicht nur, weil sie so schnell redete, sondern auch weil sie mich mit dieser Anfrage regelrecht überfiel. Oder besser gesagt, dieser Aufforderung. Ich fragte mich daher natürlich, ob dies hier ihre übliche Art war oder ob Gabe das Ganze ausgeheckt hatte, um mich wiederzusehen. Bei dem Gedanken schlug mein Herz schneller.

»Wir sehen uns dann auf der Insel«, meinte Lucy und lieferte mir damit die Antwort auf die Frage, ob Gabe seine Hände mit im Spiel hatte. Selbst wenn er mich vorgeschlagen haben sollte, schien das hier Lucys und nicht Gabes Idee gewesen zu sein. »Noch irgendwelche Fragen?«, erkundigte sie sich.

Ich schüttelte den Kopf.

»Also bist du dabei?«

Als ob ich eine Wahl gehabt hätte … Lisa mochte zwar meine Freundin sein, aber selbst sie würde mich sofort feuern, wenn ich so eine Chance nicht wahrnehmen würde. Dennoch machte das hier alles keinen Sinn. Ich besaß nicht die Fachkenntnisse oder das Talent, um diese Aufgabe zu übernehmen, selbst dann nicht, wenn mich die absolut beeindruckende Lucy Dare bei meiner Arbeit anleiten würde.

»Lucy, versteh mich bitte nicht falsch. Ich weiß das Angebot wirklich zu schätzen. Und bitte versteh das hier auch nicht falsch ... aber wenn Gabe das hier unter Almosen versteht, kannst du ihm versichern, dass es mir gut geht!«

Lucy neigte ihren Kopf zurück und lachte. »Denkst du wirklich, dass ich bei so einem Prestigeprojekt ein derart hohes Risiko eingehen würde und jemandem, den mein Bruder im schlimmsten Falle bemitleidet oder im besten Falle nur vögeln will, den Auftrag geben würde?«

»Wie bitte?« Ich versuchte empört zu klingen, doch die traurige Wahrheit war, dass beide ihrer Möglichkeiten, was Gabe und mich betraf, durchaus zutreffen konnten. Und ich war ihr für ihre Offenheit dankbar, weil ich mich ihr gegenüber im Gegenzug genauso verhalten wollte.

Lucy lehnte ihre Hüfte an den Tisch. »Schau mal, mein Bruder sprang ein, als meine Eltern starben. Er ging sicher, dass es mir an nichts fehlte, sowohl an Materiellem als auch an Zuneigung. Und ich schulde ihm etwas dafür. Wegen einer seiner Launen würde ich allerdings deshalb noch lange nicht unseren Ruf aufs Spiel setzen. Aber du bist keine seiner Launen!« Unsere Blicke begegneten sich. Lucy schien davon felsenfest überzeugt zu sein, und ich beneidete sie dafür.

Ich drehte mich um, schaute aus den Fenstern und war völlig verwirrt. Das war leider mein Normalzustand, wenn es um Gabe ging.

Lucy kam neben mich. Sie war größer und schlanker, also noch perfekter, als mich ihre Unterwäsche hatte vermuten lassen. Genauso wie ich es getan hatte, als ich ihre Kleidung trug, wollte ich auch jetzt diese wunderschöne Frau hassen, die, was ihr äußeres Erscheinungsbild betraf, all das verkörperte, was ich nicht war. Aber ich wusste, dass das Aussehen trügerisch ist und dass das Leben seine Hiebe und Wunden austeilte, die keiner sehen konnte.

Außerdem war sie lebhaft und nett, und es war einfach unmöglich, sie nicht zu mögen. Ich seufzte. »Gabe war in mich vernarrt«, gab ich schließlich zu. »Nicht zuletzt bin ich noch immer eine Herausforderung für ihn.« Nicht nur, weil ich gegangen war, sondern auch, weil wir nie wirklich miteinander geschlafen hatten.

Sie lachte. Und lachte dann sogar noch ein bisschen mehr. »Du glaubst das wirklich, oder? Oh mein Gott, du bist perfekt. Hör mal. Mein Bruder glaubt an dich. Und nachdem ich ihn jahrelang in Aktion erlebt und von ihm gelernt habe, glaube ich an ihn!«

Als ich das hörte, musste ich lächeln und war froh, dass Gabe Lucy in seinem Leben hatte.

»Isabelle, Gabe will dir diese Chance geben, damit du zeigen kannst, was in dir steckt. Und ich habe mir jeden Kunden angeschaut, bei dem du in den letzten drei Monaten deine Finger mit im Spiel hattest. Das ist keine lange Zeit, ich weiß. Aber du hast Talent, und ich habe die Erfahrung, dich anleiten zu können. Im Leben kommt es immer darauf an, wen man kennt, und natürlich auf das Timing.« Sie hob die Stella-McCartney-Handtasche auf, die sie auf dem Tisch abgelegt hatte.

»Ich …«

»Entscheide dich nicht jetzt. Verbring den Nachmittag damit, dir in Ruhe die Informationen über unsere Clubs und Eden durchzulesen. Wenn du denkst, dass du der Herausforderung gewachsen bist, sehe ich dich am Freitag auf der Insel. Wenn nicht, lass es mich wissen, und ich nehme Kontakt zu meiner zweiten Wahl auf.«

Ich hob die Mappe auf und war zu meiner Überraschung bereits jetzt davon fasziniert. »Ich werde es ernsthaft in Erwägung ziehen«, versprach ich.

»Es war mir ein Vergnügen, Iz«, sagte sie mit einem liebenswürdigen Lächeln auf den Lippen.

Der Spitzname, den Lucy völlig unerwartet benutzt hatte, rief alle möglichen Erinnerungen und die damit verbundenen Gefühle wieder hervor, aber bevor ich mich selbst wieder sammeln konnte, war Lucy Dare auch schon aus der Tür gegangen und ließ mich mit einer Mappe in der Hand zurück. Und einer Herausforderung.

Einer, von der ich spürte, dass sie mich letztendlich zu Gabe zurückführen würde. Wenn ich mutig genug wäre, sie anzunehmen.

11

Gabe: Geduld vs. Vernunft

Geduld gehörte nicht gerade zu Gabes Stärken. Drei Monate hatten seine Geduld regelrecht ausgeschöpft. Fieberhaft wartete er auf die Rückkehr seiner Schwester, während er durch sein Madison-Avenue-Büro in dem Penthouse ihres Vorzeige-Hotels schritt und durch die Wand aus Glas starrte, so als ob er Lucys kleine Gestalt die Straße hinaufeilen sehen könnte.

Als sich seine Schwester selbst, ohne zu klopfen und mit einem Starbucks-Kaffee in der Hand, hereinließ, war er bereits kurz davor, sie zu erwürgen. »Und?«

Seine Schwester setzte sich auf den Stuhl gegenüber von seinem Schreibtisch und legte ihre Füße auf das gebohnerte Holz. »Ich mag sie. Sie ist resolut. Und nicht zu dünn. Oh, und sie ist keine Schlampe.«

»Das ist nicht das, was ich gemeint habe, und das weißt du ganz genau!«

Lucy grinste. »Sie wird da sein. Ich habe es als Herausforderung formuliert. Unmöglich, dass sie sich der Situation nicht gewachsen zeigen wird.«

»Wenn sie nicht …«

»Dann wirst du ihr hinterherlaufen, so wie du es von Anfang an hättest tun sollen«, sagte seine Schwester mit einem süffisanten Gesichtsausdruck.

Gabe schüttelte den Kopf. »Wenn ich das getan hätte, würde sie mir jetzt nicht mehr vertrauen.«

»Wenn sie herausfindet, dass du sie die ganze Zeit über beobachtet hast … glaubst du, dass sie dir dann noch vertrauen wird?«

Er zuckte mit den Schultern, war aber sichtlich angespannt bei dem Gedanken. »Sie wird's verstehen.«

Sie musste es einfach, weil er sie nicht noch einmal gehen lassen würde.

12

Isabelle: Das Paradies wartet

Ich öffnete die Einladung und glitt mit den Fingern über das zweifelsohne teure pergamentartige Papier. Alle Informationen waren auf die Seite eingraviert. Der elegante Stil der verschnörkelten, fast schon fordernden Formulierungen, zur Insel zu kommen, erinnerten mich stark an Gabe – die verzweifelte Art, wie er mit den Dingen umging, die Bestimmtheit, mit der er alles anpackte. Dieser Mann war einfach vollkommen. Verdammt, wie ich ihn doch vermisste …

Wir waren nicht einmal wirklich zusammen gewesen, aber das Gefühl, dass wir uns beide in- und auswendig kannten, blieb bestehen, obwohl wir keinen Kontakt mehr hatten. So als ob diese Vertrautheit auch schon da gewesen wäre, als ich noch mit Lance zusammen gewesen war. Und jetzt, selbst da Gabe nun nicht mehr Teil meines Lebens war und ich wusste, dass er mich leichtfertig hatte gehen lassen, hatte ich irgendwie dennoch seine Geborgenheit um mich herum gespürt, und das die ganze Zeit über. Merkwürdig. Unmöglich. Aber dennoch …

Ich schluckte mühsam, verdrängte ihn aus meinem Kopf und konzentrierte mich wieder auf die Arbeit. Der einzige Grund, warum man mich auf diese tropische Insel eingeladen hatte, war, einen Nachtclub zu entwerfen, und nicht, damit ich mir ein Wiedersehen mit dem Mann, den ich einfach nicht aus meinem Kopf bekommen konnte, vorstellte.

Ich recherchierte über Elite und stellte fest, dass die Clubs, sowohl diejenigen in Manhattan als auch diejenigen in verschiedenen anderen Städten wie Las Vegas und South Beach, total exklusiv waren. Die Herausforderung, auf Eden nicht nur die Atmosphäre der anderen Elite-Clubs nachzuahmen, sondern deren Luxus sogar noch zu übertrumpfen, war etwas, dem ich einfach nicht widerstehen konnte. Trotzdem dachte ich lange und angestrengt darüber nach, ob ich wirklich einen Job haben wollte, der mir aus Gefälligkeit von Gabe übertragen worden war, der – ich dachte, es sei das Beste, mich selbst ständig daran zu erinnern – immer noch ganz offensichtlich den direkten Kontakt mit mir mied. Selbst wenn ich ihm gesagt hatte, dass ich das so wollte, tat doch die Tatsache, dass er nicht zu mir gekommen war, immer noch schrecklich weh. Warum musste ich auch nur so schrecklich unentschlossen sein und wollte immer alles auf einmal haben?! Ich zuckte zusammen. Im Moment war ich nicht gerade von mir selbst begeistert …

Letzten Endes entschied ich mich, dass nur ein Idiot solch eine einmalige Chance in seinem Leben ablehnen würde. Elite war nicht einfach nur ein exklusiver Nachtclub. Dieser Club war, mangels einer besseren Metapher, nur für die Crème de la Crème, wo sich Berühmtheiten wie Rihanna, Beyoncé und Jay-Z sehen ließen. Man musste nicht nur jemanden kennen, um überhaupt erst hereingelassen zu werden, sondern man musste gewillt sein, pro Abend fünfzehnhundert bis zu zehntausend Dollar zu bezahlen, um das Privileg zu erhalten, einen Tisch zu bekommen. Ja, ich müsste total verrückt sein, wenn ich diese Chance ablehnte. Genauso verrückt wie Lucy, die mir diesen Job angeboten hatte.

Freitagmorgen verließ ich also meine Wohnung, und genau so, wie es in den Anweisungen stand, wartete draußen bereits eine große Stretchlimousine auf mich.

»Isabelle Masters?«, fragte mich ein Mann in Chauffeur-Uniform.

Ich nickte, und er öffnete die Tür für mich, sodass ich einsteigen konnte. Ich schlüpfte in die leere Limo, streckte meine Beine vor mir aus und schaute durch die getönten Fensterscheiben. Ich fühlte mich wie ein Promi, als mich der Fahrer zum Flughafen nach Miami brachte, wo ich für den kurzen Flug nach Eden in eine Chartermaschine umsteigen würde. Davon abgesehen, dass ich erster Klasse reiste, was ich niemals für mich selbst gebucht hätte, verlief die erste Etappe meiner Reise ereignislos.

Stunden später wurde ich von dem großen Hauptflughafen zu einer privaten Start- und Landebahn gebracht. Beim Anblick der Maschine – einem Wasserflugzeug – sehnte ich mich nach einem Drink, einem Beruhigungsmittel oder einer wirksamen Kombination aus beidem. Das Flugzeug war zu klein, und bei dem Gedanken daran, auf dem Wasser zu landen, drehte sich mir der Magen um. Ich stieg die Passagiertreppe hinauf, die zum Flugzeug gerollt worden war, und bestieg die Maschine.

Der Innenbereich war klein und beengt, aber bevor ich noch panischer werden konnte, als ich ohnehin schon war, kam eine Frau aus dem Cockpit heraus.

»Isabelle?«

Ich schluckte meine Angst herunter. »Ja.«

»Ich bin Joely, Ihre Pilotin.« Sie reichte mir ihre Hand, und ich schüttelte sie. Ihr sachlicher Händedruck stand im völligen Widerspruch zu ihrem ganzen äußeren Erscheinungsbild.

Sie war ungefähr so alt wie ich, hatte hellbraunes, gewelltes Haar, und ihre Uniform, wenn man diese überhaupt als solche bezeichnen konnte, bestand aus Khaki-Shorts und einem schwarzen Poloshirt. Ich hätte sie mir eher als Fremdenführerin einer Insel vorstellen können als die Frau, die diese Maschine fliegen würde. Nervös spielte ich an den Perlen meiner Kette herum und versuchte meine Panik nicht zu zeigen, die bei diesem Treffen nur noch größer geworden war.

»Geht es Ihnen gut?«, fragte sie scharfsinnig.

Ich nickte. »Macht es Ihnen etwas aus, wenn ich Sie frage, wie alt Sie sind?«, platzte es aus mir heraus.

Sie grinste. »Alt genug, um dieses Baby zu fliegen, versprochen! Ich bin Mechanikerin und habe Erfahrungen als Buschpilotin. Sie sind bei mir in sicheren Händen.« Sie wedelte mit den Händen in der Luft herum.

Ihr Selbstvertrauen beflügelte mich mehr. »Okay. Ich hoffe, ich habe Sie nicht beleidigt!«

Sie schüttelte den Kopf. »Nee, machen Sie sich keine Gedanken, das werde ich oft gefragt. Also ... sind Sie bereit?«

Ich blickte mich in der leeren Maschine um. »Bin ich etwa die einzige Passagierin?«

Joely nickte. »Es ist ein flotter Zwei-Stunden-Trip, also schnallen Sie sich bitte an, und dann kann's auch schon losgehen!«

Und ich tat, was sie mir gesagt hatte. Ich kapier immer noch nicht, ob ich für den lauten Lärm, der uns in der Maschine umgab und somit ein weiteres Gespräch verhinderte, dankbar war oder ob er mir nur noch mehr Angst einjagte. Das Einzige, was ich wusste, war, dass ich mich die ganze Zeit an den Armlehnen festhielt und noch nie glücklicher gewesen war, als ich endlich Land erblickte.

Die Insel, die ich aus dem Fenster sah, war nicht einmal annähernd so, wie ich sie mir vorgestellt hatte. Die Vegetation breitete sich aus, so weit das Auge reichte, und aus der Üppigkeit da unten ragte in der Ferne ein stattliches, majestätisches irisches Schloss aus grauen Steinen empor.

Als wir landeten, sprang ich auf einen langen Kai

und war dankbar, endlich wieder festen Boden unter den Füßen zu haben. Ich winkte Joely zu, die grinste und mir versprach, mich wieder zurückzubringen, wenn die Zeit um war. Wann das sein würde, wusste ich allerdings nicht.

Obwohl ich an Manhattan während der Sommerzeit gewöhnt war, fegte die Feuchtigkeit und Hitze über mich hinweg, und ich bedauerte, eine Hose aus Seide ausgewählt zu haben, und ein ärmelloses Hemd dazu, das bereits an meinen Brüsten klebte.

Sobald ich allein auf dem Kai stand, befingerte ich nervös die Perlen meiner Halskette und sah um mich. Große Erleichterung überkam mich, als ich einen Mann erblickte, der auf mich zumarschierte. Als er näher kam, bemerkte ich, dass er einen Umhang trug, dessen Kapuze sein Gesicht verdeckte.

»Isabelle?«, fragte er. Er klang so, als ob er sich meiner Identität ganz sicher wäre, als er mir seine Hand hinstreckte.

»Ja.«

»Willkommen auf Eden!«

Mir war sofort klar, dass er der geheimnisvolle Master der Insel sein musste.

»Danke«, erwiderte ich.

»Genießen Sie Ihre Zeit hier!«

Ich blickte zu dem fantastischen Schloss, das ich bereits aus der Luft gesehen hatte, und lächelte. »Ich bin sicher, dass ich das werde!« Als ich mich wieder umdrehte, um noch etwas zu sagen, war der Mann aber seltsamerweise verschwunden.

Bevor ich mir noch weitere Gedanken über diese merkwürdige Begrüßung machen konnte, näherte sich mir eine Frau auf dem entgegengesetzten Pfad, den der Master genommen haben musste. Sie trug eine einfache Khaki-Hose aus Seide mit Tunnelzug und ein ärmelloses weißes Top. Ihr Namensschild identifizierte sie als Connie Hendrickson. Ihr dunkelbraunes Haar hatte sie zu einem arbeitsfreundlichen, für das Inselwetter nötigen Dutt zusammengebunden, der ihr Haar aus dem Nacken fernhielt.

Sie war attraktiv und hatte ein warmes Lächeln. »Isabelle«, sagte sie mit der gleichen Vertrautheit, die jeder, der etwas mit dieser Insel zu tun hatte, mir bislang entgegengebracht hatte. »Willkommen auf Eden! Wenn Sie so freundlich wären mitzukommen, werde ich Ihnen Ihr Zimmer zeigen. Ihre Taschen werden in Kürze gebracht.«

»Hat Lucy Dare schon eingecheckt?«, erkundigte ich mich und folgte ihr einen schmalen, kurvenreichen Pfad hinauf.

Sie drehte sich um und kniff verwundert die Augen zusammen. »Dieser Name sagt mir nichts. Der Master hat Ihnen ein Zimmer im Penthouse zugewiesen«, fuhr sie dann fort, so als ob ich meine Frage gar nicht gestellt hätte.

»Da muss ein Irrtum vorliegen. Ich bin geschäftlich hier. Um dabei zu helfen, den neuen Club für die Eröffnung auszugestalten. Elite?«

Connie schüttelte den Kopf. Ganz offensichtlich hatte ich ihr eine weitere Frage gestellt, auf die sie keine Antwort wusste. »Ich versichere Ihnen, dass hier keinerlei Fehler gemacht wurden. Sie wohnen im Penthouse.« Schon wieder hatte sie meine Frage ignoriert.

Als wir beim Schloss ankamen, öffneten sich augenblicklich Glasschiebetüren für uns, und ein kalter Windhauch von innen überfiel mich. Dankbar schritt ich in den Raum, bei dem es sich offensichtlich um eine Empfangshalle handelte. Hier war es dunkler als erwartet, und ich nahm meine Sonnenbrille ab, erlaubte meinen Augen, sich auf die Lichtverhältnisse einzustellen, und sah mich um. Schummrige Wandleuchter zierten die verspiegelten Wände, aber ich konnte mich selbst nicht sehen, es musste sich also um Hartglas handeln.

»Wir haben kürzlich die Zimmerschlüssel aktualisieren lassen, wenn Sie mir also bitte einmal Ihre Hand geben würden«, meinte Connie und zog meine Aufmerksamkeit wieder auf sich.

Sie ließ ein Armband um mein Handgelenk einschnappen und fuhr fort, um mir das Ganze zu erklären. »Sie müssen lediglich das E am Armband mit dem an Ihrer Tür ausrichten, und das Schloss wird sich entriegeln. Ein bisschen Technik, die wir uns von Disney ausgeborgt haben«, meinte sie lächelnd.

Lachend erwiderte ich: »Das alles hier ist so weit von Disney entfernt, wie es nur geht. Außer man ist in der Geistervilla.«

Connie schenkte mir bloß ein höfliches Lächeln. »Das Armband verschafft Ihnen Zutritt in die Wellness-Einrichtung, das Fitnessstudio und alle anderen Bereiche des Resorts, die Sie während Ihres Aufenthalts besuchen möchten.«

Ich würde arbeiten, nicht faulenzen, aber ich entschied mich dazu, sie nicht schon wieder zu befragen. Bestimmt würde ich Lucy bald finden, und alles würde sich aufklären. »Möchten Sie jetzt Ihre Unterkunft sehen?«

Ich nickte, und Connie machte eine Geste in Richtung der anderen Seite der Empfangshalle. Ich folgte ihr und war überrascht, als wir an einer Steinwand anhielten. »Wo ist denn der Auf…«

Bevor ich noch meinen Satz beenden konnte, öffnete sich die Wand, und ein verborgener Aufzug kam zum Vorschein. »Ach du meine Güte!«

Wir betraten den Lift, und die Türen schlossen sich hinter uns. »Durch und durch modern!«

»Sensoren«, erklärte Connie.

»Heben Sie Ihre Hand, und justieren Sie das Armband mit dem Penthouse.« Ich tat, was sie gesagt hatte, und kurz darauf setzte sich der Fahrstuhl auch schon in Bewegung.

In völliger Ehrfurcht fragte ich mich, was mich wohl als Nächstes erwarten würde. Lange musste ich mich das allerdings nicht fragen, denn die Türen öffneten sich.

»Ihr Penthouse erwartet Sie!«, sagte Connie. Mit einer weit ausholenden Armbewegung machte sie eine Geste, ich solle als Erste gehen.

Anders als die abgedunkelte Empfangshalle lockten hier weiße Fußböden und eine Fensterfront, die strahlenden Sonnenschein in den Raum ließ, und ich trat direkt in die luxuriöse Suite. Das ungeheure Ausmaß des Raumes erschlug mich förmlich, und ich schüttelte überwältigt den Kopf. Marmorböden, Spiegelwände, ein Plüschteppich im Wohnzimmer mit einer cremefarbenen Couch und dunkle Holzmöbel. Und ein Stutzflügel in der Mitte.

»Nein, das muss ein Irrtum sein«, murmelte ich und drehte mich zu Connie um, aber die Fahrstuhltüren schlossen sich gerade in dem Moment, als ich meinen Satz zu Ende gesprochen hatte, und sie war verschwunden.

Zögernd und mich wie Alice im Wunderland fühlend, machte ich mich auf den Weg in die Suite. Connie würde bestimmt bald wieder zurückkommen und mir sagen, dass ihnen ein Fehler unterlaufen sei und ich in einem der normalen Zimmer in einer unteren Etage untergebracht wäre. In der Zwischenzeit entschied ich mich, auf Erkundungstour zu gehen.

Ich schaute mich um, ging ins Schlafzimmer und war überrascht, als ich sah, dass mein Koffer bereits nach oben gebracht worden war und auf einem Gepäckständer in der Nähe des Wandschranks stand.

Das ging ja schnell ... Und seltsam war es auch, wie alles, was mir bislang auf dieser Insel widerfahren war.

Unsicher, was ich als Nächstes tun sollte, besonders seitdem Schmetterlinge sich wieder einmal in meinem Bauch ausgebreitet hatten, ging ich zurück in die Diele. Meine Hände griffen nach den unechten Perlen meiner Halskette, befingerten sie nervös. Ich hatte sie zusammen mit der Kleidung für diese Reise gekauft.

Ich schaute aus dem Fenster, erfreute mich an der Aussicht auf den friedlichen blauen Ozean und die wunderschöne Landschaft – ein Panorama von unbeschreiblicher Schönheit. Etwas, das ich mehr genießen könnte, wenn ich endlich begreifen würde, was ich hier eigentlich machte.

Dann hörte ich das rauschende Geräusch der Aufzugstüren. »Lucy?«, fragte ich erleichtert und wirbelte herum. Endlich würde sich alles aufklären.

»Nein, nicht Lucy.« Die vertraute männliche Stimme schlängelte sich ihren Weg durch meine Venen, ließ meine Ängste nachlassen und beantwortete jede nicht gestellte Frage.

Mein Gott, war ich aufgeregt! Es war schon so lange her, und ich hatte ihn so schrecklich vermisst. Bis zum heutigen Tag war es nicht von Bedeutung, dass die Zeit, die wir miteinander verbracht hatten, nur von kurzer Dauer gewesen war. Es zählte allein, dass wir zusammen gewesen waren.

Er sah noch genauso aus, wie ich ihn in Erinnerung hatte. Mit ernster Miene musterte er mich eingehend. Ein weißes Anzugshemd, die Ärmel makellos aufgerollt, und eine schwarze Hose mit lässigeren Schuhen als normalerweise, machten sein Outfit komplett.

Er starrte mich an. Sein Gesichtsausdruck war unleserlich, vielleicht sogar ein bisschen verletzlich, und mein Herz dröhnte in meiner Brust. Im Gegenzug betrachtete ich ihn ganz genau. Ich hatte immerzu von ihm geträumt, aber jetzt war er hier! Das Ganze geschah wirklich. Es war nicht nur eine Fantasie. Er verschlang mich geradezu mit seinen Augen.

»Iz.«

Er breitete die Arme aus.

Und meine Welt war plötzlich wieder in Ordnung.

Ich rannte zu ihm und ließ mich von ihm umarmen, denn ich wollte ihm so nah wie nur möglich sein. Ich klammerte mich an ihn, strich mit den Händen über seinen muskulösen Rücken, wanderte mit den Fingern hinauf und vergrub sie in seinem seidigen Haar. Haare, die seit dem letzten Mal, als ich ihn gesehen hatte, länger geworden waren.

In den letzten Monaten hatte es viele Momente gegeben, in denen ich mich davon zu überzeugen versucht hatte, dass die Verbindung zwischen uns einfach nicht so stark gewesen sein konnte, wie ich sie in Erinnerung hatte. Das Verlangen nicht so stark. Die Distanz und die versäumte Chance trübten mein Urteilsvermögen und meine Erinnerung.

Ich hatte mich geirrt.

Alles zwischen uns war echt, kein Hirngespinst meiner Fantasie, und genau in diesem Moment war er real. Nicht nur die mächtige Erektion, die ich dicht an meiner Körpermitte spürte. Sondern das unsichtbare Band, das uns miteinander verband. Genau in diesem Moment umschloss seine große Hand meinen Hinterkopf, und er legte seine warmen Lippen auf meine, und ich wusste, dass ich angekommen war.

Er küsste mich so, als ob ich ihm etwas bedeutete. Die Zeit schmolz dahin, und der Kuss wurde leidenschaftlicher. Fordernder. Er verschlang mich regelrecht, und da es Gabe war, der das tat, hätte ich auch nicht weniger erwartet. Ich schlang bloß meine Beine um seine Hüften und hielt mich fest, verlor mich in ihm, als er seine Zunge in meinem Mund bewegte, die den Liebesakt nachahmte. Die eine Sache, die wir noch nicht getan hatten.

Ich war wie elektrisiert von all der Lust, die ich verspürte. Richtige verdammte Feuerwerkskörper explodierten in meinem Kopf. Er knabberte an meiner Unterlippe, und ich stöhnte. Mein Becken rieb sich an ihm, suchte nach Druck, um das wachsende Verlangen zu lindern.

»Mach langsamer«, sagte er mit rauer, strenger Stimme.

Natürlich musste er den Kuss unterbrechen, um zu sprechen, und ich winselte bei der Unterbrechung und dem Verlust des körperlichen Kontakts.

Sein funkelnder Blick traf meinen. »Nur weil ich dich vermisst habe, heißt das noch lange nicht, dass ich dir die Kontrolle überlasse.«

Ich hatte die herrische Art in seinem Tonfall vermisst, aber das würde ich ihn natürlich nicht wissen lassen. Anstatt zu argumentieren, machte ich mich daran, das zu bekommen, was ich wollte, glitt mit meinen Lippen über seinen starken Kiefer, schnupperte in seiner Halsbeuge, wo ich sein moschusartiges Aftershave einatmen und mich in dem männlichen Duft verlieren konnte.

Als er aber nicht anbiss, mich nicht auf die Couch schmiss oder gegen die Wand drückte, holte ich zum entscheidenden Schlag aus und knabberte mit den Zähnen an seinem Ohrläppchen. »Ich muss dich in mir spüren«, sagte ich. Meine Muschi pulsierte bereits vor Hitze und war vor lauter Verlangen schon ganz feucht.

»Und das wirst du, wenn ich es sage!«

»Ich hasse es, dass du so kontrolliert bist«, murmelte ich.

Als er grinste, ließ mich sein attraktives Lächeln aufs Neue dahinschmelzen. »In wenigen Minuten wirst du es lieben.« Er stellte mich auf meine Füße, ließ mich aber zuvor an der gesamten Länge seines Körpers langsam hinabgleiten. Er erlaubte mir zu fühlen, was ich ihm gerade antat.

Meine Brüste mochten schwer sein, meine Nippel hart, als sie gegen mein Oberteil rieben, doch seine sich vorwölbende Erektion sagte mir, dass auch er erregt war. Sein Blick wich niemals meinem. Mit einer Hand griff er nach meinen Perlen, zog mich an der Kette nach vorn, rieb seine Nase gegen meine. »Benimm dich, und wir bekommen beide, was wir wollen.«

Mühsam nickte ich. Ich konnte mich kaum noch auf meinen Beinen halten, und der Ruck durch die

Perlenkette hinten an meinem Nacken rief mir ins Bewusstsein, dass mich Gabe nicht fallen lassen würde. Aber offenbar würde er mich an der Halskette ins Schlafzimmer führen, und da ich wusste, was mich dort erwartete, fügte ich mich wie ein braves Mädchen. Kurz fragte ich mich noch, ob ich denn eigentlich meinen Verstand verloren hätte, doch als er sich zu mir umdrehte – seine dunkelblauen Augen funkelten vor Verlangen –, machte ich mir nicht mehr länger Gedanken darüber.

»Zu viele Klamotten …«, murmelte er – mehr zu sich selbst als zu mir.

Er glitt mit seinen Händen flüchtig meine nackten Arme entlang, von der Schulter bis hin zum Handgelenk, und ich zitterte. Dann strich er mit seinen Handflächen von meiner Hüfte bis nach oben unter meine Achseln, zog mir dabei mein ärmelloses Hemd aus und entblößte meine Brüste seinem Blick.

Dann machte er eine Pause, streifte bewusst mit seinen Daumen die Unterseite meiner weichen Hügel entlang über die Riemchen meines BHs. Er ließ sich alle Zeit der Welt, um mich zu berühren. Seine Daumen griffen in meinen Büstenhalter, zeichneten die Linien meiner Brustwarzen nach, berührten aber niemals die sich ihm entgegenstreckenden Knospen, die nach dem Druck seiner Fingerspitzen flehten. Mein Kitzler pochte, die Feuchtigkeit, die sich zwischen meinen Beinen ansammelte, war zugleich überwältigend als auch beschämend, aber das würde ich für mich behalten. Ich wollte auf keinen Fall, dass er aufhörte, selbst wenn mich sein unerträglich langsames Tempo umbringen mochte, und ich trat unruhig von einem Fuß auf den anderen.

Er langte hoch und zwickte fest in eine Brustwarze. Ich kreischte laut auf und rang nach Atem. »Wofür war das denn?«

»Du hast mich verlassen, hast mich monatelang auf dich warten lassen, und jetzt geht's nach meinem Tempo, nicht nach deinem.«

»Ich dachte, du nimmst dir einfach das, was du willst?«, fragte ich mürrisch und dachte dabei an Lance. Er mochte mich vielleicht nicht dermaßen befriedigt haben, aber zumindest hatte er mich nicht so heißgemacht und dann um mehr betteln lassen. Es tat weh, so abgewiesen zu werden.

Gabe kniff seine dunkelblauen Augen zusammen. »Ist es das, was du von mir erwartest? Von uns? Du weißt, dass deine Lust für mich oberste Priorität hat.«

Und ich musste zugeben, dass sich der Schmerz in etwas anderes verwandelt hatte. Eine warme Lust erfüllte meinen Körper, und wenn es eine unsichtbare Verbindung zwischen meinen Nippeln und meiner Muschi gab, war dort ein direkter Zusammenhang zu dem Verlangen, das er durch sein festes Zwicken in mir geweckt hatte.

Bei seinen Worten entspannte ich mich. Es ging nicht darum, mich zu quälen, hier ging es um Vergnügen. Meine Lust. Und hoffentlich auch seine. Ich fühlte, wie meine Schultern sanken, meine Atmung langsamer wurde.

»Das ist schon besser«, meinte er mit rauchiger Stimme. Er schob mein Oberteil hoch und zog es danach über meinen Kopf, hielt dann kurz inne, um es zusammenzufalten, und legte es auf die Kommode.

Gehorsam wartete ich. Er kam zu mir zurück, warf mir einen intensiven Blick zu und öffnete dann meinen Spitzen-BH, schob ihn langsam hinab, bis hin zu der Neigung meiner Brüste. Er enthüllte meine üppigen Brüste und die dunklen Nippel, die ganz steif waren – für ihn.

Er atmete tief ein. Ihm schien es sichtlich zu gefallen, was er da sah. »Du bist so verdammt umwerfend, Iz.«

Ich klimperte mit den Wimpern, blickte nach unten. Ich konnte weder seinen Blick erwidern noch ihm glauben. Ja, er wollte mich. Aber ich wusste immer noch nicht, warum das so war oder was er in mir sah, was mein Ex, mit dem ich so lange zusammen gewesen war, nicht gesehen hatte.

Er schob die Hand unter mein Kinn und neigte es nach oben. »Mach die Augen auf! Du kannst mir nicht glauben, was ich dir sage, solange du mich nicht dabei ansiehst!«

Ich schluckte mühsam, schaute in sein schönes Gesicht, das einen angespannten Ausdruck angenommen hatte.

»Du kannst nicht ernsthaft glauben, das hier wäre einfach für mich. Mir selbst die Lust zu verweigern, dass mein Schwanz in deine klitschnasse Muschi gleitet, und zwar jetzt.«

Eine andere Sache, an die ich vorher nicht gewöhnt gewesen war. Die unverblümten Worte. Der ehrliche Sex-Talk. Und ich merkte, wie ich rot wurde.

»Ich will dich so sehr, dass es schon wehtut.« Er zog mich hoch, und ich spürte seine Erektion hart und prall an meinem Bauch.

Ich konnte nicht mehr atmen.

»Ich will nur, dass du weißt, wie viel du mir bedeutest«, fuhr er fort. Seine offenen Worte lullten mich dermaßen ein, dass ich mich ihm unterwerfen wollte. »Das hier ist nicht nur ein One-Night-Stand, bei dem es mir nur darum geht, dass ich auf meine Kosten komme!« Er knurrte die Worte vor lauter Abscheu. »Du verdienst so viel mehr als das!«

Ich seufzte. Manchmal war er so ruppig, dann wieder so süß. Das waren alles Seiten dieses rätselhaften Mannes.

Er legte meinen BH zu dem Oberteil, kam zurück und begann, meine Hose aufzuknöpfen. Mein Bauch zitterte unter seiner geschickten Berührung. Die Hose glitt meine Schenkel hinab, mein Höschen dazu, beides sammelte sich zu meinen Füßen an.

Mein Herz hämmerte wie wild. Ich kämpfte gegen die Verlegenheit an, dass ich nackt war, während er immer noch seine schicke Kleidung trug. Ich trat aus dem Kleiderhaufen heraus, und er faltete meine Hose zusammen und legte sie zu dem Kleiderstapel.

»Schuhe?«, fragte ich, machte eine Handbewegung zu den Sandalen, die ich ausgesucht hatte – Riemchen-Style mit glitzernden Kristallsteinen.

Zu meiner Überraschung kniete er sich nieder und zog sie mir aus. Er stellte sie auf den Boden in die Nähe der Kommode. Mein pingeliger Mann … Ich biss mir in die Innenseite meiner Wange. Nicht meiner … Ich war nicht sicher, was das hier eigentlich war. Und genauso wenig wusste ich, was ich eigentlich genau von Gabe wollte.

Aber als er seine Hand auf meine Schulter legte, zählte nichts anderes mehr als das Hier und Jetzt.

Ich griff nach meiner Perlenkette, beabsichtigte sie ebenfalls abzulegen.

»Lass sie an. Ich will dich ficken mit nichts anderem als den Perlen zwischen uns.«

Er war so selbstsicher, so sexy, und ich war … so viel unerfahrener und erst recht naiv. Ich konnte mir einfach nicht vorstellen, was er von mir wollte, und war sogar noch unsicherer, ob ich ihn überhaupt befriedigen könnte. Meine Vorgeschichte mit Lance hatte das bewiesen.

»Okay, genug nachgedacht.«

Er hob mich in seine Arme, so als ob ich nichts wiegen würde, und ließ mich mit nur einer einzigen lässigen Bewegung aufs Bett fallen. Ohne Vorwarnung hielt er plötzlich meine beiden Handgelenke hoch und befestigte sie mit Handschellen am Kopfende.

»Soll das ein Witz sein?«

»Kein bisschen.«

»Willst du denn gar nicht, dass ich dich auch berühre?«, fragte ich verwirrt.

»Nächstes Mal. Nachdem ich hiermit fertig bin und weiß, dass es nicht nur die flüchtige Affäre ist, die du dir zu wünschen scheinst.« Er begann sein Hemd aufzuknöpfen. Gebräunte Haut kam zum Vorschein, ein paar sexy dunkle Brusthaare und ein Sixpack, das Stunden des harten Trainings im Fitnessstudio verriet.

Als ich ihn dabei beobachtete, wie er sein Hemd über den Stuhl hängte, und ich die Muskeln seines Rückens und seiner Unterarme betrachtete, als er sich bewegte, entfuhr mir ein Stöhnen.

Er drehte sich um. Grinste. Während er mir dabei die ganze Zeit in die Augen schaute, öffnete er seine Hose und streifte sie ab. Er trug keine störende Unterwäsche, über die man sich Gedanken hätte machen müssen. Und dann stand er nackt vor mir. Seine Oberschenkel waren so fest wie der Rest seines Körpers, sein Schwanz größer, als ich ihn mir ausgemalt hatte – dick und lang und so was von steif.

»Oh mein Gott!«

»Ich dachte, das hätten wir schon beim letzten Mal geklärt. Es bin nur ich.«

»In Bezug auf dich gibt es kein *nur*«, murmelte ich atemlos. Meine Nippel waren steif und mit Sicherheit genauso von seinem Körper beeindruckt wie mein Kopf.

Er schmunzelte, bevor er zu mir herüberkam, völlig selbstsicher, was seine Nacktheit betraf. Und warum hätte er es auch nicht sein sollen? Er war stark und hatte einen gut definierten Körper, während ich gefesselt war, meine Brüste sich in die Höhe drängten, damit er sie besser betrachten konnte, so wie auch meinen weichen und leicht rundlichen Bauch.

Konnte das hier eigentlich noch demütigender sein?

Ich spürte, wie sich das Bett senkte, als er sich zu mir gesellte, den festen Griff seiner Hände, als er meine Beine auseinanderschob und herunterstarrte. Ein bedächtiges Lächeln breitete sich auf seinem Gesicht aus.

Aber was genau sah er denn dort?, fragte ich mich.

Ohne Vorwarnung gab er mir einen Klaps auf die Muschi, auf die gleiche Weise, wie er es schon damals in New York getan hatte, und ich jaulte auf. »Entweder hörst du jetzt endlich auf, die ganze Zeit nachzudenken, und genießt es einfach, oder ich werde deine Beine auch noch festbinden. Danach werde ich dich losbinden, dich umdrehen, dich wieder ans Bett fesseln und dir deinen Hintern versohlen, bis du an nichts und niemanden mehr denken kannst außer an mich! Und was ich dich spüren lasse.«

Ich riss die Augen weit auf – sowohl wegen seiner Worte als auch aufgrund der Wärme, die zwischen meinen Schenkeln herausströmte.

»Dir gefällt der Gedanke …«, stellte er zufrieden fest und fuhr mit seinem Finger, als ob er eine Fährte verfolgen würde, durch meine feuchte Muschi.

Ich stöhnte wegen der geschickten Berührung, die aber nicht ausreichte, um mein Verlangen zu stillen.

»Was geht nur in deinem Köpfchen vor sich, dass du dich nicht einfach nur auf den Moment konzentrieren kannst?!«

Ich starrte an die Zimmerdecke, unfähig ihm ins Gesicht zu sehen. »Es ist nur … du bist du und ich bin die Frau, die nicht …«

»Das Arschloch befriedigen konnte, das in diesem Schlafzimmer nichts zu suchen hat?!«, sagte er barsch. »Vertrau mir, du wärst nicht hier, wenn ich dich nicht haben wollen würde. Du bist wunderschön. Perfekt!« Der bewundernde Ton in seiner Stimme konnte nichts anderes als echt sein. Er strich mit einer Hand über meinen Bauch und ließ seine Handfläche dort ruhen. »Du bist an den Stellen rund, wo du es sein solltest, und dort weich, wo du es für mich sein sollst. Und ich will nicht, dass du dir darüber noch ein einziges Mal Gedanken machst!«

»Yes, Sir!«, erwiderte ich scherzend. Wenn meine Hände frei gewesen wären, hätte ich auch noch salutiert.

Seine Augen wurden dunkler, und seine Lippen trafen hart auf meine.

Ich seufzte in seinen Mund hinein und schwelgte in dem alles vereinnahmendem Kuss. Seine Zunge wirbelte herum, ergriff von jedem noch so kleinen Winkel meines Mundes Besitz. Gabe war einfach so verrucht und sexy – und hatte mich für immer verdorben. Er wusste, wie er mich küssen musste, und so viele Stunden ich es auch mit ihm hätte machen können, protestierte mein Körper, weil ich ihn nicht berühren konnte, und wölbte sich ohne meine Erlaubnis im Bett auf und nieder.

Gabe ergriff meine Hüften, hielt mich fest. Er wanderte mit seinen Lippen von der einen Seite meines Mundes zur anderen, glitt mit ihnen dann runter, über meinen Kiefer, wo er eine Pause machte. Dann atmete er tief meinen Duft ein, so wie ich es zuvor bei ihm getan hatte.

»Mein Gott, du riechst so gut …« Er fuhr fort, arbeitete sich weiter nach unten, bis sein schönes Gesicht zwischen meinen Brüsten war, wo er einen Kuss auf mein Brustbein drückte. Seine Lippen schwebten regelrecht über meine Haut. Mein Körper vibrierte vor lauter Erwartung. Schließlich umfasste er mit seinen großen Händen eine meiner Brüste, hob sie an, sodass er an meiner Brustwarze lecken konnte. Er reizte sie, saugte daran. Seine leichte Berührung stand im absoluten Kontrast zu der starken Art, wie er meine Brust hielt, und seine Fingerspitzen gruben sich in mein weiches Fleisch. Solch ein Gegensatz, das Greifen seiner Finger und das leichte Schlagen seiner Zunge. Die Empfindungen waren kaum noch auszuhalten. Feuchtigkeit sammelte sich zwischen meinen Schenkeln an, mein Kitzler pulsierte vor lauter Verlangen.

Ja, somit erledigte sich zumindest das Problem des ständigen Nachdenkens … Alles, was ich nur noch tun konnte, war, ihn zu spüren. Sorgfältig bearbeitete er eine Brust, bevor er sich der anderen widmete. Sein warmer Mund und seine talentierte Zunge erregten mich und brachten mich bis an den Rand des Wahnsinns.

Ich wälzte mich wild im Bett hin und her, so sehr wollte ich endlich seinen Schwanz in mir spüren. Ich musste jetzt einfach kommen. »Bitte …«, stöhnte ich und zerrte an meinen Fesseln. Meine Hüften hoben sich wie von selbst in einem stillen Appell.

»Bitte was, Kätzchen?«

Mein ganzer Körper bebte bei dem Kosewort. »Bitte lass mich kommen.«

Er legte seine große Hand auf meine Muschi. Hitze durchflutete mich bei seiner besitzergreifenden Berührung. »Wie? Sag mir, was du brauchst.«

»Dich.« Ich wölbte meine Hüften empor, und er glitt mit einem Finger in mich. »Ich brauche dich.« Rein und raus, er stimulierte mich, aber es war noch nicht genug. »Mehr …«

»Etwa so?« Er nahm einen zweiten Finger dazu, krümmte sie nach vorne, traf meinen idealen Punkt.

»Oh ja.« Er machte pumpende Bewegungen mit seinen Fingern – rein und raus, aber es war immer noch nicht genug. »Nein. Mehr.« Tränen traten mir in die Augen. Dieses Flehen war so untypisch für mich. Es fiel mir schwer, es zu tun. Es tat mir weh, um etwas zu bitten, da ich normalerweise nur so wenig von den Leuten zurückbekam.

Er sah mich an, strich mir das Haar von den Augen. »Sch. Ich werde mich um dich kümmern.« Er glitt an meinem Körper hinab, bis ich seinen rauen Atem an meiner Muschi spürte.

Dieses Mal ließ er mich nicht mehr bitten oder betteln, er zog mich einfach in seinen warmen herrlichen Mund. Ich schloss die Augen und gab mich ihm hin, das heiße Gleiten seiner Zunge über meiner sensiblen Falte, die Art, wie er mich verschlang, so als ob er niemals genug bekommen würde. Aber vor allem war es die Art, wie er sich auf diese eine bestimmte Stelle konzentrierte, die ihn am meisten brauchte.

Seine Hände ergriffen fest meine Hüften, seine Zunge schlug meinen Kitzler, schmeichelte eine weitaus größere Reaktion aus mir heraus, als ich je für möglich gehalten hätte. Ich bebte, sah Sterne, und ich fühlte, wie ich den Gipfel der Lust immer weiter emporstieg, immer höher, höher – etwas, das weitaus größer war als ich. Etwas, das nicht einmal ein Sextoy vollbringen konnte, geschweige denn ein anderer Mann. Und dann war er da. Der Orgasmus ließ mich bis in mein Innerstes erzittern.

Ich schrie unzusammenhängende Worte und stöhnte tief und kchlig, als er mich neben seinem Mund kommen ließ und bei mir blieb, bis das große Beben zu einem kleineren Zittern wurde und ich neben ihm lag. Ich war völlig erschöpft.

Für ihn galt das jedoch nicht, und sobald ich das Anstupsen seines harten Schwanzes gegen meinen Körper spürte, öffnete ich wieder die Augen, denn ich wollte ihn sehen, als er mich endlich nahm.

»Es ist nichts zwischen uns«, sagte er mit heiserer Stimme.

»Es hat keinen anderen Mann gegeben seit … du weißt schon, und was diejenigen davor betrifft … ich habe mich auch testen lassen.«

Ein Muskel zuckte in seinem Kiefer, als ich Lance erwähnte. »Und es gab auch keine, seitdem du damals in mein Apartment kamst. Ich bin gesund.«

Ich hatte vor Rührung Tränen in den Augen, und plötzlich war er da, stieß in mich, nahm alle Gedanken und Sorgen von mir. Es gab nur noch Gabe, groß und hart, der sich vorsichtig seinen Weg in mich bahnte.

»Du bist eng«, murmelte er. Seine Stimme zitterte wie auch seine muskulösen Arme, als er sich zurückhielt. »Aber du fühlst dich so verdammt perfekt an.«

Das Feuer in mir, als er tiefer drängte, sprach für Gabe, für unsere Verbindung. Das gefiel mir, und ich wusste, wie viel ich diesem Mann geben wollte. Dieser Gedanke jagte mir aber auch Angst ein. Schließlich war zwischen uns beiden noch so viel ungesagt. Doch dann begann er, langsam zu stoßen, rein und raus, bis er ganz tief in mir war.

Ich konnte ihn spüren. »Gabriel«, stöhnte ich, denn ich war nicht in der Lage, meine Gefühle für mich zu behalten.

»Oh, Iz.« Seine Selbstbeherrschung war dahin, und er fickte mich. Es gab kein anderes Wort, das es besser hätte beschreiben können, als er mich hart und fest nahm. Er bewegte sich vorsichtig heraus und knallte dann wieder tief hinein. Die ganze Zeit über sah er mir in die Augen, ließ mich nicht wegschauen, als er meinen Körper in Besitz nahm. Seine Arme waren aufgestützt, ermöglichten ihm, hineinzustoßen und seinen Schwanz wieder herauszuziehen. Er brachte uns beide immer höher und höher zum Gipfel der Lust. Noch nie war ich in solch einer Bredouille gewesen, ich musste ihn unbedingt berühren, konnte es aber nicht. Ich zerrte an den Fesseln an meinen Armen und ächzte, als ich mich nicht befreien konnte. Er streckte eine Hand aus, tat irgendetwas, und dann war ich frei, um mit meinen Händen über seine breiten Schultern zu wandern. Seine Muskeln beugten sich, als er in mich hinein- und dann wieder hinausglitt, er nahm sich, was er wollte, und gab mir im Gegenzug alles.

Ich bebte, spürte den zweiten nahenden Orgasmus, von dem ich nicht sicher war, ob ich ihn überhaupt bewältigen könnte. Nicht wenn sich diese dunkelblauen Augen die ganze Zeit über in mich hineinbohrten, mich verletzlich machten und sogar noch geiler, als ich es ohnehin schon war. Bevor ich noch weiter nachdenken konnte, wechselte er die Stellung, aber nur ein kleines bisschen, und traf genau *die* Stelle. Den Punkt, den seine Finger leicht fanden, wenn er mich den Gipfel der Lust erreichen lassen wollte.

»Oooh.« Mir entfuhr ein langes, beschämendes Aufschreien.

Das spornte ihn aber lediglich noch weiter an. Er legte einen Arm um meinen Rücken, zog mich in eine sitzende Position, und dann blickte ich ihm genau ins Gesicht. Ich schaute ihm direkt in die Augen, als er in mich stieß und heftig kam.

Mein Name auf seinen Lippen löste in mir das Gefühl der Erlösung aus und ließ mich zusammen mit ihm kommen.

13

Isabelle: Ich selbst sein

Das Abebben der lustvollen Gefühle dauerte noch lange an, bis es schließlich ganz nachließ. Ich glaube, ich schlief oder döste zumindest. Das war schon okay, da ich warm umschlungen aufwachte und keinerlei Eile hatte, mich aus den starken Armen zu lösen, die mich festhielten. Gabe schlief neben mir, sichtlich entspannt. Er war offenbar genauso befriedigt worden wie ich. Aber er gab mir noch mehr. Ich fühlte mich so sicher, wenn ich mit ihm zusammen war, so geborgen. Auf diese Weise hätte ich jeden Morgen aufwachen können, dachte ich mir und beschloss, nicht mehr weiter zu grübeln. Ich hatte keinerlei Recht, über das Hier und Jetzt hinauszudenken. Und ich bräuchte Zeit, um sicherzugehen, dass ich mich nicht wieder einmal kopflos in irgendetwas hineinstürzte, ohne vorher gründlich darüber nachgedacht zu haben, wozu ich allerdings leider neigte, wenn es um Männer ging. Wenn es um die Vorstellung ging, mich sicher und geborgen zu fühlen.

»Isabelle?«, hörte ich plötzlich eine weibliche Stimme aus dem Wohnzimmer rufen.

Bei dieser Störung sprang ich erschreckt auf.

»Isabelle? Ich bin's, Lucy! Ich dachte, ich könnte dich auf der Insel willkommen heißen. Wir könnten einen Drink zusammen nehmen und uns unterhalten, über …« Lucy blieb in der Türöffnung stehen und hörte auf zu reden, als sie mich erblickte. Im Bett mit ihrem Bruder.

»Oh mein Gott.« Verschämt verkroch ich mich tiefer in den Laken.

»Geh weg, Lucy!«, knurrte Gabe neben mir.

»Ich dachte, ich würde sie begrüßen, Gabe! Ich hätte nicht gedacht, dass du sofort über sie herfällst, kaum dass sie zur Tür herein ist!«

Ich zuckte zusammen. Gabe blickte lediglich nach unten und ging sicher, dass er bedeckt war.

»Eigentlich ist sie über mich hergefallen.« Er grinste, und ich sank noch tiefer in die Laken, schaffte es aber, ihm einen Seitenhieb mit dem Ellbogen für seinen Sarkasmus zu verpassen.

»Schön … Bin schon weg. Da es bereits fast Abendessenszeit ist … warum treffen wir uns dann nicht einfach morgen?! Isabelle, du kannst mir ja eine Nachricht schreiben, wenn du bereit bist, für den Club zu arbeiten.«

Der Club … Der Grund, warum man mich hatte herkommen lassen, zumindest war ich davon ausgegangen. Ich musste dringend klarstellen, was hier los war.

Ich wartete, bis Lucy verschwunden war, bevor ich mich im Bett aufsetzte. »Das hier war wirklich ein abgekartetes Spiel! Mich hierher zum Arbeiten für den Club einzuladen als Vorwand, um mich ins Bett zu kriegen. Ich habe Lucy gesagt, dass ich nicht die Erfahrung hätte, aber sie versicherte mir, dass ich es hinkriegen würde. Dass du deine Finger mit im Spiel hast, wusste ich ja von Anfang an, ich hätte allerdings nicht gedacht ...« Ich schüttelte den Kopf. »Egal. Ich werde mal schauen, ob mich Joely gleich als Allererstes morgen früh zurück nach Miami bringen kann.«

Seine Hand ergriff meine. »Du willst wissen, ob ich dir eine Falle gestellt habe, damit du hierherkommst, um mich zu treffen? Ja. Weil du sonst nicht gekommen wärst.«

Ich schüttelte den Kopf, biss mir auf die Unterlippe. »Ich brauchte die Zeit für mich allein. Es war die einzige Möglichkeit, jeden Tag zu überstehen und mich selbst zu einer ehrenwerten Frau zu machen. Anstatt das zu respektieren, hast du einen Weg arrangiert, um einen Job für mich zu finden und um mich wiederzusehen.«

»In einer Sache irrst du dich. Du warst immer schon eine ehrenwerte Frau. Du verdienst so viel mehr als das, was du im Leben bisher erhalten hast. Aber beim Erfolg geht es nur darum, wen du kennst und was du schließlich aus deinen Möglichkeiten machst!«

»Du und Lucy seid beide Menschen, die nie irgendwelche Zweifel haben.«

Er umschloss meinen Hinterkopf mit seiner Hand. Auf raffinierte Weise kontrollierte er meine Fähigkeit, mich zu bewegen. Mein Körper reagierte prompt darauf, so als ob wir nicht gerade erst Liebe gemacht hätten … Sex gehabt hätten. Ein hartnäckiges Pochen begann sich tief in meinem Bauch bemerkbar zu machen. Ich erkannte die Frau nicht wieder, deren sexuelle Bedürfnisse so stark waren, dass sie … so viel wollte.

»Tatsache ist, dass ich dir so viel Zeit gegeben habe, wie ich hinnehmen konnte. Geduld ist für gewöhnlich nicht gerade eine meiner Stärken. Und wenn's um dich geht? Dann ist sie überhaupt nicht vorhanden.« Seine Stimme klang ganz kehlig.

»Du hast mich so leicht gehen lassen. Ich dachte, du hättest mich vergessen.« Flüchtig sah ich zu ihm auf. »Und bevor du etwas sagst, ich weiß schon … So zu denken widerspricht mit meinem Verhalten, weil ich ja diejenige war, die davongelaufen ist.«

Seine Miene verfinsterte sich. »Ich habe dir das gegeben, was du wolltest … was du brauchtest … so lange eben, wie ich konnte. Das werde ich immer. Aber mach keinen Fehler. Du warst niemals allein …«

Was immer er auch damit meinen mochte, so war ich nicht sicher, ob ich überhaupt irgendwelche Details wissen wollte. Irgendwie hatte ich ja auch immer gespürt, dass wenn einmal etwas schieflaufen würde, Gabe sofort zur Stelle wäre. Er hätte mich nicht einfach fallen lassen. Dass er aber ein Sicherheitsnetz für mich bereitgestellt hatte, hatte ich nicht gewusst, und das war das Wesentliche. Ich. Hatte. Es. Nicht. Gewusst! Ich war auf mich allein gestellt gewesen.

Das war schön zu wissen, aber ich wollte nun endlich wissen, was genau der Grund für meine Reise hierher war. »Also was ist mit dem Job? Ich kann mir nicht vorstellen, dass Lucy mich tatsächlich braucht. Sie hat sich bislang um jeden Club gekümmert, den ihr bereits besitzt.« Warum war ich wirklich hier?

Er schüttelte den Kopf. »Lucy ist für die Inneneinrichtung in den Clubs verantwortlich. Sie hat sich dein Portfolio und das, was du bereits zusammen mit Lisa gemacht hast, angesehen, und da ich dich auch empfohlen habe, wollte sie dir eine Chance geben!«

Ich schaute ihn flüchtig an. »Die Chance ist echt?«, fragte ich misstrauisch.

»Klar. Jetzt mach was draus, wenn du willst.«

»Anders gesagt, wenn ich zurück mit dir nach Hause und lieber das Heimchen am Herd spielen will, wäre dir das lieber?«

»So kann man das nicht sagen. Ich will das, was dich glücklich macht!«

Lance hatte das Gleiche behauptet, und dennoch hatte er mir langsam und auf raffinierte Weise alles genommen, was mir je wichtig war.

Ich bemerkte, dass Gabe mich in seine Arme gezogen hatte und mich fest umschlungen hielt, ganz so, wie er es mochte. Ich fühlte mich so sicher, so gewollt. Aber warum? Wenn er doch die Situation manipuliert hatte, um mich hierherzulocken?! Mein Herz und mein Selbstwertgefühl stritten miteinander.

»Ich will, dass du glücklich bist, aber mach keinen Fehler. Ich will, dass du bei mir bist. Und dieses Mal wirst du nicht einfach wieder verschwinden!«

Ich schüttelte den Kopf. »Du spielst mit mir, und das mag ich nicht. Also verlange nicht von mir, dass ich irgendwelche Versprechungen mache, was die Zukunft betrifft.«

Er atmete heftig aus, und einige unangenehme Minuten verstrichen. »Dann versprich mir vorerst zumindest eins. Bleib bei mir auf Eden!«

Ich wusste nicht, was für eine Zeitspanne er dabei im Sinn hatte oder was er für uns plante, während wir hier auf der Insel wären. Dafür wusste ich allerdings Folgendes: Natürlich wollte ich an der Gestaltung dieses Clubs mitwirken, aber mindestens genauso gerne die Zeit mit ihm hier verbringen. Auf meinen eigenen Beinen zu stehen war ein tolles Gefühl gewesen, doch hier in Gabes Armen zu liegen, fühlte sich sogar noch besser an.

Ich hatte ihm nicht vertraut, nicht geglaubt, dass er mir die Freiheit geben würde, die ich so sehr brauchte, um unabhängig zu sein und zu mir selbst zu finden. Und das machte mir genauso viel Angst wie der Gedanke, ihn zu verlassen.

Dennoch schaffte ich es zu nicken. Ich würde nirgendwohin gehen. Zumindest nicht im Moment.

»Hast du Hunger?«, fragte er.

»Ich habe Appetit bekommen«, erwiderte ich ein bisschen frech. Mein Körper zuckte immer noch von dem Nachbeben der Lust, und ich war auf herrliche Weise wund.

Er seufzte und zog mich näher an sich heran, um mir einen langen Kuss zu geben. Aber ums Essen ging es dann eine lange, lange Zeit doch nicht …

***

Isabelle: Elite

Am nächsten Morgen erwachte ich und stellte fest, dass Gabe bereits aufgestanden war. Ich stieg nackt aus dem Bett, wusch mich und zog mir einen Morgenmantel über. Gabe mochte es nicht, angezogen zu schlafen, und die ganze Nacht hindurch hatte er einfach nicht genug von mir bekommen können. Er schob es darauf, dass wir so lange getrennt gewesen waren. Es fühlte sich gut an, so von ihm begehrt zu werden.

Ich ging in den Küchenbereich, wo er gerade telefonierte. Er trug eine Turnhose, bellte der unglücklichen Person am anderen Ende der Leitung Befehle zu und ging während des Gesprächs rastlos hin und her.

Er drehte sich um, sah mich, und sein Blick wurde wärmer. »Kümmern Sie sich einfach darum!«, sagte er noch und beendete dann das Telefonat.

»Ist alles okay?«, fragte ich.

Gabe nickte. »Nur was Geschäftliches.«

Ich ging zur Kaffeekanne rüber, die offenbar früher am Morgen gebracht worden war, schenkte mir eine Tasse heißen Kaffee ein und gab Milch und Zucker hinzu, bevor ich mich ihm wieder zuwandte. »Apropos Geschäftliches … ich würde gerne Lucy finden und den Ort sehen, wo Elite einmal sein wird.«

»Ich dachte, wir könnten den Tag damit verbringen, uns gemeinsam die Insel anzusehen. Arbeit gibt's immer noch, wenn wir damit fertig sind.«

Ich konnte förmlich sehen, wie zwei Stimmen in seinem Inneren miteinander stritten, ehe sich seine Schultern schließlich entspannten und er offenbar nachgab. »Ich werde Lucy anrufen, und sie kann dich dann hinbringen.«

Flüchtig schaute ich ihn an. Niemals hätte ich gedacht, dass das hier so einfach sein würde. »Wirklich?«

Meine bereits halb leere Kaffeetasse stellte ich auf den Küchentresen, ging zu ihm und schlang meine Arme um seinen Hals. »Das war gar nicht so schwer, oder?« Ich drückte mich an seinen warmen Körper, rieb meine Wange gegen seine.

Ein dumpfes Grollen ertönte aus seiner Brust. »Du machst es nicht gerade einfacher«, murmelte er.

Ich lachte. Er hatte mir gegeben, was ich wollte. In Anbetracht seiner mächtigen Erektion, die gegen meinen Bauch stupste, brauchte er nun scheinbar auch etwas, und ich konnte es mir erlauben, großzügig zu sein. Und weil er mir die Möglichkeit verwehrt hatte, letzte Nacht richtig mit ihm zu spielen, wollte ich das jetzt tun.

Ich schob meine Hand in seine Shorts und griff nach seinem Schwanz.

»Du spielst gerade ein gefährliches Spielchen«, warnte er mich. »Wenn du gehen willst, solltest du es lieber gleich tun, bevor ich noch meine Meinung ändere.«

»Ich habe nicht gesagt, dass ich jetzt sofort losmuss«, murmelte ich und zog seine Shorts im selben Moment herunter, als ich vor ihm auf die Knie sank.

Ich sah zu ihm auf. Sein Blick war verhangen, er hatte die Zähne fest zusammengebissen. »Du musst dich entspannen«, sagte ich und glitt mit meiner Hand seinen langen, dicken Schwanz hinauf und hinab, während ich versuchte, nicht allzu überwältigt von der Größe zu sein.

Lance hatte, Gott sei Dank, generell keinen Oralsex gemocht. Und um ehrlich zu sein, hatte ich es auch nicht sonderlich gemocht. Gabe hatte meine Sichtweise gänzlich verändert, und ich wollte ihm das hier geben. Ich musste es einfach tun.

Seine Hand kam auf meinem Kopf zum Ruhen – zur selben Zeit, als ich mich nach vorne beugte und an der runden Eichel leckte, auf der sich bereits erste Lusttröpfchen ansammelten. Gabe stöhnte, und seine Berührung an meinem Hinterkopf wurde fester. Ich stöhnte bei seiner dominierenden Berührung und nahm zur gleichen Zeit seinen Schwanz so tief in meinen Mund, wie ich konnte.

Ich kann nicht gerade behaupten, dass ich wirklich wusste, was ich da tat, besonders nicht in dieser Position. Die wenigen Male, als ich Lance einen geblasen hatte, waren noch zu Beginn unserer Beziehung gewesen, und er hatte immer dabei auf dem Bett gelegen. Der Instinkt hatte mich nun aber auf meine Knie fallen lassen, und der Instinkt brachte mich jetzt dazu, Gabes Schwanz zu lecken und an ihm zu saugen.

»Du bist so verdammt gut mit deinem Mund, Baby …«, raunte Gabe. Das Lob in seinem Tonfall brachte mich nur dazu, weitermachen zu wollen und ihn noch mehr zu befriedigen.

Ich nahm ihn noch tiefer in meinen Mund, atmete seinen schweren, moschusartigen Duft ein, während ich mit meiner Zunge seine ganze Schwanzlänge rauf und runter glitt und ihn dabei leicht mit meinen Zähnen berührte.

Er stöhnte und schob sein Becken nach vorne, die Spitze seines Schwanzes stieß hinten an meine Kehle. Tränen traten mir in die Augen, aber ich wollte ihm genauso viel Lust bereiten wie er mir, also machte ich weiter.

»Entspann dich, Kätzchen. Du kannst mich ganz nehmen, wenn du dich entspannst.«

Seine zuversichtlichen Worte beruhigten und beflügelten mich sogar regelrecht, und ich tat, was er mir gesagt hatte. Ich war überrascht, als ich bei seinem nächsten Stoß imstande war, mich zu entspannen und sogar normal weiter zu schlucken, obwohl ich seinen Penis im Mund hatte.

Sein Griff an meinem Haar wurde fester. Eine gleichmäßige Pumpbewegung seiner Hüften folgte, und ich bekam es hin, ihn zu lecken, zu saugen und seinen Penis bei jedem Stoß tief in meinen Mund zu nehmen.

Über mir fluchte er, sein Körper bebte, und ich wusste, er stand kurz davor zu kommen. Ohne Vorwarnung zog er aber plötzlich seinen Schwanz aus meinem Mund, langte herunter und hob mich in seine Arme.

»Was ist los?«, fragte ich verwirrt.

»Ich werde nirgendwo anders kommen als in dir«, murmelte er und drückte mich rückwärts gegen die Wand. Er hob meinen kurzen Morgenmantel hoch und stieß seinen Penis mit einem rauen Stöhnen in mich, füllte mich komplett aus.

Ich schloss die Augen, weil in diesem Moment einfach alles richtig war, doch er zerrte an meinen Haaren. »Schau mich an!«

Kaum als ich die Augen geöffnet hatte, zog er auch schon seinen Penis wieder heraus, aber nur, um danach sofort wieder zuzustoßen. In einem schnellen und wilden Rhythmus machte er weiter, der mich zwischen ihn und die Wand drückte. Die Geilheit überkam mich schnell, ohne Zweifel von der Intensität seines Verlangens, wie sehr er mich wollte. Es war berauschend zu wissen, dass ich ihn schier um den Verstand brachte und dass ich auf genau die gleiche Weise auf ihn reagierte.

Ich fühlte ihn so groß und heiß in mir. Er stieß jetzt

fest gegen meinen Kitzler und traf diese eine Stelle in mir, mit jedem tiefen Stoß. Ich stand kurz vor dem Orgasmus, mir war etwas schwindelig, alles wirbelte um mich herum, als sich meine Welt zu genau dem hier reduzierte. Gabe und ich und die Vollkommenheit, die wir erschufen.

Er ließ seine Hüften kreisen, und ich erkannte kaum den Ton wieder, der aus meiner Kehle kam. »Oh Gott. Tiefer, härter.« Ich vergrub meine Fingernägel in seinem Rücken, zog ihn in mich hinein, rieb mich gegen ihn, als ich außer Kontrolle geriet. Lust überraschte jede noch so kleine Stelle meines Körpers, jede einzelne Pore. »Gabe!«

»Scheiße, Iz, ich brauche dich«, stöhnte er. Sein schweißnasser Körper glitt eng an meinen gepresst nach oben. »Ich brauche dich.«

Ich zog an seinen Haaren, als ich erneut kam – oder immer noch –, und fühlte seinen heißen Endspurt, als er in mir kam. Schließlich beruhigte er sich. Sein Körper hielt mich fest, mein Atem kam als langes, tiefes Keuchen, und ich spürte seinen heißen Atem an meinem Hals. Schließlich zog er mich in seine Arme, langsam und vorsichtig stellte er mich dann auf den Boden, wartete, bis meine Füße ruhig genug waren, sodass ich mich auf ihnen halten konnte.

Ich entschuldigte mich und ging ins Badezimmer, um mich frisch zu machen. Als ich zurückkam, hatte er seine Shorts bereits wieder angezogen und ließ mich nach draußen auf die Dachterrasse gehen, von der aus man den Strand überschauen konnte. Ein wunderschöner Sandstrand dehnte sich bis zu dem klaren blauen Wasser aus. Vor mir stand auf einem Tisch das Frühstück, das man uns bereitgestellt hatte. Früchte und Croissants und glücklicherweise mehr Kaffee.

Er zog mich auf seinen Schoß, schlang seine Arme um mich. Obwohl es draußen heiß war, wehte vom Meer eine kühle Brise zu uns herüber, und ich hatte ja auch nichts dagegen, mich eng an Gabe zu kuscheln. Genau genommen liebte ich es.

Ich lehnte mich gegen seine Brust und entspannte mich, atmete die salzige Luft ein. »Hier ist es traumhaft.«

»Ich bin froh, dass du hergekommen bist.«

Er klang so, als ob ihm das Zugeständnis nicht leichtgefallen wäre. »Ich auch.« Und das war ich wirklich. Wenn wir einen Kompromiss finden könnten, sodass ich mich unabhängig fühlte, hätten wir vielleicht eine Chance.

Mein Magen wählte genau diesen Moment, um auf unschöne Weise zu knurren. Ich wand mich in seinen Armen, um mich zu verziehen, aber Gabe hielt mich fest. Er schnappte sich ein Fruchtstückchen und hielt es vor mein Gesicht. »Mach den Mund auf.«

Flüchtig schaute ich ihn an. »Gabe, ich kann selbstständig essen.«

»Tu's mir zuliebe«, sagte er mit heiserer Stimme. »Ich habe Lucy angerufen, und sie wird bald hier sein, ab dann wird sie dich beschäftigen … für wer weiß wie lange.« Er ließ die saftig aussehende Melone zwischen seinen Fingern herunterbaumeln.

Lächelnd aß ich die Melone, achtete darauf, dass ich dabei an seinen Fingern knabberte. »Pass auf, oder du wirst am Ende gar nichts mehr zum Frühstück bekommen«, brummte er.

Ich grinste. »Nichts als leere Drohungen.«

Er schüttelte den Kopf und hielt das nächste Stückchen hoch. Das Essen setzte sich in angenehmer Stille fort, was merkwürdig war in Anbetracht dessen, dass mich gerade ein Mann fütterte und ich in den letzten zwölf Stunden tolleren Sex gehabt hatte als jemals in meinem ganzen Leben zuvor.

»Erzähl mir etwas über deine Familie«, meinte Gabe und überrumpelte mich damit völlig.

»Was? Warum?« Über meine Eltern sprach ich nie. Ich sah keinen Sinn darin, nicht zuletzt war es mir unangenehm zu erklären, wie unerwünscht ich immer schon gewesen war.

»Was denkst du eigentlich, was ich von dir will, Isabelle? Wenn es mir nur um Sex ginge, könnte ich das überall anders auch bekommen«, erwiderte er. Ein Anflug von Kränkung schwang in seinen schroffen Worten mit.

Ich blickte nieder. »Keine Ahnung …«

Ganz offensichtlich frustriert atmete er hörbar aus. »Ich will dich besser kennenlernen. Also rede mit mir! Du hattest niemanden, an den du dich wenden konntest, als du Daltry verlassen hast. Und ich will wissen, warum das so ist.«

Bei seinen Worten zog ich wieder die Mauern hoch, die mich die meiste Zeit in meinem Leben geschützt hatten, und fing schließlich mit einer gleichgültigen Stimme an zu sprechen. Ich stellte mir gerne vor, dass meine Vergangenheit zu jemand anderem gehörte. Auf diese Weise tat es nicht so furchtbar weh. »Ich war ein Unfall, meine Eltern wollten mich nicht, deshalb haben wir auch keinen Kontakt mehr. Wann kommt Lucy, um mich abzuholen?«, fragte ich dann und versuchte mich aus seinem Schoß zu befreien.

Aber er ließ mich nicht gehen. »Das tut mir leid. Es ist schrecklich, so was zu wissen.«

»Ja, das ist es. Aber zumindest weiß ich, was ich von den Menschen zu erwarten habe. Ich meine sie, also meine Eltern.« Schnell hatte ich mich verbessert, weil ich nicht wollte, dass er merkte, wie tief manche Wunden wirklich saßen.

Er strich mir über das Haar. Vermutlich wollte er, dass ich mich wieder dicht an ihn lehnte und mich entspannte. Aber er hatte den Moment zerstört.

»Ich nehme an, als Daltry seinen Charme spielen ließ, hast du geglaubt, das gefunden zu haben, was du vermisst hast. Jemand, der sich um dich sorgte. Der dich liebte?!«

Vor Schmerz hatte ich einen Kloß im Hals. »Ich will nicht darüber reden.«

»Aber ich schon!«, sagte er mit dieser unwiderstehlichen Stimme. »Weil ich auch das Gefühl habe, dass dies genau der Grund dafür ist, warum du nicht glaubst, dass ich für dich wirklich nur das Beste will. Weil das bei niemandem vor mir und zu keiner Zeit der Fall war.«

Echte Tränen kündigten sich an, dann begannen sie zu laufen und tropften auf seine gebräunte Brust. »Zur Hölle mit dir!«, murmelte ich. »Willst du reden, Gabe? Willst du mir erzählen, wer *sie* war?« Ich blickte auf, wollte seinen Gesichtsausdruck sehen.

»Welche *sie*?« Seine Stimme klang kalt, und ich zitterte.

Was für ein schlechter Scherz, dachte ich. Genauso wie ich vermutet hatte, drängte er mich dazu, mich ihm gegenüber zu öffnen, war aber im Gegenzug nicht bereit, das Gleiche zu tun. »Du weißt, wen ich meine. Die letzte Streunerin, die du aufgenommen hast.«

Ich erinnerte mich an die Worte seines Bruders auf dem Polizeirevier, die ich einfach nicht vergessen konnte. Aber sie hatten mir damals dabei geholfen, den Mut zu finden, Gabe zu verlassen. Und ich wollte nicht das »Projekt« von jemandem sein. Jemand, den er behalten und füttern konnte und der ihm leidtat.

»Sie hat nichts mit uns zu tun.«

»Oh, aber meine Vergangenheit, meine Eltern … die schon, oder was?« Ich drückte fest gegen seine Brust, um mich aus seiner Umarmung zu befreien, und dieses Mal ließ er mich los. Ich erhob mich und ging in Richtung der Schiebetüren des Penthouses.

»Isabelle, komm zurück!« Der Tonfall in seiner Stimme sagte mir, dass er erwartete, ich würde gehorchen.

»Ich habe dir gesagt, dass ich das tue, was ich will. Und wenn du im Gegenzug nichts mit mir teilen kannst, ist es vollkommen egal, was du von dieser Beziehung willst«, teilte ich ihm mit. »Es ist vorbei!« Ich stürmte rein, nur um zu sehen, dass sich gerade die Fahrstuhltüren öffneten und Lucy heraustrat.

»Guten Morgen«, murmelte ich und eilte direkt ins große Schlafzimmer. Ich duschte schnell, zog mir dann einen Bikini an, zog mir noch etwas darüber und schlüpfte in meine Flip-Flops, die genauso teuer gewesen waren, wie sie aussahen.

Dumm, dumm, dumm, dachte ich. Ich hätte nicht so viel Geld dafür ausgeben sollen, weil ich doch gewusst hatte, dass es Gabes Geld gewesen war. Und ich hätte auch nicht herkommen sollen!

Ohne noch einmal auf die Terrasse zu schauen, von der ich Lucys und Gabes laute Stimmen hörte, drückte ich den Fahrstuhlknopf. Wenn sich der Mann mir gegenüber nicht öffnen konnte, wie konnte ich dann nur erwarten, eine Beziehung mit ihm zu führen, geschweige denn meine Unabhängigkeit zu behalten? Das, was ich von Gabe wollte, war … ja, was denn eigentlich?

Die Türen öffneten sich, und ich trat in den Lift. Ich drehte mich gerade noch rechtzeitig um, um zu sehen, wie mich Gabe in sich gekehrt ansah, bevor die sich schließenden Türen jeglichen weiteren Blickkontakt beendeten. Mich zog es zum Strand, denn ich wollte allein sein und war dort ungestört. Später müsste ich jemanden finden, der mich zu Joely bringen könnte, um schnellstmöglich von dieser Insel zu verschwinden.

Aber als ich durch das Hotel ging, blieb die eine Frage zurück in meinem Kopf. Was wollte ich von Gabe? Leider kannte ich die Antwort bereits. Ich wollte das, was ich immer zurückgestellt und verdrängt hatte, seitdem ich realisiert hatte, dass Lance ein egoistischer Scheißkerl war, der mich niemals lieben würde. Ich wollte eine Familie. Einen Mann, der mich bedingungslos liebte, und Kinder, die wir liebten und die gewollt wurden, so wie es bei mir nie der Fall gewesen war. Und selbst, wenn ich diese Dinge niemals laut gesagt und auch nicht einmal mir selbst gegenüber gestattet hatte, diesen Gedanken auszuformulieren, so hatte ich es doch mit Gabe gewollt.

14

Gabe: Beschützen und Verteidigen

»Du Idiot!«, schrie Lucy ihren Bruder an. »Nur du schaffst es, eine Frau von einer Insel zu verjagen, die Eden heißt!«

Gabe kniff sich ans Nasenbein und stöhnte. »Halt dich da raus, Lucy.«

Sie lachte. »Das glaubst du ja wohl selbst nicht! Wenn ich es dir überlassen würde, würdest du doch mit Sicherheit wieder alles vermasseln. Was ist passiert? Was hast du ihr angetan?«

Na ja, er hatte damit angefangen, sie über ihre schwere Kindheit auszufragen, und sie dazu gezwungen, sich ihm gegenüber zu öffnen, und er hatte das Gespräch dann abrupt beendet und zugemacht, als sie ihn aufgefordert hatte, das Gleiche zu tun.

»Okay, lass mich raten. Du hast ihr erzählt, dass du schon einmal verheiratet warst?«

»Ich würde ihr überhaupt nichts erzählen …«, murmelte er.

Lucy applaudierte klatschend seiner Dummheit. »Verstehe. Sie hat gefragt, und du hast zugemacht.«

Wenn er seiner Schwester nun nichts erklärte, würde sie nicht lockerlassen und er hatte doch jetzt schon so furchtbare Kopfschmerzen, deshalb entschied er sich dazu, Lucy alles zu erzählen. »Ich habe sie über ihre Vergangenheit ausgequetscht und sie gedrängt, mir Antworten zu geben …«

»Und dann wolltest du im Gegenzug selbst nichts von dir preisgeben?! Oh, gut gemacht, großer Bruder!« Sie nahm sich ein Stück Melone und steckte es sich in den Mund.

Alles, an das Gabe denken konnte, war, wie Isabelle auf seinem Schoß gesessen hatte, fest an ihn gekuschelt, so als ob sie zu ihm gehören würde und ihm erlaubte, sich um sie zu kümmern. Ja, er hatte diesen Charakterzug, dass er sich immer um Menschen kümmern wollte, die ihm wichtig waren, aber das hatte nichts mit Streunerinnen zu tun. Er wollte einfach sichergehen, dass die Menschen, die er liebte, das bekamen, was sie wollten. Genauso wie er es für Lucy und Decklan getan hatte, als ihre Eltern … gestorben waren. Tausend Gedanken gingen ihm durch den Kopf, doch kamen sie letztendlich bei einem Wort zum Stehen: Liebe.

Liebte er Isabelle?

Er begehrte sie und hatte das allesverzehrende Bedürfnis, sie zu beschützen und zu verteidigen. Seitdem sie in seinem Leben aufgetaucht war, hatte er keine andere Frau mehr angerührt. So richtig in seinem Leben »aufgetaucht« war sie in jener Nacht auf dem Polizeirevier. In den einsamen drei Monaten danach hatte er Naomi zurückgewiesen, als diese ihn um eine zweite Chance bat, aber das war eine Angelegenheit, von der er Isabelle nicht erzählen würde.

Mit Isabelle hatte er keine Kondome benutzt, und sie hatte auch nichts darüber gesagt, ob sie die Pille nähme. Seiner Meinung nach war es nicht wichtig gewesen. Schließlich hatte er nicht vor, sie jemals wieder gehen zu lassen.

Also liebte er sie?

Verdammt ja, das tat er!

»Oh Gott, ich muss ihr die Wahrheit erzählen, oder?«, fragte er seine ungewöhnlich stille Schwester.

Lucy zuckte nur mit den Schultern und schnappte sich dann ein weiteres Fruchtstückchen. »Vermassel es nur nicht. Ich mag sie. Sie ist so ganz anders als deine früheren Freundinnen. Ich will nicht, dass du diese hier verlierst. Sie ist nämlich etwas ganz Besonderes!«

Er atmete tief durch. »Da stimme ich dir zu.«

»Und sie nimmt dich so, wie du bist. Dein Geld oder deine Macht interessieren sie nicht. Sie mag dich.«

Er grinste. »Das tut sie wirklich, oder?«, fragte er und erhob sich.

»Wohin gehst du?«, erkundigte sich Lucy.

»Ich geh duschen, mich anziehen, und danach mach ich mich auf die Suche nach meiner Kleinen!«

15

Isabelle: Ein Tag der Offenbarungen

Obwohl ich beabsichtigte, zum Strand zu gehen und dort einen ungestörten Ort zum Entspannen und Nachdenken zu finden, stieg ich aus Versehen im falschen Stockwerk aus dem Fahrstuhl und landete in der Kellerebene unterhalb des Bereichs des Hauptfoyers. Auf dem Schild über den geöffneten Türen stand CLUB, also entschied ich mich, mich dort einmal umzusehen, und fand den ursprünglichen Club vor, der geschlossen worden war. Allem Anschein nach würde Elite hier eröffnet werden, und ich entschloss mich, mir die Location einmal näher anzuschauen.

Ich stieß die Türen auf. Im Raum war es dunkel, nur wenige Lichter wiesen mir meinen Weg. Die Tische, Stühle und selbst die Arbeitsflächen waren sichtlich alt und zerkratzt, die Böden schäbig. Der Platz brauchte eine Generalüberholung, und meine kreative Ader war bereits geweckt. Ich konnte es kaum abwarten zu hören, wie Lucys Pläne aussähen. Ganz egal, dass ich ursprünglich aufgebracht gewesen war, so war ich doch nicht so dumm, mir solch eine Chance entgehen zu lassen!

Ich begriff, wie die Welt funktionierte. Man brauchte Geld und Vitamin B, dann öffneten sich einem alle Türen. Deshalb hatte Gabe mich Lucy vorgestellt, die meinen Rat vermutlich überhaupt nicht brauchte, aber sie war gewillt, trotzdem meine Unterstützung anzunehmen. Das würde mir die Chance geben, meine Fähigkeiten unter Beweis zu stellen, und ab diesem Punkt hing es dann nur noch ganz allein von mir ab, das Beste aus der Sache zu machen. Ganz egal, was noch zwischen Gabe und mir passieren sollte.

Bei der Rückkehr dieses unangenehmen Gedankens entschied ich mich dazu, mich jetzt wirklich zum Strand aufzumachen. Vielleicht könnte ich ein Plätzchen finden, wo ich einen fruchtigen Drink bekäme und ein bisschen schlafen könnte … und nicht mehr nachdenken müsste. Nachzudenken tat nur weh. Gabe wollte mich, da war ich mir sicher. Aber wenn es ihm egal war und er sich mir gegenüber nicht öffnen konnte und seine Vergangenheit nicht mit mir teilte, reichte die gegenseitige Anziehungskraft allein einfach nicht aus.

Glücklicherweise fand ich den Strand ohne Probleme. Zu meiner Überraschung war er leer, keine Menschenseele war weit und breit zu sehen, außer mir und dem Typen, der mir Handtücher für meinen Stuhl brachte, und die gelegentlich auftauchende Kellnerin, die kam, um Drinks zu servieren. Schon bald hatte ich mich bis auf meinen Bikini ausgezogen, die Sonne bräunte meine Haut, und in der Hand hielt ich eine Piña Colada.

Ich schloss die Augen und atmete tief ein. Ich genoss die vollkommene Ruhe des Moments, ließ es nicht mehr zu, dass mich irgendwelche Gedanken störten. Wie oft hatte ich schon die Möglichkeit, absolut nichts zu tun und einfach nur den Augenblick zu genießen? Ich war nicht sicher, wie viel Zeit vergangen war, als sich plötzlich ein Schatten vor die Sonne schob.

Ich schaute auf und sah Lucy, die über mir stand.

»Ich will reden, und wir haben nicht viel Zeit!«, sagte sie, bevor ich noch ein Wort herausbringen konnte. »Gabe steht gerade unter der Dusche und will sich danach auf die Suche nach dir machen.«

»Was kann ich für dich tun, Lucy?«

»Ich bin froh, dass du fragst.« Sie setzte sich an die Seite meines Stuhls, schob meine Beine beiseite, damit sie genügend Platz hätte. »Du weißt, dass unsere Eltern starben, als ich sechzehn war, oder? Gabe war damals einundzwanzig, und er übernahm danach im Alleingang die Führung – über einfach alles. Er kümmerte sich um die Hotels, expandierte und stieg in den Nachtclub-Markt ein. Er ging sicher, dass sich Decklan um nichts kümmern musste, außer das College zu beenden und Polizist zu werden, und er kümmerte sich auch um meine Erziehung, und ich war mit Sicherheit nicht gerade einfach.« Sie grinste, aber die Ernsthaftigkeit des Gesprächs ging dabei nicht verloren.

»Ich weiß, dass er ein guter Mensch ist.«

»Na ja … aber er hat auch sehr mit sich zu kämpfen. Als er mich erst einmal auf der Uni hatte, hat er geheiratet.«

Überrascht setzte ich mich auf. »Was? Gabe war verheiratet?«

»Lucy!«, rief plötzlich ihr Bruder im Befehlston zu uns herüber.

Seine Schwester stand auf, ging in direkter Konfrontation auf ihn zu, wenngleich sie ihm nur bis zur Mitte seines Brustkorbes reichte. »Zumindest weiß Isabelle jetzt Bescheid. Dir bleibt also nichts anderes mehr übrig, als ihr alles zu erklären!«

»Und dir kam nicht zufällig in den Sinn, dass ich aus diesem Grund hierherkommen wollte, um ihr das Ganze selbst zu sagen?!«

»Ich wollte nur nicht, dass du doch noch den Schwanz einziehst!«

Gabe biss die Zähne zusammen und schüttelte den Kopf, aber ich konnte einfach nicht anders, als laut loszulachen. »Ich wusste immer, dass mir etwas entgangen ist, weil ich keine Geschwister habe.«

Lucy blickte mich an und zwinkerte mir zu. »Wir beide können uns später treffen und darüber reden, was ich für Vorstellungen bezüglich des Clubs habe. Irgendetwas sagt mir, dass dich mein Bruder für ein Weilchen in Beschlag nehmen wird.« Grinsend ging sie weg, ihr langes Haar schwang hinter ihr her.

»Ich werde sie erwürgen …«, murmelte Gabe.

Doch ich lehnte mich zurück und ignorierte ihn.

Keine einzige Sekunde lang hatte ich vergessen, dass ich wütend auf ihn war. Wenn er reden würde, dann würde er das tun, weil er es selbst wollte, und nicht, weil ich ihn darum anflehte oder ihn seine Schwester dazu drängte.

»Iz …« Er setzte sich an die Stelle, wo Lucy zuvor gesessen hatte. Sein muskulöses Bein lag warm und hart gegen meins gelehnt.

Ich hielt mir eine Hand schützend über die Augen, um die starken Sonnenstrahlen nicht hindurchzulassen, sah ihm in die Augen und wartete, dass er zu reden anfing.

»Du bekommst einen Sonnenbrand. Hast du dich mit Sonnencreme eingerieben?«, fragte er mit dieser fürsorglichen Stimme, die mein Innerstes erwärmte.

»Ja«, erwiderte ich und schloss wieder die Augen.

Er stöhnte. »Wir haben unsere Eltern bei einem Autounfall verloren. Sie waren auf der Rückfahrt nach Hause von meiner College-Abschlussfeier.«

Meine Atmung wurde flach. Er redete, und ich hätte nicht erwartet, dass er direkt zur Sache kommen würde. Ich brauchte mir nicht auszumalen, welche Schuldgefühle er haben musste. Ich musste ihm einfach nur in sein gequältes Gesicht blicken und wusste Bescheid. Ich legte meine Hand auf seine und verstand, dass er jetzt weder Mitleid noch Anteilnahme wollte, aber ich entschied mich dazu, ihm diese dennoch anzubieten.

»Ich war sofort zur Stelle, um für Lucy da zu sein. Sie war erst sechzehn und brauchte jemand, der sie beim Erwachsenwerden unterstützte. Deck war neunzehn, und er half mit, aber er ging noch zur Schule. Er wollte nie etwas mit Hotels oder generell Geschäftlichem zu tun haben. Er wollte schon immer Polizist werden, und ich wollte nicht, dass er diesen Traum aufgab. Also wurde ich das Familienoberhaupt und sorgte dafür, dass jeder das bekam, was er brauchte.«

Ich betrachtete ihn, während er sprach. Er war so eigenständig und sicher bezüglich dessen, was er zu tun hatte. Aber er war auch noch so jung gewesen. So wie ich, als ich mein Zuhause verließ, doch ich hatte mich nur um mich selbst kümmern müssen. Auf seinen Schultern hatte er eine weitaus größere Verantwortung getragen.

»Wer gab denn dir, was du brauchtest?«, fragte ich.

Bei meinen Worten blinzelte er. Und zuckte dann mit den Achseln. »Zuerst habe ich nicht weiter darüber nachgedacht, und dann lernte ich Krissie kennen. Damals arbeitete ich rund um die Uhr, und alles, was ich wollte, war nur ein Mensch, mit dem ich mein Leben teilen konnte. Ich dachte, es würde dabei helfen, den Schmerz und die Einsamkeit erträglicher zu machen.«

»Was passierte dann?«, fragte ich in die klaffende Stille hinein, die darauf folgte. Irgendwie erkannte ich, dass dies der Punkt war, an dem er nicht mehr weitererzählen mochte.

»Ich hätte genauer hinsehen sollen, denn sie brauchte ... so viel mehr. Mehr Zeit, mehr Zuneigung, mehr von allem, als was ich ihr zu geben hatte. Besonders damals …«

Ich atmete lange aus. »Das ist der Grund, warum mich Decklan auch eine Streunerin nannte?!«

Gabe senkte den Kopf. »Deck sah es nur von außen. Er sah nicht die Fehler, die ich machte.«

Ich kniff die Augen zusammen. »Was für Fehler denn? Du hattest ein Auge auf deine Schwester, hieltest das Geschäft deines Vaters am Laufen, während du dich gleichzeitig selbst einarbeiten musstest, und übernahmst zudem auch noch die Führung diverser Nachtclubs! Ich nehme an, dass deine Frau ein wunderbares Leben hatte? Ein schönes Zuhause? Du hast sie doch bestimmt geliebt?«

»Das dachte ich zumindest …«

Ich ging nicht weiter auf diese Bemerkung ein. »Also was fehlte ihr?«

»Alles? Nichts war genug. Ich schaffte es nicht, nach Hause zum Abendessen zu kommen, es gab keine Kurzurlaube … Letztendlich wandte sie sich einem anderen Mann zu.« Er schüttelte den Kopf. »Als ich es herausfand, hatten wir uns bereits schon so weit auseinandergelebt, dass ich ihr noch nicht einmal einen Vorwurf daraus machen konnte. Ich reichte dann die Scheidung ein, aber es stellte sich heraus, dass ihr Märchenprinz sie nur so lange haben wollte, wie sie noch in der Verantwortung von jemand anderem war, und er ließ sie kurz darauf fallen.«

Ich zuckte zusammen, obwohl ich mir nicht sicher war, ob ich besonders viel Verständnis für eine Frau haben sollte, die dermaßen viel Druck auf Gabe ausgeübt hatte. Vor allem in einer Zeit, als er es sowieso schon so schwer hatte.

»Sie hat sich umgebracht. Überdosis Schlaftabletten.« Er ließ den Kopf hängen, und ich richtete mich auf, schlang tröstend einen Arm um ihn.

»Erst da realisierte ich, dass sie psychisch krank war. Ich war einfach zu beschäftigt, um es früher zu erkennen.«

Ich öffnete den Mund, schloss ihn dann wieder, denn ich musste erst darüber nachdenken, wie ich hiermit umgehen sollte, sodass er sich selbst verstehen und vergeben könnte. »Du warst zu jung, zu beschäftigt, zu … vieles. Da bin ich mir ganz sicher. Aber nichts davon bedeutet, dass es deine Schuld war. Sie brauchte Hilfe, und diese hat sie nie bekommen. Es begann nicht erst, als sie dich heiratete, davon bin ich überzeugt!«

Er nickte. »Das verstehe ich schon. Ihre Mutter gab das nach der Beerdigung auch zu. Sie dachte, dass die Heirat mit mir Krissie glücklich machen und ihre Probleme verschwinden lassen würde.«

Ich seufzte. »So funktioniert das nicht. Du bist intelligent, und das weißt du. Außerdem schau dir doch einmal die Familie an, für die du gesorgt hast! Schau dir Lucy und Decklan an. Beide bekamen das, was sie brauchten – dank dir!«

Er zuckte mit den Schultern. »Ich bin mir nicht sicher, ob ich es jemals auf diese Weise sehen werde. Danach habe ich jedenfalls zugemacht und niemanden mehr an mich rangelassen. Keine festen Beziehungen, keine Gefühle, keine Erwartungen. Keiner wird dabei verletzt. Aber dann habe ich dich gesehen …«

Flüchtig blickte ich ihn an. In keinem Moment hatte ich erwartet, dass dieses Gespräch eine Wendung nehmen und wieder zurück zu mir kommen würde.

»Du und dieses Arschloch im Country Club … Du hattest eine Weißweinschorle in der Hand und ein hellblaues Kleid an, das deine Kurven betonte. Damals wollte ich dich schon. Es war so, als ob irgendeine unsichtbare Macht zu mir gesagt hätte, dass du die Eine bist. Dass ich dich nicht gehen lassen sollte. Und jedes Mal, wenn ich dich mit ihm sah … verschlug es mir den Atem.«

Jetzt gerade verschlug es auch mir den Atem.

Sosehr ich auch wusste, dass es von der ersten Minute an zwischen uns gefunkt hatte … es aber jetzt aus seinem eigenen Mund zu hören, dass er mir gegenüber die gleichen verrückten Gefühle gehabt hatte wie ich für ihn, stellte etwas mit mir an. Es zerbrach meine Schutzmauern und jegliche verbliebene Wut, dass er mich manipuliert hatte. Der Zorn war wie weggeblasen und ließ meine Angst zur Ruhe kommen. Dieser Mann, der sich für jedermanns Wohlergehen verantwortlich fühlte, jedenfalls gegenüber jedem, der für ihn von Bedeutung war, würde mich nie kontrollieren oder unterdrücken. Na ja, im Schlafzimmer vielleicht … bestimmt sogar … aber damit könnte ich schon umgehen.

»Sag was!«

Gabriel Dare so unsicher zu sehen war kein Anblick, den ich sonderlich begrüßenswert fand, also strich ich mit meiner Hand sein Gesicht hinab, umschloss seinen Kiefer. »Du warst für mich auch der Eine. Du bist es!« Und ich nahm an, dass er es auch immer sein würde.

Er beugte sich zu mir herunter und küsste mich. Erst berührte er mich leicht auf der einen Seite meiner Lippen, bevor er mit seinem Mund zur anderen Seite wanderte, dann konzentrierte er sich auf die Mitte, versiegelte seine Lippen mit meinem Mund. Er küsste mich immer und immer wieder, seine Zunge tastete sich nach innen und nahm von meinem Mund Besitz.

»Du gehörst mir, Iz«, murmelte er zwischen seinen Küssen. »Keine Argumente, kein Grübeln über Unabhängigkeit, Geld, arbeiten oder nicht arbeiten. Wir werden einfach sehen, was passiert.«

Ich öffnete die Augen und schaute tief in seine. »Eines Tages will ich Kinder haben«, sagte ich mutig. »Ich will die Familie haben, die ich nie hatte.«

Und, oh Gott, wir hatten auch nicht verhütet. Ja, wir hatten zwar das *Ich-habe-keine-Krankheiten*-Gespräch geführt, hatten uns aber nicht darüber unterhalten, ob ich die Pille nähme. Was war nur los mit mir? Zum Glück hatte ich gerade nicht meine fruchtbaren Tage, doch nur dumme Blondchen überließen so etwas dem Zufall.

Mein Herz hämmerte wie wild in meiner Brust.

Ich wusste nicht, was mich nervöser machte – was ich gerade zu ihm gesagt hatte oder was wir getan hatten. Als ich die Luft anhielt, wurde mir klar, dass die Familienfrage keine Sache war, bei der ich Kompromisse eingehen würde.

»Ehrlich gesagt bin ich immer davon ausgegangen, dass Lucy und Decklan alles sind, was ich je an Familie haben würde. Die beiden und meine verrückten Cousins in Miami, aber Kinder? Mit dir?« Seine Stimme überschlug sich vor lauter Ergriffenheit, und da wusste ich, dass alles gut werden würde. »Verdammt, ja!«

Ich sprang auf seinen Schoß, und seine starken Arme umschlangen mich, hielten mich ganz fest. »Wir haben nicht verhütet«, erinnerte ich ihn.

»Ich kann es nicht ertragen, irgendetwas zwischen uns zu haben.«

Zustimmend nickte ich. »Aber jetzt gerade ist nicht der richtige Zeitpunkt, deshalb sollte ich anfangen, die Pille zu nehmen.«

»Okay.« Er drückte einen warmen Kuss auf meine Lippen. »Aber zwischen uns ist wieder alles in Ordnung?«

Ich lächelte überglücklich. »Ja, alles ist wieder gut. Und danke, dass du mir alles erzählt hast.«

»Kein anderer bekommt alles von mir. Nur du.« Er strich mir mein Haar von der Wange. »Ich erwarte nur eine einzige Sache dafür.«

Ich hob die Augenbrauen. »Und was wäre das?«

»Ich will dich ganz!«

Ich zitterte, denn ich wusste, dass ich das zuvor schon einmal einem Mann gegeben hatte. Oder zumindest hatte ich das geglaubt.

Gabes Hand glitt hinter meinen Nacken, umschloss ihn besitzergreifend. »Kätzchen?«

»Das hast du«, flüsterte ich ihm zu.

Er erhob sich und schleuderte seine Schuhe von den Füßen, zog sein Hemd aus und auf den Stuhl, der in der Nähe stand. Ich musterte eingehend seinen atemberaubenden nackten Oberkörper, seine dunklen Härchen, die zugespitzt in Richtung seines Hosenbundes verliefen, und ich blickte auf seine Shorts, durch die sich bereits sein Ständer abzeichnete.

Das konnte ich verstehen. Nach unserem Gespräch wusste ich, dass er nun ein Teil meines Lebens und die Beziehung mit ihm für mich das Wichtigste überhaupt war. Erregung erfasste jetzt auch mich. Die Erinnerung daran, wie es war, ihn tief in mir zu spüren, ließ meine Muschi sich zusammenziehen, und mein Bikinihöschen wurde feucht. Unruhig wand ich mich auf meinem Stuhl.

Er zwinkerte mir zu.

Bevor ich noch fragen konnte warum, hob er mich auch schon hoch. Mit einem Aufschrei schlang ich meine Arme um seinen Hals. »Wohin gehst du?«, fragte ich, obwohl ich über meine Schulter bereits sah, dass er auf den Strand zuging. Das wunderschöne blaue Wasser plätscherte über den weichen weißen Sand.

»Ich muss mich abkühlen.« Er marschierte durch das Wasser – ein Mann mit einer Mission – und hielt erst an, als das Wasser uns umspülte. Wärme umgab mich, nicht nur vom Wasser, sondern auch von der Hitze seines Körpers.

Unsere Körper drängten sich dicht aneinander, meine Beine umschlangen seine Hüften, mein heißer Kitzler rieb sich gegen seinen harten Schwanz. »Du hilfst mir nicht gerade dabei, dass ich mich abkühle«, entgegnete er und klang dabei verspielter, als ich ihn jemals zuvor gehört hatte.

Gabe hatte endlich Dinge über sich preisgegeben, und ich wollte noch mehr erfahren. Und spielen wollte ich auch. »Vielleicht will ich ja, dass du heiß wirst.« Ich lehnte mich dicht an ihn, knabberte an seinem Ohrläppchen.

Ein Zittern raste durch seinen großen Körper, und instinktiv begann ich gegen ihn zu schaukeln. Lust verzehrte mich.

Er stöhnte auf und zog an der oberen Schnur meines Bikinioberteils, und das Top rutschte zu meinen Hüften. Die warme Sonne traf meine nackten Brüste, genauso wie Gabes intensiver Blick. Er senkte den Kopf und schlängelte mit seiner Zunge um meine Brüste herum und über meine Nippel, neckte die festen Knospen mit seiner Zunge.

Ich streckte meinen Rücken durch, schob mich näher an ihn heran, gab ihm mehr von mir, und er nahm, züngelte an meinen Brüsten entlang, knabberte mit den Zähnen an meinen steifen Nippeln, bis ich dachte, ich würde schon allein von diesen herrlichen Gefühlen kommen.

Wie sonst auch gab er, aber dieses Mal wollte ich mich revanchieren, er sollte genauso viel fühlen wie auch ich. Er war für eine lange Zeit einsam und allein gewesen, und irgendwie wollte ich ihn verstehen lassen, dass das jetzt nicht mehr der Fall wäre. Doch er war voll und ganz auf sein Tun konzentriert und hielt mich in so einer Art fest, was mir nicht genug Raum gab, um die Führung zu übernehmen.

Plötzlich ließ er meinen Nippel los. »Du konzentrierst dich nicht!«, sagte er mit dieser tiefen, unzufriedenen Stimme, die es immer wieder schaffte, mich noch feuchter und erregter zu machen, als ich ohnehin schon war.

»Ich denke gerade darüber nach, was ich tun könnte, damit du dich genauso gut fühlst wie ich mich.«

Aber anstatt sich zu freuen, verfinsterte sich sein Gesicht. »Dann tue ich nicht genug, damit du alles um dich herum vergisst.«

»Aber …«

Ohne ein Wort zu sagen, hob er mich über seine Schulter und trug mich aus dem Wasser. Meine nackten Brüste rieben gegen seinen Rücken, und von der Erniedrigung seines Griffs einmal abgesehen, musste ich bei diesem erotischen Gefühl dennoch stöhnen.

Jetzt war es mir sogar noch unangenehmer, als es ohnehin schon war. Verdammt, war das frustrierend! »Gabe! Lass mich runter!«

»Gerne.« Er setzte mich zurück auf den Stuhl, während er das letzte Band löste, das mein Bikinioberteil nicht herunterfallen ließ.

Plötzlich waren meine Brüste ganz nackt. Aber bevor ich mich noch bedecken konnte, ergriff er auch schon meine beiden Arme, band sie mit meinem Bikinioberteil zusammen und hob sie dann über meinen Kopf. »Beweg. Dich. Nicht!«

Sein Blick wanderte zu meinen Brüsten, die sich aufgrund der Position nach vorne drängten, und seine Augen verdunkelten sich vor Verlangen.

Ich schluckte mühsam. »Warum?«

Er hob die Augenbrauen. »Weil du nicht die Lust bekommen hast, die ich dir geben wollte. Du warst nicht bei der Sache. Jetzt hast du keine andere Wahl.«

»Nein, das meine ich nicht. Warum hast du mich festgebunden?«, fragte ich, denn ich verstand es wirklich nicht. Ja, es fühlte sich gut an. Ja, es zwang mich dazu, an nichts anderes mehr zu denken als an jede Liebkosung seiner Zunge und all die erotischen Dinge, die er mit meinem Körper anstellte. Aber seine Antwort machte in meinen Augen keinen Sinn, und ich wollte mehr erfahren. Ich wollte wissen, was in seinem Kopf vor sich ging. Er hatte doch erst damit begonnen, sich mir gegenüber zu öffnen.

Sein gieriger Blick wanderte über mich, und ich wusste, dass mein Bikinihöschen als Nächstes dran wäre. Und er hatte mir noch immer nicht geantwortet.

Ihn die ganze Zeit über argwöhnisch beobachtend, senkte ich meine Hände – gegen seine Anweisungen. Er streckte seine Hand aus und zwickte mir fest in die Brustwarze. Für einen Moment tat es weh, bevor der Schmerz zu Erregung aufblühte, wie mein feucht werdendes Bikinihöschen bezeugte.

Schaudernd schnappte ich nach Luft. »Antworte mir, und ich höre dir zu! Und erklär mir auch gleich, inwiefern dein Bedürfnis, jemand anderem etwas Schmerz zuzufügen, mit deiner Lust zusammenhängt, wenn du schon einmal dabei bist.«

»Verzogene Göre«, murmelte er. Ein Grinsen spielte um seine sinnlichen Lippen, obwohl er sich ganz offensichtlich sehr zusammenriss, ernst zu bleiben.

»Ich brauche es, Iz. Ich brauche die Kontrolle.«

So viel verstand ich. »Warum?« Alles in mir schrie, dass es mehr als nur ein erotischer Kick war, und ich wollte es wirklich verstehen.

Angestrengt atmete er aus. »Ich kümmere mich eben gern um andere.«

»Du wurdest in diese Rolle hineingedrängt, als deine Eltern starben.«

»So bin ich eben. Bei anderen Frauen gab es mir nur einen Kick. Bei dir habe ich einfach das dringende Bedürfnis, dir Lust zu verschaffen. Wenn du gefesselt bist, bleibt dir nichts anderes übrig, als dich deiner Lust hinzugeben.« Er machte eine Pause.

Und ich belohnte ihn für seine Offenheit damit, dass ich meine Hände wieder brav zurück nach oben legte.

Ein loderndes Feuer flammte in seinen Augen auf, und er lächelte mich dankbar an. »Es ist ganz einfach«, fuhr er fort. »Wenn du anfängst zu argumentieren und mich stoppst, so wie du es vorhin getan hast, dann mach ich meinen Job nicht richtig, ich kümmere mich nicht genug um dich. Und mach keinen Fehler, Kätzchen. Ich beabsichtige immer, dir das zu geben, was du brauchst! Ein bisschen Bondage, etwas leichte Bestrafung machen deinen Kopf wieder frei. Das ist alles.« Er zuckte mit seinen breiten Schultern. »Es geht einzig und allein um dich. Es wird immer nur um dich gehen.«

Flüssige Wärme sickerte durch meine Venen bei seinem schroffen Zugeständnis. Es ging hier nicht nur um einen Kick. Es ging hier um mich. Ich war es, die von Bedeutung war. Ich konnte mich nicht daran erinnern, wann sich jemand das letzte Mal wirklich um mich bemüht hätte – vor Gabe.

Tränen drohten über mein Gesicht zu strömen, und ich kämpfte gegen sie an. Aber leider nahmen die Gefühle Oberhand, und ich hielt einen Schluchzer zurück. Sofort war er an meiner Seite, entfernte die Schnürbänder, um meine Hände zu befreien und um mich in seine Arme zu ziehen. Jegliche Gedanken waren vergessen, es ging ihm nur noch darum, mich zu beruhigen.

16

Isabelle: Es geht nicht immer nur um mich

Die restliche Zeit auf Eden verstrich in einem herrlichen Schleier. Die Arbeit nahm mehr Zeit in Anspruch als gedacht, nachdem ich realisiert hatte, dass sich Gabe ebenfalls auf der Insel befand. Man musste ihm allerdings zugutehalten, dass er mir wirklich ungestörte Arbeitsstunden mit seiner Schwester gewährte. Heute war unser letzter Tag, und das machte mich traurig. Aber ich würde die Zeit auf dieser Insel immer in guter Erinnerung behalten, denn hier war ich mit Gabe zusammengekommen und hatte herausgefunden, was es bedeutete, jemanden wirklich zu kennen und sich um diese Person zu kümmern.

Lucy und ich hatten ein letztes Treffen vereinbart, und am frühen Morgen saßen wir bereits im Souterrain an einem Tisch, der noch zu dem damaligen Tanzclub gehört hatte, und entwickelten unsere Ideen weiter. Lucy hatte Skizzen von ihren ursprünglichen Vorstellungen mitgebracht, eine davon basierte auf den Elite-Clubs an den anderen Standorten im ganzen Land. Aber in Anbetracht dessen, dass es sich hierbei um eine geheimnisvolle, ganz besondere Insel handelte, die auch eine ihr gerecht werdende Location verlangte, schlug ich vor, den Kurs zu wechseln.

Elite war normalerweise ein Edelclub für Celebrities, die sehen und gesehen werden wollten. Oder sie verlangten dort nach einem ungestörten Plätzchen, das normalerweise aus einem mit einem Seil abgetrennten Tisch oder einem erhöhten Podiumsbereich bestand, wo sie dann den Club überschauen konnten oder dort von anderen gesehen wurden, die sich dann fragten, wer diese Menschen auf den besonderen Plätzen wohl wären. Die Insel war hingegen mehr ein abgeschiedener Ort, wo man in Ruhe seiner Fantasie freien Lauf lassen konnte. Bei mir war diese Fantasie jedenfalls in Erfüllung gegangen – Gabe hatte mich hergelockt, wollte mich zurück und gab mir meinen Traumjob. Ich dachte, dass Leute, die nach Eden kämen, einfach mehr von ihrem exklusiven Club erwarteten.

Ich stimmte zu, dass die Hauptbar die erwartete Elite-Atmosphäre haben sollte, aber ich schlug auch einzelne Themenräume vor, die für verschiedene Fantasien variiert werden könnten. Lucy liebte das Konzept, und bald schon warfen wir mit Ideen nur so um uns, die uns zum Kichern brachten. Wir platzten regelrecht vor Lachen. Irgendwann kam der Master auf einen Sprung vorbei und erwähnte dabei beiläufig, dass Gäste sich BDSM-thematisch-ausgerichtete Kerker gewünscht hätten.

Nachdem sich Lucy einige Notizen gemacht hatte, schloss sie schließlich ihre Mappe und sah mich an. »Du musst jetzt unbedingt meinen Bruder suchen, oder er wird mich umbringen, weil ich ihm nicht noch einmal Zeit mit dir hier auf der Insel gegeben habe.«

Ich lächelte. »Vielen Dank für alles. Ich weiß, dass das hier ein Gefallen war, also dass du mich in dieses Projekt überhaupt mit einbezogen hast, und ich werde dich nicht enttäuschen!« Ich stand auf und hob meine Tasche auf.

»Du hast und wirst mich nicht enttäuschen. Deine Ideen sind fantastisch!«

Oh Gott, ich war ja so aufgeregt, ein Ziel vor mir zu haben. Ich dachte, ich könnte schnell hoch zu meinem Zimmer laufen und schauen, ob Gabe und ich noch etwas Zeit allein verbringen könnten, bevor wir die Insel dann verlassen müssten. In der Absicht zu gehen, drehte ich mich um.

»Iz …« Lucy hatte Gabes Spitznamen für mich übernommen.

Ich mochte, dass auch sie mich so nannte. Das gab mir das Gefühl, eine echte Freundin gefunden zu haben, und ich hoffte, dass es ihr genauso ging. Ich drehte mich um. »Was ist los?«

»Er würde mich dafür umbringen, dass ich schon wieder über ihn rede, aber ich muss dich einfach wissen lassen, dass du ihn verändert hast.«

Ich kniff die Augen zusammen.

»Früher zog er einfach nur sein Ding durch, traf sich mit Frauen, in die er sich nie wirklich hätte verlieben können, führte die Geschäfte, machte sich um mich Sorgen … aber dachte nie an sich. Ich hatte schon Angst, er würde immer alleine bleiben.«

Mühsam schluckte ich, denn ich wusste, wie es war, allein zu sein, und konnte mit Gabe mitfühlen. Als ich an sein Schlafzimmer für Damenbesuch dachte, wusste ich, dass Lucy recht hatte. Das war nämlich genau der Weg gewesen, den er gegangen war.

Es war ein Weg des Alleinseins, den ich nur allzu gut kannte. »Ich war genauso«, gab ich zu.

»Vielleicht habt ihr beide das beim anderen gesehen. Keine Ahnung. Aber das, was ich weiß, ist, dass du ihn verändert hast. Er ist offener und … verletzlicher, nicht, dass er das jemals zugeben würde. Aber es ist gut so. Und das alles dank dir!« Lucy umarmte mich innig. »Ich mag dich, Iz.«

Vor Rührung hatte ich Tränen in den Augen. Seit Jahren war das hier die erste Frau, mit Ausnahme von Lisa, mit der ich mich verbunden fühlte. »Ich mag dich auch.«

Ich wusste nicht, was die Zukunft Gabe und mir bringen würde. Es war noch viel zu früh, die Dinge noch zu ungefestigt. Aber wenn ich ihm dabei half, sich zu öffnen – und seine Schwester hatte das ja schließlich auch bemerkt –, musste das einfach ein gutes Zeichen sein.

Als ich in unser Hotelzimmer kam, führte Gabe gerade ein Konferenzgespräch mit einem der Manager des Hotels in New York. Er warf mir einen bedauernden Blick zu und sprach dabei weiter, zog mich allerdings auf seinen Schoß. Er schlang einen Arm um mich und streichelte mein Haar, während er die ganze Zeit über dem Mann am anderen Ende der Leitung konkrete Anweisungen gab.

Ich lehnte meinen Kopf an seine Brust und dachte über unsere gemeinsame Zeit hier auf der Insel nach. Mittlerweile kannte ich seine Lieblingsgerichte, was für Früchte er zum Beispiel mochte – Melonen –, und diejenigen, die er hasste – Ananas. Ich hatte erfahren, dass er liebende Eltern gehabt hatte, was erklärte, warum ich ihn und seine Geschwister so sehr mochte. Seine Eltern hatten ganze Arbeit geleistet. Und es tat mir leid, dass Gabe und seine Geschwister ihre Mutter und ihren Vater verloren hatten, und wünschte mir, dass ich sie auch hätte kennenlernen können.

Als Gabe den Anruf beendet hatte, zog er mir sofort die Hose aus, riss seine ebenfalls herunter, und bald schon setzte ich mich auf ihn und gab mich ihm hin. Ich nahm ihn auf die Weise in meinem Körper auf, wie er bereits auch schon tief in meinem Herzen war.

Weil ich ihn liebte, dachte ich, während ich meine Hüften gegen ihn wiegte und uns beide schnell immer näher an den Gipfel der Lust brachte. Ich liebte ihn, und dieses Mal war ich mir sicher.

Ja, es ging schnell.

Ja, es war wild.

Und nein, es machte mir rein gar nichts aus.

***

Isabelle: zu Hause

Die Reise nach Hause war viel weniger furchterregend, da jetzt Gabe und Lucy bei mir waren. Selbst das kleine Flugzeug machte mir keine Angst mehr. Ich war für ein langes Wochenende auf der Insel gewesen, allerdings fühlte es sich viel länger an. Alles hatte sich wieder einmal verändert, nur fühlte ich mich dieses Mal viel sicherer.

Bis wir in New York landeten.

Kaum als wir aus den Türen gegangen waren und dem Fahrer folgten, der uns am Flughafen erwartet hatte, wurden wir auch schon von einem Blitzlichtgewitter und Leuten, die uns mit Fragen bombardierten, begrüßt.

»Mr. Dare! Stimmt es, dass Sie einen neuen Club auf Eden eröffnen?«

»Gabriel, haben Sie den Master der Insel gesehen?«

»Wer ist die Frau bei Ihnen?«, rief ein anderer.

Ich blickte auf, nahm Gabes unglücklich wirkendes, finsteres Gesicht wahr. »Kein Kommentar.«

Ich zitterte, denn ich war nicht daran gewöhnt, im Rampenlicht zu stehen, und Gabe zog mich weiter, drückte meine Hand fester. Unbeirrt ging er vorwärts, aber diese Geier hielten mit ihm Schritt.

»Wer zur Hölle hat sie auf unsere Rückkehr aufmerksam gemacht?«, fragte er.

»Es ist gute PR für die Clubs«, erwiderte Lucy.

Ohne aus dem Schritt zu geraten, stiefelte Gabe

weiter, bis der Fahrer bei der Limo anhielt und uns die Türen öffnete, damit wir einsteigen konnten.

Gabe wartete, bis die Autotüren geschlossen waren, bevor er sich seiner Schwester zuwandte. »Sag mal, spinnst du, Luce?! Seit wann will ich aus dem Hinterhalt überfallen werden?«, fragte er in einem gefährlich klingenden Tonfall.

Sie zuckte lediglich mit den Schultern. »Das hier ist die Chance unseres Lebens, Gabe. Dieser Club auf Eden wird ganz anders sein als alle anderen, die wir bis jetzt ins Leben gerufen haben. Ich wusste, Reporter würden dafür töten, um auch nur eine kurze Info zu bekommen, also habe ich die Nachricht durchsickern lassen, dass wir nach unserer Geschäftsreise landen würden. Entspann dich, und lass mich mal meinen Job machen.«

Er warf ihr wieder einen finsteren Blick zu, dann zog er mich näher an sich heran und starrte aus dem Fenster. Ganz offensichtlich verschlechterte sich gerade seine Laune. Der Wagen raste in die Stadt, ich schaute aus dem Fenster und fragte mich, inwiefern sich die Dinge nun zwischen Gabe und mir ändern würden – jetzt, da wir wieder zurück in New York waren.

Da Lucy immer bei Gabe wohnte, wenn sie gerade in der Stadt war, dachte ich, dass das Auto zuerst mich bei meiner Wohnung rauslassen würde. Stattdessen fuhr die Limo aber weiter stadtaufwärts.

Ich räusperte mich. »Gabe, mein Apartment befindet sich in Downtown.«

Lucy kicherte.

Gabe neigte seinen Kopf. »Ich weiß sehr wohl, wo du wohnst, Isabelle. Sag's mir, hast du etwa geplant, heute allein nach Hause zu gehen?« Er lehnte sich näher an mich heran, seine Lippen waren verräterisch dicht an meinem Ohr. »Nach allem, was wir miteinander geteilt haben, kannst du da wirklich alleine schlafen?«

Seine tiefe Stimme rumpelte in meinem Inneren, und ich zitterte bei seinem warmen Atem, der über meine Haut strich. Mein Körper reagierte prompt, und meine weiblichen Körperteile wurden munter.

»Du kommst mit zu mir nach Hause!«, sagte er, als der Wagen vor seinem Gebäude zum Halten kam.

Und so kam es, dass ich bei Gabe einzog. Lucy blieb in der Limo zurück. Sie hatte sich praktischerweise dazu entschieden, bei Decklan zu bleiben, sodass sie noch etwas Zeit mit ihrem anderen Bruder verbringen konnte, bevor sie wieder nach L. A. zurückkehren würde. Ich kannte Gabe mittlerweile gut genug, um zu wissen, dass er sie weggeschickt hatte, damit wir alleine sein konnten.

Zugegebenermaßen ging's mir damit aber auch nicht allzu schlecht. Lucy war eine Frau, die ihren eigenen Kopf hatte. Wenn sie bei Gabe hätte bleiben wollen, dann hätte auch nicht einmal er sie zum Gehen bewegen können.

Ich trat wieder in Gabes Apartment, und zu meiner Überraschung – obwohl ich damals ja nur wenige Tage bei ihm gewesen war – hatte ich sofort das

Gefühl, als wäre ich nach Hause gekommen. Es half, dass der Ort nach Gabe roch – warmer Moschusduft umhüllte mich. Gabe hielt in der Küche, und aus Gewohnheit – wenn ich in solch einer kurzen Zeit überhaupt eine Gewohnheit hatte entwickeln können – drehte ich mich um und wollte in mein altes Zimmer gehen. Aber bevor ich michs versah, hob er mich auch schon über seine Schulter, schleppte mich ins Schlafzimmer und warf mich auf sein großes Bett.

Dieses Mal musste ich mich bei seiner lächerlichen Überreaktion zusammenreißen, um nicht laut loszulachen. Ich setzte mich auf und rutschte gegen die Kissen, während er zu den Wandschränken ging und begann, die Türen zu öffnen. »Dein eigener Wandschrank. Mit all deinen Klamotten.«

Er machte eine Handbewegung in Richtung eines kleinen Raums, in dem vertraut aussehende Kleidungsstücke auf dazu passenden Kleiderbügeln hingen. Dann ging er durch das Zimmer zu einer größeren Kommode und öffnete eine Schublade nach der anderen. »Persönliche Gegenstände.« Er ging zu dem Nachttisch auf der rechen Seite des Bettes. »Deine Bücher und Sachen. Willst du das Badezimmer als Nächstes sehen?«

Sprachlos schüttelte ich lediglich den Kopf. Mir fiel nichts ein, was ich hätte sagen können, bis mir plötzlich ein Licht aufging. »Du hast jemanden in mein Apartment geschickt und alle Sachen holen lassen?«

Unsere Blicke begegneten sich. Seiner wirkte entschlossen, aber ich bemerkte, dass seine Schultern steif waren, weil er vermutlich Angst hatte, dass ich kurz davor stand auszuflippen und schnellstens Reißaus nehmen würde.

»Ich habe dich und alles, was dir gehört, dahin gebracht, wo du und deine Sachen hingehören!«, sagte er mit fester Stimme. »Und bevor du mir jetzt das Leben schwer machst, solltest du wissen, dass es in diesem Schlafzimmer keine andere Frau gab. Noch nie!«

Ich schluckte mühsam. Nein, dachte ich, sie waren in dem gesonderten Raum auf der anderen Seite des Apartments gewesen. Ich wusste, was es bedeutete, dass er mich hier einziehen ließ, verstand die damit einhergehende Geste – selbst wenn das Ganze von ihm schon ein wenig selbstherrlich und dreist war.

Wenn ich nach etwas gesucht hatte, was ich für ihn tun konnte, ihn wissen lassen wollte, was für ein gutes Gefühl er mir verschaffte und wie willkommen er mich fühlen ließ, dann war das jetzt meine Chance.

Ich sah ihm in die Augen, lächelte leicht. »Hast du an meine Tums gedacht?«, fragte ich und stellte dabei fest, dass ich das Medikament während meines Aufenthalts auf der Insel gar nicht gebraucht hatte.

Er grinste. »Sind in der Nachttischschublade.«

»Dann nehme ich an, dass ich nach Hause gekommen bin …«, sagte ich mit einem leichten Schulterzucken.

Sein Gesichtsausdruck entspannte sich. »Jetzt, da es entschieden ist … wir haben heute ja noch gar nichts Anständiges gegessen. Hast du Hunger?«

»Um genau zu sein, habe ich das wirklich.« Ich griff nach dem Saum meines Oberteils und zog es mir dann über den Kopf. »Nur nicht auf Essen …«

***

Isabelle: Ich habe Selbstvertrauen

Dank der wartenden Reporter berichtete auch die Klatschzeitung *New York Post* von unserer Rückkehr aus Eden. Bei der wenig schmeichelhaften Aufnahme von mir auf dem Einzelbild zuckte ich zusammen, denn ich war nicht daran gewöhnt, von Paparazzi abgelichtet zu werden. Und dank der Überschrift würde ich mit Sicherheit eingehend untersucht und überprüft werden. Es gab zwei Erwähnungen auf der Website. Eine über Elite: *Eröffnet Gabriel Dare einen Club auf Eden?*, und die andere über seinen derzeit offenbar fraglichen Single-Status: *Ist einer von New Yorks begehrtesten Junggesellen nicht mehr zu haben?* Außerdem spekulierte man darüber, wer wohl die kurvige Frau an seiner Seite war. Bäh! Welche Frau wollte schon als kurvig bezeichnet werden?!

Ich knallte den Laptop zu. Es war ein brandneuer Laptop, da Gabe mein gebrauchtes Modell, das ich mir bei eBay gekauft hatte, nachdem ich angefangen hatte, für Lisa zu arbeiten, nicht gefiel. Ich fühlte mich nicht wohl, Gabes Geschenke und sein Geld anzunehmen, und fragte mich immer noch, was ich ihm zurückgeben könnte, aber ich akzeptierte, dass er derlei Dinge für mich scheinbar einfach tun musste.

Ich tat, was ich konnte. Ich versuchte immer rechtzeitig zu Hause zu sein, um Essen zu kochen – etwas, das ich immer gerne für Lance gemacht hatte, auch wenn er es nicht zu würdigen gewusst hatte. Es gab Zeiten, zu denen es Lance nicht schaffte, zum Abendessen nach Hause zu kommen. Er rief dann aber auch nicht einmal an, um es mich wissen zu lassen. Ich hatte dann lediglich die Gerichte eingepackt und sie für ein anderes Mal eingefroren. Für Gelegenheiten, wenn ich vorher wusste, dass er nicht nach Hause kommen würde, sodass ich sie dann alleine essen konnte, weil er kein Essen mochte, das schon einmal tiefgefroren gewesen war. Ich wusste immer noch nicht, wie er da den Unterschied herausgeschmeckt haben wollte.

Ich schüttelte die Vergangenheit ab, erinnerte mich daran, dass sie hinter mir lag. Jetzt führte ich ein neues Leben – eines, das ich liebte. Tagsüber arbeitete ich, manchmal mit Lisa per Video oder Telefon, manchmal mit Kunden bei Lisa. Unter der Woche kochte ich zu Hause, und die Abende verbrachte ich mit Gabe, las in der Bibliothek, während er arbeitete, oder wir sahen im Wohnzimmer fern, mein Kopf in seinen Schoß gelegt. Die Abende ließen wir damit ausklingen, indem wir Sex auf der Couch hatten und danach noch mehr Sex in seinem Schlafzimmer, bei dem ich bereits das Gefühl hatte, dass es eigentlich schon unser Schlafzimmer war.

Erstaunlicherweise waren bereits drei Wochen vergangen, seitdem wir auf Eden wieder zusammengekommen waren. Immer noch wachte ich morgens auf und wollte mich kneifen, aber es lief wirklich gut mit uns. Mir ging's gut. Und noch viel wichtiger: Uns ging's gut. Ich liebte ihn, sprach aber die Worte niemals aus, da ich mir vorher bei so was schon einmal die Finger verbrannt hatte. Und es war mir auch nicht entgangen, dass er diese drei Worte auch noch nicht gesagt hatte.

Und ich wusste, sofern er es nicht und bis er es nicht tat, wäre ich niemals ganz sicher, dass sein Herz wirklich mir gehörte. Deshalb hatte ich angefangen, die Pille zu nehmen. Denn solange ich nicht hundertprozentig sicher war, wäre ein Baby ein zu großes Risiko.

***

Isabelle: Herzlichen Glückwunsch zum Geburtstag!

Ich erzählte Gabe nie, dass ich bald Geburtstag hatte. Der Tag hatte für mich ohnehin schon so lange keine Bedeutung mehr gehabt, dass ich kaum einen Gedanken daran verschwendete. Daher war es auch, als ich morgens aufwachte – von einer warmen Zunge an meiner Muschi, Gabes talentierten Fingern, die meine äußeren Schamlippen teilten, sodass er tiefer in mich hineinkäme –, im Grunde ein Morgen wie jeder andere.

Willkommen in meiner neuen Welt! Ich konnte mich wirklich nicht gerade beklagen.

Besonders dann nicht, wenn er seine Zunge tief in mich gleiten ließ und damit Funken auslöste, die meinen ganzen Körper erzittern ließen und an den Rand der Erlösung brachten. Ich hob meine Hüften, rieb mich an ihm, bis ich laut stöhnend explodierte. Ich zitterte, als er mich weiter kommen ließ. Statt seiner Zunge benutzte er nun seinen Finger, der sich nach vorne krümmte und genau die richtige Stelle traf.

Ich kam noch heftiger, die Empfindungen erreichten jeden Teil meines Körpers, immer größer werdende Wellen verzehrten mich. »Oh, Gabe.«

»Ich bin genau hier, Kätzchen.« Plötzlich war Gabe über mir. Er stieß tief in mich und traf die gleiche spektakuläre Stelle in mir wie schon zuvor mit seinem Finger. Aber sein Schwanz war größer, dicker, länger, und wenn ich gedacht hatte, dass ich vorher schon erledigt gewesen war, dann war ich es jetzt wirklich.

»Komm weiter für mich«, sagte er mit rauer Stimme.

Ich tat es. Ich kam. Meine Finger krallten sich in seinen Rücken, packten seine Haut, und er stöhnte, verstärkte den Druck von jedem wohlüberlegten

Stoß. Ich fühlte mich wie im Himmel, als er tiefer in mich gelangte, nicht nur in meinen Körper, sondern auch in mein Herz.

Ein letzter Stoß, und er kam mit einem lauten Aufschrei, der sich wie mein Name anhörte, aber ich war immer noch völlig in meinen Gefühlen versunken. In meinen Gefühlen für Gabe. Ich schlang meine Arme um ihn, berührte seine schweißnasse Haut, als ich seinen rauen Atem in meinem Ohr spürte und mich sein schwerer Körper gegen die Matratze drückte. Ich wand mich, um Luft zu bekommen, und scherte mich nicht darum.

Minuten später, als wir beide immer noch schwer atmeten, rollte er sich langsam auf die Seite. »Das war verdammt noch mal fantastisch.«

Ich konnte nicht anders als zu grinsen. »Ja, das war es.«

»Ich musste dir doch ein Geburtstagsgeschenk machen, damit du gut in den Tag startest.« Er drückte mir einen nachklingenden Kuss auf die Lippen.

»Du weißt Bescheid?«

Er hob die Augenbrauen. »Ich weiß alles über dich. Selbst die Dinge, von denen du glaubst, dass sie nicht wichtig genug sind, um sie mir zu erzählen.« Er war nicht gerade zufrieden damit, dass ich es für mich behalten hatte – das sagte mir sein Tonfall.

Ich schaute ihn überrascht an. Und entschied mich dann, ihm mehr zu erzählen. »Ist es dir entgangen, dass ich deine Familie bereits kennengelernt habe, aber du meine nicht?«

»Sally und Marvin Masters. Beide sind Dozenten am College. Lehrer«, erwiderte er.

»Sie bevorzugen die Bezeichnung *Pädagogen*«, sagte ich übertrieben hochmütig.

Gabe grinste. »Kaltherzige Individuen …«

»Die nie ein Kind haben wollten«, fügte ich hinzu und erinnerte ihn daran, was mich zu derjenigen gemacht hatte, die ich heute war.

»Aber sie bekamen trotzdem eins, was bedeutete, dass sie Pflichten hatten, und ich rede nicht über die grundlegenden Dinge wie Essen, Kleidung und ein Dach über dem Kopf.«

Ich zuckte mit den Achseln. »Mittlerweile begreife ich, dass es ihre fehlende Herzlichkeit war, was mich an den falschen Orten danach suchen ließ. Ich missverstand das, was Lance mir als Zuwendung anbot, weil ich es einfach nicht besser wusste.« Ich zuckte wieder mit den Schultern und machte eine Pause. »Vielleicht interessierte er sich anfangs ja tatsächlich für mich. Ich kann mir einfach nicht vorstellen, dass ich mein ganzes Leben für nichts und wieder nichts aufgab, aber er veränderte sich mit der Zeit.«

Gabe zuckte mit den Achseln. »Jetzt weißt du es besser, Kätzchen. Du weißt jetzt ganz genau, was es bedeutet, wenn sich jemand um dich sorgt.« Er spielte mit einer meiner Locken und zwirbelte sie um seinen Finger.

Das brachte mich zum Lächeln. »Das tue ich.« Ich warf einen Blick auf die Uhr und hasste es, unser Kuscheln unterbrechen zu müssen, doch ich kannte seinen Terminplan. »Du musst jetzt los, oder du wirst dich verspäten.«

»Sie können die Besprechung sowieso nicht ohne mich beginnen.«

Ich rollte mit den Augen. »Arrogantes Arschloch.«

Er grinste, setzte sich auf und schob sich dann aus dem Bett. »Was auch immer funktioniert … Sehe ich dich nach der Arbeit zu Hause?«

Ich nickte. Es fiel mir schwer, ihm ins Gesicht zu sehen und nicht auf den Rest seines atemberaubenden nackten Körpers.

Er lehnte sich herunter und küsste mich auf die Nase. »Du musst nicht kochen! Heute Abend gehen wir aus!«

»Aber …«

Er schüttelte den Kopf. »Kein *aber*! Deine erste richtige Geburtstagsfeier wird etwas ganz Besonderes werden!« Seine dunkelblauen Augen funkelten vor Vergnügen. Ganz offensichtlich hatte er einen Plan.

Das Kind in mir, das nie eine wirkliche Feier zu seinem Ehrentag bekommen hatte, freute sich bei dieser Bemerkung. »Okay, wenn du es sagt.«

Er lachte. »Das ist es, was ich hören will!«

17

Gabe: Ich kümmere mich um das, was mir gehört.

»Ich liebe Partys!«, rief Lucy, die im Raum umherstiefelte und die Dekoration kontrollierte. »Gerbera sind meine Lieblingsblumen. Und diese Farben sind atemberaubend!«

Alles, was Gabe wusste, war, dass dort rote, orangene und gelbe Blumensträuße auf jedem Tisch standen und farblich dazu passende Luftballons, die als Herzstück aus ihrer Mitte emporstiegen.

»Sie wird so überrascht sein«, vermutete Lucy.

»Das ist der Plan.« Gabe nickte kurz dem Barkeeper zu, der gerade die Regale auffüllte, bevor er sich dann wieder seiner Schwester zuwandte. »Du siehst hübsch aus.« Er ließ das silberfarbene Kleid auf sich wirken, das – auch wenn es zu kurz war – definitiv ihr bereits atemberaubendes Aussehen betonte.

Ihre Wangen erröteten. »Danke, großer Bruder.« Sie küsste ihn auf die Wange. »Und schau mal, Decklan hat sich auch ganz schön herausgeputzt!«

Decklan trug eine schwarze Hose und ein weißes Hemd – ohne Krawatte, denn Gott bewahre, wo käme er denn hin, wenn er genau das täte, worum ihn sein großer Bruder gebeten hatte.

»Ich vermute, sie ist gar nicht soo eine Streunerin«, meinte Decklan und gab Gabe einen Klaps auf den Rücken. »Sie muss einfach bei dir bleiben, nach all den Schwierigkeiten.«

Gabe funkelte seinen Bruder wütend an.

»Halt den Mund, Deck«, meinte Lucy. »Und erwähne nicht diese ganze Verhaftungsgeschichte, wenn du mit ihr redest.«

»Mach dir keine Gedanken, Gabes Freundin und ich verstehen uns mittlerweile gut. Sie mag mich, seitdem ich ihr ein Geschenk gemacht habe.« Decklan grinste, was Lucy dazu brachte, die Augenbrauen zu heben.

»Was für einen Ärger machst du jetzt schon wieder?!«, fragte sie.

Gabe rollte mit den Augen. »Tums hat er ihr gekauft! Er hat sie nämlich so lange geärgert, bis sie Säureblocker brauchte. Und da wundern wir uns, dass es keine Frau in seinem Leben gibt.«

Lucy kicherte. Decklan blieb wie immer still.

»Oh, die Leute kommen ja schon langsam«, stellte Lucy fest und blickte zur Tür.

»Ernsthaft? Du hast unsere gesamte verrückte Sippschaft eingeladen? Hast du den Verstand verloren?« Decklan machte eine Kopfbewegung in Richtung der Gruppe, die gerade im Elite-Club angekommen war.

Als Erstes kamen die, die Gabe als seine ursprünglichen Cousins betrachtete: Ian und dessen schwangere Frau Riley und Ians Geschwister Olivia und Avery. Als sich herausstellte, dass ihr Vater Robert noch eine zweite Familie nebenher hatte, fanden Gabe, Lucy und Decklan heraus, dass sie noch weitere Cousins besaßen. Und herein spazierten auch schon Alex und dessen Verlobte Madison sowie Alex' Geschwister Jason und Sienna. Ja, Robert Dare hat es ganz schön bunt getrieben. Aber Gabe und seine Geschwister machten keine Unterschiede. Familie war Familie, und nach einer gewissen Zeit und ein wenig Mühe hatte Gabe sie alle kennengelernt.

Er begrüßte seine Cousins, dankte ihnen, dass sie extra nach New York gereist und dazu auch noch früh genug gekommen waren, um für einen überraschten Ehrengast zu sorgen. Isabelle hatte ihre Chefin und ihren Auserkorenen hier, aber es gab sonst nicht viele andere Leute, mit denen sie sich seit der Trennung von Lance angefreundet hatte.

Gabe beabsichtigte, das zu ändern. Er hatte alte Freunde von ihr aufgesucht, von denen Lisa ihm erzählt hatte, dass Isabelle sie vermisste, und hatte diese auch eingeladen. Er hoffte, dass sie wieder ein Bestandteil von Isabelles neuem Leben werden würden. Und er wollte ein gemeinsames Leben mit ihr beginnen. Was der Grund dafür gewesen war, dass er seine ganzen verrückten Cousins aus Miami eingeladen hatte.

Er tätschelte das Kästchen in seiner Tasche. Schließlich würde sie ja auch bald zu dieser Familie gehören.

Er entschuldigte sich, um Isabelle abzuholen – für etwas, von dem sie dachte, es würde sich um ein romantisches Geburtstagsessen zu zweit handeln. Auf dem Weg zum Restaurant würde er irgendwann behaupten, er müsse nur mal kurz für ein paar Minuten beim Club vorbeischauen.

Sie würde ja so überrascht sein!, dachte er und war zufrieden mit seinem Plan.

18

Isabelle: Überraschung!

Nach der Arbeit eilte ich nach Hause, um mich für den Abend fertig zu machen. Gabe sollte mich abholen, nachdem er eine Besprechung beendet hatte, und dann würden wir gemeinsam essen gehen. Ich duschte, cremte mich mit der nach Kokosnuss duftenden Feuchtigkeitslotion ein, die er so liebte, und zog mir eins der Sommer-Outfits an, die ich extra für die Insel gekauft hatte, aber die ich nicht hatte anziehen können, weil sich einfach nie eine Möglichkeit dafür ergeben hatte. Ich besaß keinen besonderen Schmuck mehr, den ich hätte tragen können, weil Lance alles behalten hatte, außer die paar Sachen, die ich extra für die Reise gekauft hatte, die falschen Perlen mit eingeschlossen.

Ich machte den Verschluss meiner Kette zu und befingerte die feinen Perlen. Sofort musste ich daran denken, wie Gabe mich in das Schlafzimmer bei dem Strand gezogen hatte. Zusammen mit der Erinnerung kam auch die Aufregung wieder zurück, die ich verspürt hatte, weil wir wieder zusammen waren. Dieses Gefühl war seitdem nicht weniger geworden, und ich spürte, dass das wohl auch niemals passieren würde.

Ich lächelte in mich hinein.

Da ich noch genügend Zeit hatte, bis Gabe mich abholen würde, entschied ich mich dazu, runter zur Apotheke an der Ecke zu gehen und ein paar Sachen zu besorgen. Ich würde zurück sein, bevor Gabe käme, uns waren nämlich ein paar Lebensmittel ausgegangen. Das Apartment befand sich praktischerweise in der Nähe vieler Plätze, und es dauerte nicht lange, bis ich alles gekauft hatte, was ich brauchte.

Ich näherte mich bereits wieder dem Gebäude von Gabes Wohnung. Meine Gedanken kreisten um die kommende Nacht. Ich war aufgeregt und ahnte, dass dies ein ganz besonderer Abend werden würde.

»Lang ist's her, Isabelle.«

Die wohlbekannte Stimme ließ mich innehalten. »Lance!« Ich starrte zu ihm auf und verfluchte, wie er mich nur so unvorbereitet hatte antreffen können.

Er sah immer noch genau so aus wie früher, sein sandfarbenes Haar war perfekt geschnitten, stechend blaue Augen funkelten mich an.

»Herzlichen Glückwunsch, Liebling.«

Ich kniff die Augen zusammen, fragte mich, was er wohl im Schilde führte. »Es erstaunt mich, dass du dich überhaupt daran erinnerst. Es ist ja nicht so, als ob du dich darum geschert hättest, als wir noch zusammen waren.«

Er hatte es hinbekommen, jegliche Geburtstagsausflüge in Geschäftsessen umzukehren – alles auf Firmenkosten. Zu Beginn der Beziehung schien er noch zerknirscht zu sein, so als ob es einfach unvermeidlich gewesen wäre. Später erkannte ich aber, dass es ihm schlichtweg egal gewesen war.

»Oh, komm schon. Ich habe dir doch immer teure Geschenke gemacht.«

Ich biss die Zähne zusammen, denn ich wusste, dass er nie verstehen würde, dass das nicht die Dinge waren, die für mich zählten. »Warum bist du hier?« Zweifelsohne hatte er mich ganz bewusst aufgespürt und hatte irgendetwas Übles im Sinn.

»Ich wollte dir lediglich gratulieren, dass du dir schon wieder einen Sugardaddy geangelt hast«, sagte er spöttisch.

Meine Hände umklammerten fester die braune Tüte mit meinen Einkäufen. »Du bist ein Schwein!«

Ich fragte mich nicht länger, was ich jemals in ihm gesehen hatte. Drei Monate der Selbstreflektion hatten mich die Antwort gelehrt. Ich hatte nur das gesehen, was ich sehen wollte und was ich zu der Zeit so verzweifelt in meinem Leben gebraucht hatte. Ich hatte mir selbst erlaubt zu glauben, dass ich mit Lance einen Mann bekam, der mich liebte, und ich dann irgendwann auch die Familie bekäme, die ich wollte. Ich hatte bei dem Mann mit dem charmanten Lächeln nicht tiefer und unter die Oberfläche geschaut, und dafür hatte ich schließlich dann auch bezahlt.

Ich drängte mich an ihm vorbei, denn ich wollte ihm nicht mehr länger zuhören, wie er meine Beziehung mit Gabe in den Dreck zog.

Fest griff er nach meinem Arm – so fest, dass mit Sicherheit blaue Flecken zurückbleiben würden. »Was ist los? Tut die Wahrheit etwa weh?«, fragte er und wirbelte mich dabei herum.

Ich schluckte mühsam, versuchte den schmerzhaften Hieb auf mein Selbstbewusstsein zu ignorieren.

Ein kurzer Blick um mich herum zeigte mir, dass die Straßen aufgrund der Hitzewelle, welche die Stadt erfasst hatte, wie leer gefegt waren. Es machte keinen Sinn, eine Szene zu machen. Hier wäre keiner, den ich auf uns aufmerksam machen könnte, sodass ich mich danach schnell aus dem Staub machen könnte.

»Warum bist du jetzt wieder aufgetaucht?«, fragte ich und hoffte, dass das Gespräch sich nicht allzu sehr in die Länge ziehen würde.

»Als dieser Drecksack Gabriel Dare seine Konten bei uns auflöste, hat er damit meinen Ruf in der Firma ruiniert. Damals konnte ich nichts daran ändern.« Er beugte seine Hände, zeigte, wie machtlos er gegenüber Gabes Verhalten gewesen war. »Aber als ich hörte, dass du selbst am Herumkrebsen warst, hat zumindest das mir eine gewisse Befriedigung bereitet. Es half mir, mit meiner eigenen Situation besser klarzukommen.«

Wie nett, dachte ich. Er war ein echter Gentleman. Ich blieb still.

»Aber sogar die *New York Post* berichtete von dem neuen Traumpaar.« Jetzt guckte er böse, sein Gesichtsausdruck zeigte den wahren Lance – den unglücklichen, bösartigen Mann. »Jetzt seid ihr beide zusammen, sein Geschäft wächst und gedeiht, während ich immer noch versuche, mein Portfolio von Klienten zusammenzuhalten und jedes Mal erklären muss, wie ich es geschafft habe, den wichtigsten Kunden der Firma zu verlieren.« Zornig blickte er mich an.

»Also?«

»Also schien dein Geburtstag der beste Zeitpunkt zu sein, um persönlich vorbeizukommen und dir alles Gute zu wünschen. Und um dich daran zu erinnern, dass so schlechte Menschen wie du zwangsläufig alleine enden werden.«

Ich zuckte zusammen und war nicht in der Lage, meine Reaktion auf diese Worte zu kontrollieren. Lance hatte Worte immer als Waffen benutzt. Wenn man ihm zeigte, dass er ins Schwarze getroffen hatte, schürte dies seine Lust nur noch, und er kotzte noch mehr gehässige Dinge aus. Das wusste ich leider aus Erfahrung. Ich hätte versuchen sollen, die Flucht zu ergreifen, aber ich wollte nicht, dass er wieder einmal die Oberhand über mich gewann.

»Was denkst du eigentlich, wie lange es dauern wird, bis Gabe Dare erkennt, wer du wirklich bist?! Eine erbärmliche Tussi, die sich nur aushalten lassen will und die im Bett so frigide ist, dass ich mich anderweitig umschauen musste, um das zu bekommen, was ich brauchte?«

Tränen brannten in meinen Augen, so wie mich jedes Wort tief in meinem Inneren traf. Ich hob mein Kinn, aber ich wusste, dass er mir diese Show, stark zu erscheinen, nicht abkaufen würde. Doch ich wollte cool bleiben und erinnerte mich selbst daran, dass Gabe mich wollte.

Aber warum? Deine eigenen Eltern wollten dich nicht einmal, fragte mich eine leise Stimme in meinem Kopf – eine, die sich erschreckenderweise wie meine eigene Stimme als Kind anhörte. Und eine, die Lance' Worte bekräftigte. Vielleicht hatte er ja doch nicht so ganz unrecht? Wie lange würde es wohl dauern, bis sich Gabe langweilen würde, so wie es bei Lance ja auch der Fall gewesen war? Bevor er mich betrogen und gedemütigt hatte?

»Aaah, da kommen sie ja schon.« Lance strich die Tränen von meiner Wange. »Der Beweis, dass du immer noch die gleiche weinerliche Schlampe bist, an die ich mich erinnere. Jetzt bist du nicht mehr so selbstsicher, oder? Manchmal bedarf es eben einfach nur einer kleinen Erinnerung.«

Ich warf ihm einen hasserfüllten Blick zu. »Du bist einfach nur unter meinem Niveau!«

»Und du bist erbärmlich.« Er rollte seine Schultern, so als ob ihm meine Worte überhaupt nichts ausmachen würden.

Und jetzt, da er seinen Plan durchgeführt und mich verletzt hatte, stimmte das vermutlich auch.

»Grüß deinen Freund schön von mir«, sagte er und ging mit dem Lächeln, das er selbst für sein charmantestes hielt, die Straße hinab, offenbar sichtlich zufrieden damit, dass er meinem Ego und meinem Selbstvertrauen gerade einen tödlichen Hieb versetzt hatte.

Ich hob eine Hand an meine Wangen, und als ich sie wieder wegzog, waren meine Fingerspitzen von der schwarzen Mascara ganz verschmiert.

Da ich es nicht zulassen konnte, dass Gabe mich in diesem Zustand sah, eilte ich schnell die Treppen zu meiner Wohnung hinauf und zog den Kopf ein, als ich an dem Pförtner vorbeiging. Ich hoffte, den äußerlichen Schaden wieder beheben zu können. Dass der innere Schmerz wieder wegging, würde allerdings noch weitaus länger dauern.

Ich blickte in den Spiegel, als ich systematisch die Mascara- und Eyeliner-Schmierflecken entfernte. Mit zitternden Händen brachte ich die ganze Sauerei wieder in Ordnung. Nachdem ich damit fertig war, konnte ich nicht anders, als an Lance' hasserfüllte Worte zu denken.

Ich hatte damals Gabe verlassen und die Sicherheit abgelehnt, die er mir angeboten hatte, weil ich fest entschlossen gewesen war, unabhängig zu sein. Zugegeben … drei Monate waren keine besonders lange Zeit gewesen, um alleine zu sein, aber ich hatte nicht klein beigegeben und war nicht wieder zu einem Mann zurückgerannt, unfähig, einen Neuanfang zu machen. Richtig, ich hatte in der Wohnung einer Freundin gelebt, doch ich hatte dafür Miete bezahlt, selbst wenn sie mir einen guten Preis gemacht hatte. Verdammt, ich hatte es doch versucht! Und ich versuchte es immer noch. Ich hatte ein eigenes Bankkonto, und ich leistete meinen Beitrag, um hier mit Gabe zu leben, obwohl ich es tun musste, wenn er gerade einmal nicht aufpasste.

Und wenn es mit Gabe nicht funktionieren würde – aus welchen Gründen auch immer –, war es ja auch nicht so, als ob ich keine Rücklagen gehabt oder nicht die Fähigkeit besessen hätte, wieder von vorne anzufangen.

Ich machte mit Lippenstift und Lipgloss weiter, und als ich fertig war, trat ich einen Schritt zurück, um das Ergebnis zu begutachten. Viel besser. Wenn ich nicht so ein ungutes Gefühl im Magen gehabt hätte, hätte ich fast glauben können, dass der Vorfall mit Lance niemals passiert wäre.

Aber es war passiert.

Ich stöhnte. »Wirst du es wirklich zulassen, dass Beleidigungen und alte Unsicherheiten dich wieder weglaufen lassen? Zum dritten Mal?«, fragte ich mich laut und prüfte eingehend mein Spiegelbild.

»Weglaufen wohin?« Plötzlich erschien Gabe hinter mir.

Ich atmete tief durch und drehte mich um, sah ihm in die Augen. Sein mürrischer Gesichtsausdruck sagte mir, dass er zumindest den Zusammenhang meiner Aussage richtig interpretiert hatte, wenn nicht sogar das begriffen hatte, was dahintersteckte.

Er machte einen Schritt nach vorn, umfasste mein Kinn und neigte meinen Kopf zurück, bis ich seinem Blick begegnete. »Ich habe dich was gefragt.«

Ich bemerkte den Muskel, der in seinem Kiefer zuckte, und erinnerte mich daran, dass er mich ausgesucht hatte. Dass er mich ständig im Auge behalten hatte, während ich mir ein eigenständiges Leben erkämpft hatte. Er wollte mich für das, was ich war.

Und auch wenn er sie nur selten zeigte, hatte auch er Schwachstellen, die er mich sehen ließ. »Ich werde nirgendwo hinlaufen«, versicherte ich ihm.

Ein paar weitere Sekunden betrachtete er mich genau, so als ob er versuchen würde, in meinen Kopf einzudringen, um zu sehen, was gerade in mir vorging. Schließlich ließ er mich wieder los und trat einen Schritt zurück. »Aber du hast darüber nachgedacht?«

»Für einen ganz kurzen Moment, ja. Nachdem …«

Sein Blick wanderte von meinem Gesicht zu meinem nackten Arm. »Was zur Hölle ist mit dir passiert?« Er hob meine Hand, strich mit seinen Fingern über die tiefroten Abdrücke, die mein Ex auf meinem Arm hinterlassen hatte.

Ich schluckte mühsam. »Lance und ich sind aufeinandergestoßen.«

Hitze durchflutete Gabes Wangen. »Ich werde diesen Hurensohn umbringen!«

So glücklich ich auch war, dass er nicht mehr länger darauf konzentriert war, ich könnte weglaufen, wollte ich doch auch nicht, dass er irgendwelche Dummheiten machte und ich dann für ihn bürgen müsste, damit man ihn wieder aus dem Gefängnis ließe. »Er hat nur versucht, mich zu verunsichern.«

»Und das hat er wohl auch geschafft!«

Ich seufzte. »Weil ich auf ihn eingegangen bin. Nur für ein paar Minuten. Vielleicht auch ein bisschen länger, aber ich habe mich zusammengerissen. Mir geht's gut.« Oder mir würde es gut gehen, versprach ich mir selbst.

Gabe blickte auf die Prellungen und runzelte die Stirn. »Mir nicht.«

Ich trat nach vorn und schlang meine Arme um seine Hüften und legte meinen Kopf an seine Brust. Sein fester Körper an meinem fühlte sich gut an. Er roch wie immer nach Moschus.

Er gehört zu mir, realisierte ich, und ich würde ihn nicht wieder loslassen. »Besser?«, fragte ich.

Er antwortete nicht.

Also neigte ich meinen Kopf zurück. »Gabe?«

»Was hat er gesagt? Warum hätte ich dich fast verloren?«, fragte er. Seine Stimme klang wie eine liebevolle Mischung aus Fürsorge und Frustration.

Das hier war hart, hauptsächlich weil es eine beschämende Darstellung dessen war, wer ich einmal gewesen war. Oder zumindest für welche Person mich Lance gehalten hatte, was nach wie vor wehtat, weil ja auch ein wahrer Kern darin steckte.

Ich atmete tief durch. »Im Wesentlichen warf er mir vor, dass ich eine erbärmliche Tussi sei, die sich nur aushalten ließe, und sagte, dass er sich seinen Spaß woanders holen musste, weil ich im Bett frigide bin. Dann fragte er, was ich dächte, wie lange es wohl noch dauern würde, bis du mein wahres Ich erkennst und das Gleiche tust wie er.« Ich schaute weg. Die Worte schossen nur so aus mir heraus, und ich hoffte, dass wenn ich erst einmal alles gesagt hätte, sie an Bedeutung verlieren würden.

Das taten sie aber nicht. Sie taten immer noch weh, ob ich sie nun tief in meinem Herzen wirklich glaubte oder nicht. »Ich hätte ihn schon viel früher verlassen sollen. An seinen Worten wäre überhaupt nichts Wahres dran, wenn ich das getan hätte. Stattdessen lebte ich weiterhin auf seine Kosten, selbst als ich spürte, dass es vorbei war. Ich hätte mich einfach früher von ihm trennen sollen …«

»Du hast ihm vertraut.«

Ich nickte. »Er wollte, dass ich mich um sein Haus kümmere, und sagte, dass wir eines Tages eine gemeinsame Familie haben würden, und ich glaubte ihm. Ich realisierte wirklich nicht, wie er mich von jedem isolierte oder wie weit er ging, um sicherzugehen, dass ich niemanden mehr hatte. Ich war ein Vorzeigeobjekt, wenn er eins brauchte, sein Dienstmädchen und nichts weiter, wenn es nicht der Fall war.«

Es tat weh, diese Wahrheiten zuzugeben, aber irgendwie war es auch befreiend. Ich blickte Gabe an. »Danke«, flüsterte ich.

»Wofür?«

»Dass du mich hast gehen lassen, als ich es musste. So konnte ich zurückkommen, als ich bereit dazu war. Auch wenn du mir eine Falle gestellt hast, um mich herzubekommen.« Bei meinen letzten Worten konnte ich mir ein Lächeln nicht verkneifen.

»Du warst niemals wirklich allein. Nicht, was das hier betrifft.« Er berührte seine Brust dort, wo das Herz ist. »Ich hatte nicht vor, das jetzt schon zu tun«, sagte er dann – mehr zu sich selbst als zu mir.

»Was meinst du?«

Er umschloss meinen Nacken, und ich seufzte. Ich fühlte mich immer so gut, wenn er mich auf diese Weise festhielt. »Ich liebe dich, Iz.«

Sprachlos blinzelte ich ihn an. Ich hatte gehofft, dass er es sagen würde. Es war alles, was ich hören wollte. Diese drei kleinen Worte, bei denen mir das Herz aufging. »Ich liebe dich auch«, flüsterte ich.

Bei meinen Worten wurden die kantigen Linien auf seinem Gesicht weicher und seine Augen ganz sanft. Er nahm seine Hände von meinem Nacken und umschloss mein Gesicht, als er seinen Kopf neigte und mich küsste. Langsam, aufmerksam und liebevoll. Dieser Kuss war nicht alles verzehrend und heiß, es ging nicht um Bedürfnis oder Lust. Das süße Dahingleiten seiner Lippen über meine sagte mehr als tausend Worte. Er zeigte mir, dass ich etwas ganz Besonderes für ihn war, das Liebste für ihn auf der Welt.

Und das war er auch für mich.

Er unterbrach den Kuss, und ich schaute sprachlos dabei zu, wie er in seine Tasche griff und ein Schmuckkästchen hervorzog – ein kleines, ringgroßes Schmuckkästchen.

Er öffnete es. »Heirate mich!«, sagte er. Er fragte nicht.

Ich zitterte am ganzen Leib. Und da hatte ich gedacht, dass *Ich liebe dich* der großartigste Satz wäre, den ich jemals gehört hatte. Mich heiraten? Die Kirsche auf einer fantastischen Sahnetorte.

»Ja.« Ich hielt ihm meine zitternde Hand hin. Den tatsächlichen Ring hatte ich kaum zur Kenntnis genommen, bevor er ihn mir an den Finger steckte. Nichts war wichtig, außer der tieferliegenden Bedeutung dahinter.

Natürlich, wenn ich mir den Stein richtig anschaute, dann stellte ich fest, dass der Stein in Form eines Smaragdes meinen gesamten Finger bedeckte und sogar noch mehr. Ich konnte aber nicht damit anfangen, das Karat zu schätzen, und ich wollte es auch nicht. »Er ist umwerfend.« Ich schaffte es wieder auszuatmen.

Er schüttelte den Kopf. »Nein, du bist umwerfend. Das hier ist nur ein Diamant.«

Die Tränen, die mir nun über das Gesicht liefen, waren Freudentränen. Endlich hatte ich mein Glück gefunden und würde die Zukunft haben, von der ich immer geträumt hatte.

»Ich liebe dich«, sagte ich und war voller Liebe erfüllt.

»Das tust du, hm?«

»Ja.«

»Dann scheiß auf die Party«, murmelte er, hob mich in seine Arme und begann bereits entschlossenen Schrittes in Richtung Schlafzimmer loszugehen.

Ich klammerte mich an seinen Hals, aber seine Worte waren von mir nicht unbemerkt geblieben. »Party?«, wiederholte ich.

»Ah, verdammt ...«, murmelte er. »Meine ganze Familie und unsere Freunde warten im Elite-Club. Wir sind schon jetzt zu spät dran.«

Mein Herz begann heftig zu klopfen. »Du hast eine Überraschungsparty für mich organisiert?«

Er neigte seinen Kopf. »Eigentlich wollte ich dir dort erst einen Antrag machen.«

Ich legte meine Hände auf seine Wangen und küsste ihn wieder, glitt mit meiner Zunge in seinen heißen, wartenden Mund, aber der Kuss dauerte nicht lang. Gabe beendete ihn, schaute mich an und seufzte. »Wir müssen uns jetzt zum Club aufmachen.«

Mit meinen Händen strich ich durch sein Haar, fühlte die weichen Strähnen unter meinen Fingerspitzen. »Ich weiß.« Unfähig, es sein zu lassen, zwickte ich ihn in die Wange. Ich fühlte mich verspielt und zufrieden. Ich hatte meine Unsicherheit und meine Angst besiegt. Okay, na gut, ich müsste immer noch etwas an diesen Dingen arbeiten, doch der Lohn für meine Bemühungen war fantastisch.

Gabes Fingerspitzen gruben sich in meine Hüften. »Du stellst meine Zurückhaltung ganz schön auf die Probe, Kätzchen. Aber wenn wir bei dieser Feier anwesend sein wollen, müssen wir jetzt los.«

Ich nickte. »Einen Moment.« Mit meinen Fingerspitzen wischte ich die Spuren meines Lippenstifts von seinem Mund ab. »Viel besser. Du kannst mich jetzt loslassen.«

Er schüttelte den Kopf. »Nie wieder!«

Ich lächelte, weil Gabe niemals etwas sagte, was er nicht auch so meinte.

19

Gabe: Einladung nach Eden

Gabe liebte diese Insel, denn dort waren sie ungestört und allein auf einer Strecke von endlos weißem Sand und klarem blauen Wasser. Geheimnisse umwehten diese Insel – seine gesamte Familie und viele ihrer Freunde waren zur Eröffnung von Elite gekommen, und dennoch war niemand hier, um sie zu belagern. Und da gab es diesen wunderbaren Ausblick – seine Frau in einem roten Bikini, der ihre sinnlichen Kurven zur Geltung brachte.

So viel hatte sich innerhalb kürzester Zeit verändert. Das Vertrauen zwischen ihnen war gewachsen. Als er sie damals vom Polizeirevier gerettet hatte, hatte er gedacht, dass sie diejenige wäre, die ihre Mauern niederreißen müsste. In der Zeit danach hatte sie ihm aber gezeigt, dass Vertrauen auf Gegenseitigkeit beruhte. Zusammen erschufen sie sich nun ein neues Leben, in mehr als nur in einer Hinsicht.

Es gab jemanden, zu dem er abends nach Hause kam, der sicherging, dass er nicht in seiner Arbeit versank – nicht, dass er das überhaupt gekonnt hätte, da sie am Ende des Tages doch auf ihn wartete. Er hatte eine gleichberechtigte Partnerin im täglichen Leben. Mit ihr teilte er seine Höhen und Tiefen, zu seiner Überraschung interessierte sich Isabelle sogar für seinen Frust in der Arbeit. Bevor sie in sein Leben trat, hatte er sich des Nachts oft über seine geschäftlichen Probleme den Kopf zerbrochen und war morgens wieder zu diesen zurückgekehrt. Inzwischen redete er mit ihr darüber, ließ seinen Tag und seine Probleme los, und dann brachte er sie ins Bett.

Er hätte nicht gedacht, dass Innenarchitektur sein Ding wäre, aber er genoss ihre Geschichten über nervige Kunden und hartnäckige Leute. Am allermeisten war er stolz auf ihre Erfolge – die Eröffnung dieses Clubs auf Eden wäre der größte von allen.

Für eine lange Zeit hatte er sich selbst vor der Liebe verschlossen, weil er Angst gehabt hatte, er könnte eine Frau nicht glücklich machen. Isabelle wollte er immer mehr geben. Es machte ihm Freude, etwas für sie zu tun und war es eine noch so kleine Sache, es war trotzdem einfach wichtig für ihn.

Wie zum Beispiel sicherzustellen, dass ihr Arschloch von Ex wegen des Versuchs, Klienten abzuwerben und Gelder zu veruntreuen, gefeuert wurde. Gabe hatte nicht gewusst, wozu Daltry fähig war, aber eine Schlange wie Lance musste einfach etwas tun, um den früheren Goldjunge-Status an der Wall Street zurückzugewinnen. Gabe hatte lediglich einen Privatdetektiv anheuern und auf einen Beweis warten müssen, dann hatte er den Bastard sich sein eigenes

Grab schaufeln lassen. Jetzt war der Hurensohn zu beschäftigt damit, nicht im Gefängnis zu landen, und hatte keine Zeit mehr, über irgendjemand anderen nachzudenken als über sich selbst.

Gabe schaute mit Freuden zu, wie Isabelle den Strand entlangging, die Hand auf ihren Bauch gelegt. Er grinste, denn er war sich ganz sicher, dass sie keine Ahnung hatte, schwanger zu sein. Sie war so beschäftigt damit gewesen, mit der Eröffnung des neuen Elite-Clubs auf Eden fertig zu werden – erst in New York und dann hier. Sie dachte nicht daran, regelmäßig zu essen, außer wenn er sie daran erinnerte, genauso vergesslich war sie, was die Pille betraf. Er hatte es nicht bemerkt, bis es wahrscheinlich ohnehin schon zu spät gewesen wäre, um irgendetwas dagegen zu unternehmen, und er hätte das auch gar nicht gewollt.

In letzter Zeit gab es Momente, in denen sie empfindlich reagierte, was sie allerdings ihren Nerven zuschrieb. Zusätzlich zu den feinen Unterschieden, die sich an ihrem Körper bemerkbar machten, wusste er es aber besser. Ihre Brüste waren sensibler geworden, ihr Bauch ein klitzekleines bisschen runder. Sie weinte, wenn sie glücklich und auch wenn sie traurig war. Mehr als gewöhnlich. Es war nicht so, als ob er sich mit den Anzeichen gut ausgekannt hätte, doch er erinnerte sich daran, was sein Cousin Ian über die Veränderungen seiner Frau in den frühen Stadien ihrer Schwangerschaft erzählt hatte. Ian und Riley hatten nun eine kleine Tochter, von der Gabe ziemlich sicher war, dass sie ihrem Vater vorzeitig graue Haare bescheren würde. Der verkrampfte Bastard verdiente es nicht anders, dachte Gabe und lachte.

Aber dank ihnen wusste er, dass Isabelle höchstwahrscheinlich ihr gemeinsames Kind unter ihrem Herzen trug. Wenn diese Club-Eröffnung zu Ende wäre, beabsichtigte er, sie an ihr gemeinsames Bett zu fesseln und sie dort für die nächsten neun Monate zu lassen.

Okay, richtig, sie würde das nicht zulassen, doch er war ziemlich sicher, dass sie ihn die Fesseln benutzen lassen würde, wenn es darauf ankam.

Mit dieser Vorstellung im Kopf – Isabelle gefesselt, mit gespreizten Beinen und darauf wartend, dass er seinen Schwanz tief in ihr vergrub – ging er zum Strand hinunter, schlang seine Arme um ihre Hüften und legte sein Kinn auf ihre Schulter. »Hey, Kätzchen.«

Sie drehte sich in seinen Armen herum und zog ihn seufzend eng an sich heran. »Alles Gute zum Dreimonatigen«, sagte sie wieder. Am Morgen hatte sie ihn bereits mit diesen Worten geweckt.

Als ob er so was vergessen würde! Er hatte sie damals mit seinen Geschwistern im Schlepptau nach Las Vegas entführt und sie bereits drei Monate nach ihrer Verlobung geheiratet. Warten war nicht seine Art, gehörte nicht einmal zu seinem Vokabular.

»Herzlichen Glückwunsch zum Hochzeitstag!« Er tätschelte ihre Wange, genoss den Geruch der Kokosnuss-Sonnenmilch auf ihrer Haut. »Wie geht es dir?« Er betastete behutsam ihren Bauch.

»So lala. Ich bin froh, wenn diese Eröffnung endlich vorbei ist. Meine Nerven liegen echt blank.«

Er verkniff sich ein Grinsen. »Ist alles fertig für heute Nacht?«, erkundigte er sich.

Sie nickte. »Alles ist, wie es sein soll, wir haben nichts unversucht gelassen!«

»Wird es Lucy auffallen, wenn du nicht auftauchst?« Er strich mit seiner Hand vorne an ihrem Bikini-Unterteil herunter, ließ seine Finger über ihre feuchten Schamlippen gleiten.

Vor lauter Vergnügen stöhnte sie. »Ja, das wird sie und ich auch. Ich habe einfach zu hart für das hier gearbeitet, um die Hauptveranstaltung zu verpassen.«

»Das wusste ich«, murmelte er. »Und ich will an deiner Seite sein, wenn du all die Auszeichnungen einheimst – für das, was aus dem Club geworden ist.« Er spielte weiter an ihrer Muschi herum. Er wusste, dass er es ihr so richtig besorgen könnte, bevor sie duschen und sich für die Nacht fertig machen müsste. Er würde seine Belohnung dann später bekommen.

»Es ist Lucys Baby«, erinnerte ihn Isabelle, zwar immer noch an den Club denkend, aber sie begann nun mit ihren Hüften gegen seine Hand zu schaukeln.

Was Gabe noch an Isabelle liebte, war, dass sie keinen übertriebenen Stolz besaß und nicht das Bedürfnis verspürte zu prahlen. Das war schon in Ordnung, er könnte genug für sie beide zusammen angeben.

Und Lucy beabsichtigte ja auch, das Ansehen zu teilen.

»Es ist gut, dass du das weißt«, sagte er zu ihr. »Weil du mit unserem Baby zukünftig zu beschäftigt sein wirst, um dir auch noch weiterhin über Club-Eröffnungen Gedanken zu machen.« Er hatte noch nicht vorgehabt, es ihr zu erzählen, aber dieser Zeitpunkt schien genauso gut wie jeder andere zu sein. Er glitt mit seiner Hand von ihrem Unterkörper weg und wartete auf ihre Reaktion.

Ihr Mund öffnete sich und schloss sich dann wieder. »Worüber redest du da?«, fragte sie schließlich.

»Ich glaube, du bist schwanger, Kätzchen.«

»Das kann nicht sein!«

»Nein? Bist du in letzter Zeit oft gereizt? Schon, oder? Schmerzen deine Titten?« Sanft rieb er mit einem Finger über ihre Brustwarze, und sie wand sich, um außer Reichweite zu kommen. »Auch, oder? Wo ist deine Pille? Oder sollte ich dich besser fragen, wann du das letzte Mal eine genommen hast?«

Die Wellen des Meeres waren das einzige Geräusch, das zu hören war, als sie nachdachte. »Oh mein Gott.«

Beschützerisch umschloss er ihren Bauch mit seiner Hand.

»Oh mein Gott«, sagte sie noch einmal. »Ich bin … Wir sind … Bist du …?

»Begeistert, Baby. Und du?« Plötzlich war er derjenige, der nervös war. Vielleicht liebte sie den Job so sehr, dass sie Kinder gerade nicht auf ihrem Radar hatte. Vielleicht wollte sie auch nicht mehr länger die Familie, von der sie einst gedacht hatte, diese haben zu wollen. Was, wenn …

»Oh mein Gott!«, schrie sie nun erneut, und bevor er wusste, wie ihm geschah, lag sie auch schon in seinen Armen, die Beine um ihn geschlungen, und bombardierte ihn mit Küssen.

Er war ja so erleichtert. Am Ende hatte sich nichts geändert. Tief in ihrem Inneren war sie immer noch das kleine Mädchen, das sich nichts sehnlicher wünschte als eine Familie, die es sein Eigen nennen konnte.

Er wünschte sich nichts mehr, als ihr diese zu geben, und er hoffte, dass er das bereits getan hatte.

»Glaubst du, dass sie Schwangerschaftstests auf dieser Insel haben?«, fragte sie.

»Den Geschichten nach zu urteilen, die man hier so hört, sind hier schon ein paar ziemlich erstaunliche Dinge vorgefallen. Ich glaube, ein Telefonanruf genügt, damit du all das bekommst, was du brauchst.«

»Gerüchten zufolge liegt es am nahegelegenen Bermudadreieck, was das Inselerlebnis für jeden so andersartig macht …«

Er lachte. »Jedes Mal frage ich mich, wie verdammt noch mal es sein kann, dass wir immer so allein und abgeschottet sind, obwohl meine ganze Familie vermutlich irgendwo in der Nähe herumlungert. Ja, ich denke das Gleiche.«

Isabelle rollte mit den Augen. »Lass uns jetzt losgehen und diesen Anruf tätigen. Ich will's ganz genau wissen.«

»Es spielt eigentlich überhaupt keine Rolle. Wenn du noch nicht schwanger sein solltest, werde ich einfach in Zukunft meine ganze Freizeit dafür verwenden, um sicherzugehen, dass du es wirst!« Nun wollte er es, da er wusste, wie es sich anfühlte, zu hoffen und ihr gemeinsames Kind haben zu wollen. Und zu wissen, dass sie genauso dachte. Für den unwahrscheinlichen Fall, dass er sich irrte, würde er verdammt noch mal alles tun, was in seiner Macht stand, um es wahr werden zu lassen.

Er begann sich in Richtung des Zimmers aufzumachen. Isabelle lag noch immer in seinen Armen.

»Du, sag mal, die Bemerkung, die du gemacht hast? Die eine über mich, dass ich in Zukunft keine Zeit mehr für Club-Eröffnungen haben würde – wegen unserem Baby?« Sie neigte ihren Kopf zurück und schaute ihn an.

Fast wäre er gestolpert. Das Letzte, was er jetzt gebrauchen konnte, war, dass sie wegen ihm ausflippte, weil sie dachte, er wollte ihr alles nehmen, für das sie so hart gearbeitet hatte. »Ich habe einen Witz gemacht, Iz. Du kannst natürlich weiterarbeiten, wenn es das ist, was du willst.«

Obwohl er es mögen würde, wenn sie mit ihrem gemeinsamen Baby zu Hause bliebe. Seine Mutter hatte das getan. Aber er wusste, wie wichtig Isabelle ihre Unabhängigkeit war. Es war die eine Sache, wegen der sie gegen ihn angekämpft hatte – die einzige Sache. Und er würde wegen dieser Angelegenheit nicht das Risiko eingehen, sie zu verlieren.

Sie biss sich auf die Unterlippe, und er verlangsamte seinen Schritt und blieb schließlich stehen, hielt sie dabei immer noch dicht an sich gedrückt. »Was ist, wenn ich das nicht will?«, fragte sie.

»Was?«

»Wenn ich gar nicht arbeiten will? Was ist, wenn ich zu Hause für das Baby da sein will? Ich meine, ich kann ja als Beraterin für Lucy arbeiten, um am Ball zu bleiben, sodass ich etwas für mich habe … aber …« Sie holte tief Luft.

Er wartete. Alles, was er war, und alles, für das er sich interessierte, war in dieser einen Frau vereint. Er würde ihr die Sterne vom Himmel holen, wenn es das war, was sie wollte.

Ihre Augen wurden glasig. »Alles, was ich mir je erträumt habe, war eine eigene Familie. Menschen, die mich liebten und die ich liebte, die sich gegenseitig zu schätzen wussten, ihre Kinder miteingeschlossen. All das, was ich nicht hatte, als ich aufwuchs.«

Sie legte eine Hand auf ihren Bauch, und er legte seine Hand auf ihre.

»Das ist der Grund, warum ich für Lance alles aufgab. Und als sich herausstellte, dass das alles nur eine trügerische Hoffnung gewesen war, genauso wie meine Kindheit, war ich fest entschlossen, mir zu beweisen, dass ich es auch alleine schaffen konnte. Du hast mir das gegeben.« Ihr Lächeln brachte seine Welt zum Leuchten. »Und selbst wenn es ein Widerspruch zu allem ist, was ich mir immer selbst gesagt habe, was ich brauchen würde, will ich einfach nur zu Hause bei unserem Kind bleiben. Weil ich dich liebe, aber was noch wichtiger ist … ich vertraue dir.«

Verdammt, er wollte sie so sehr.

Er ließ sie auf ihre Füße nieder, glitt mit seiner Hand hinter ihren Nacken und zog sie dicht an sich heran, um sie lange zu küssen. »Ich liebe dich, Iz.«

»Ich liebe dich auch. Jetzt lass uns gehen und schauen, ob wir nicht einen dieser Tests für mich bekommen können.«

Er ergriff ihre Hand, und gemeinsam gingen sie zurück zu ihrer Suite. Es war dieselbe, in der sie auch schon beim ersten Mal gewohnt hatten. Und dort auf dem Stutzflügel stand ein gekühlter Behälter mit Apfelwein, und daneben lag ein Schwangerschaftstest.

Auf dem Zettel stand: *Willkommen auf Eden, wo die Realität das ist, was immer du dir wünschst.*

Werkverzeichnis der im Heyne Verlag von Carly Phillips erschienenen Titel

Über die Autorin

Werkverzeichnis

> Bonusmaterial

HEYNE <

Die Autorin

Carly Phillips hat sich mit ihren romantischen und leidenschaftlichen Romanen in die Herzen ihrer Leserinnen geschrieben. Nach ihrem Abschluss an der Brandeis University praktizierte sie als Anwältin. Als sie nach der Geburt ihrer ersten Tochter ihre Leidenschaft für Liebesgeschichten entdeckte, begann sie selbst zu schreiben. In den 90er Jahren gab sie ihre Karriere als Juristin auf und blieb bei ihren Töchtern zu Hause.
1998 erschien ihr erstes Buch in Amerika. Sie hat bereits über zwanzig Romane veröffentlicht und ist inzwischen eine der bekanntesten amerikanischen Schriftstellerinnen. Mit zahlreichen Preisnominierungen und Auszeichnungen ist sie aus den Bestsellerlisten nicht mehr wegzudenken.
Carly Phillips lebt mit ihrem Mann und ihren zwei Töchtern in Purchase im Staat New York. Ihre Leidenschaft gilt, neben der Familie, ihren beiden Terriern Bailey und Buddy sowie dem Baseball. Im wahren Leben ist ihr Ehemann ihr Held.
Vorbilder für ihr literarisches Schreiben sind LaVyrle Spencer, Catherine Coulter und Susan Elizabeth Phillips. Carly Phillips' richtiger Name lautet Karen Drogin, unter dem sie ebenfalls veröffentlicht. Ohne zu schreiben, sagt sie selbst, würde sie verrückt werden. Die Atmosphäre, in der Carly Phillips ihre Bücher verfasst, ist allerdings nicht weniger verrückt: Sie schreibt im Chaos zwischen laufendem Fernseher, bellenden Hunden und ihren beiden Töchtern. Dies alles wirke sich jedoch positiv auf ihre Kreativität aus, so Carly.

Wenn Sie mehr über Carly Phillips erfahren wollen, besuchen Sie sie auf ihrer Homepage: www.carlyphillips.com

Werkverzeichnis

1. Die Chandler-Trilogie

Der letzte Kuss
(The Bachelor)
Wer von ihnen als Erster den Herzenswunsch ihrer Mutter nach Hochzeit und Enkelkindern erfüllen soll, entscheiden die drei Brüder Rick, Chase und Roman durch das Werfen einer Münze. Ausgerechnet Auslandskorrespondent Roman muss sich der Herausforderung stellen. Seine Traumfrau macht es ihm jedoch nicht leicht.

Der Tag der Träume
(The Playboy)
Die Frauen von Yorkshire Falls werfen sich Rick Chandler reihenweise an den Hals. Doch der attraktive Polizist will nach einer missglückten Ehe nie wieder heiraten. Als ihm eines Tages Kendall, eine waschechte »runaway bride«, über den Weg läuft, knistert es heftig auf beiden Seiten. Doch auch Kendall liebt ihre Freiheit über alles.

Für eine Nacht

(The Heartbreaker)

Nachdem Roman und Rick unter der Haube sind, ist nun Chase als letzter der drei Chandler-Brüder an der Reihe, endlich die Frau seiner Träume zu finden. Dies stellt sich als äußerst schwierig heraus, denn seine Auserwählte ist nach der ersten gemeinsamen Nacht spurlos verschwunden. Chase kennt nicht einmal ihren richtigen Namen.

2. Die Hot-Zone-Serie

Mach mich nicht an!

(Hot Stuff)

Annabelle, attraktive und erfolgreiche PR-Beraterin in der Hot-Zone-Agentur, verliebt sich konsequent immer wieder in die falschen Männer. Nach der letzten verheerenden Beziehung hat sie sich deshalb strikte Enthaltsamkeit geschworen. Als sie ihrem neuesten Klienten, dem Ex-Football-Star Brandon Vaughn, gegenübersteht, hält sie ihn zunächst für den typischen, oberflächlichen Sportler. Doch schon bald entdeckt Annabelle, dass sich unter Brandons harter Schale ein weicher Kern verbirgt, und ihr guter Vorsatz schmilzt wie ein Eiswürfel in der Sommersonne.

Her mit den Jungs!

(Hot Number)

Micki, Annabelles burschikose Schwester, ist bis über beide Ohren in den lebenslustigen und charmanten Baseball-Profi Damian verschossen. Doch der stadtbekannte Herzensbrecher scheint sie bisher noch nicht einmal wahrgenommen zu haben. Ihr Onkel Yank, der Gründer und Chef der Hot-Zone-Agentur, sorgt dafür, dass Damian und Micki gemeinsam auf einer romantischen Insel landen. Und wirklich: Die beiden verleben leidenschaftliche Tage voller Glück und Harmonie. Doch kaum wieder in New York, zieht Damian sich zurück. Micki ist verzweifelt: Wie konnte sie nur glauben, ihn dauerhaft an sich zu binden?

Komm schon!

(Hot Item)

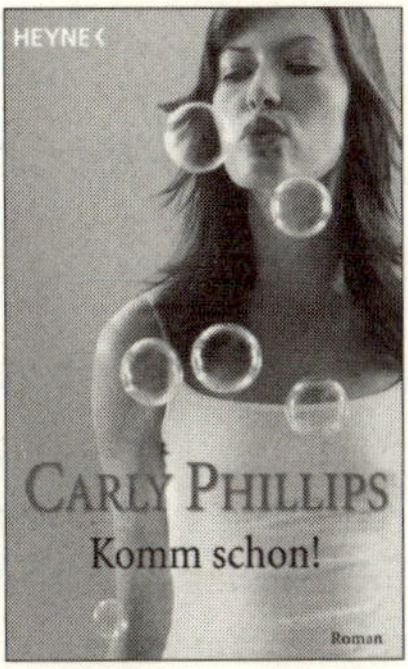

Sophie, die kontrollsüchtige der drei Jordan-Schwestern, verliert genau das, was ihr am wichtigsten ist: den Überblick. Denn Spencer, der PR-Berater der Hot-Zone-Agentur, ist plötzlich untergetaucht. Damit ihre Klienten nicht verrücktspielen, muss Sophie ihn um jeden Preis in die Agentur zurückbringen. Als der sexy Football-Spieler Riley Nash sich in Sophies Leben drängt, gibt es noch mehr Unordnung: Auf der gemeinsamen Suche nach dem Vermissten findet Sophie nicht nur heraus, dass Riley ein Geheimnis hat, sondern auch, dass sie seinem erotischen Charme nicht widerstehen kann.

Geht's noch?

(Hot Property)

Die quirlige Eventmanagerin Amy Stone ist frisch nach New York gezogen, um für die Hot-Zone-Agentur zu arbeiten. Dank der Vermittlung ihrer Freundin – und Geschäftspartnerin – Micki zieht Amy schon bald einen lukrativen Auftrag an Land: Sie soll John Roper, einem bisher sehr erfolgreichen Baseball-Profi, aus seiner Lebenskrise helfen. Er hat nicht nur berufliche und gesundheitliche Probleme, sondern auch familiären Dauerstress. Amy stürzt sich voller Tatendrang in diesen Auftrag – und versucht ihre eigenen Gefühle zu ignorieren.

3. Die Corwin-Trilogie

Trau dich endlich!

(Lucky Charm)

Schon als junges Mädchen weiß Gabrielle, dass sie ihren Mr. Right, den attraktiven Derek Corwin, bereits gefunden hat. Doch dann lässt der sie sitzen und heiratet eine andere. Die Begründung: Ein Fluch lastet auf seiner Familie, der es ihm unmöglich macht, mit seiner wahren Liebe glücklich zu werden. Gabrielle bleibt nichts anderes übrig, als sich damit abzufinden. Als sie ihren Ex – inzwischen geschieden und sexy wie nie – nach Jahren wieder trifft, lässt sie sich erneut auf eine heiße Affäre mit ihm ein.

Spiel mit mir!

(Lucky Streak)

Las Vegas macht's möglich: In einer heißen Nacht heiratet der sexy Cop Mike Corwin nicht nur die umwerfende Trickbetrügerin Amber, sondern gewinnt darüber hinaus 150 000 Dollar. Als er am nächsten Morgen aufwacht, ist Amber verschwunden – und das Geld auch. Hat sie ihn reingelegt? Oder entfaltet der Fluch, der auf den Corwin-Männern lastet, tatsächlich seine Wirkung? Prompt sieht Mike seine schlimmsten Befürchtungen bestätigt. Für ihn ist der Fall klar: Er will die Scheidung. Doch Amber glaubt an ihre Liebe zu Mike und lässt sich von nichts aufhalten.

Mach doch!

(Lucky Break)

Der Corwin-Fluch besagt, dass kein männliches Familienmitglied jemals mit seiner großen Liebe glücklich werden kann. Derek und Mike Corwin sind zwar inzwischen mit ihren Traumfrauen verheiratet, doch nun scheint das Übel auf ihrem Cousin zu lasten: Der smarte Jason fühlt sich unwiderstehlich zu der verführerischen Lauren Perkins hingezogen. Doch es war ausgerechnet Laurens Urahnin, die einst den Fluch über die Corwin-Familie brachte. Ist ihre Liebe stark genug, den unheilvollen Bann endgültig zu brechen?

Küss mich doch!

(Kiss me if you can)

Coop gilt als der begehrteste Single in ganz New York, seit er einen Juwelenraub verhindert hat. Plötzlich kann er sich vor Verehrerinnen nicht mehr retten, doch wirklich fasziniert ist er nur von der unkonventionellen Lexie. Die hat allerdings nur eines im Sinn: an den antiken Ring zu kommen, den er vom Juwelier als Belohnung erhalten hat. Denn er birgt ein dunkles Familiengeheimnis. Kann Coop ihr vertrauen?

Verlieb dich!

(Love me if you dare)

Der Polizist Rafe rettet seiner Kollegin Sara das Leben – ein gefundenes Fressen für die Medien, die die Geschichte aufbauschen und ihn zum begehrtesten Junggesellen New Yorks machen. Er flieht vor der Klatschpresse, nachdem er zugegeben hat, dass die attraktive Sara weit mehr als eine Kollegin für ihn ist. Die macht sich auf die Suche nach Rafe und verliebt sich in ihn und seine ungestüme, aber liebenswerte Großfamilie. Wenn nur alles so einfach wäre …

5. Die Barron-Serie

Ich will doch nur küssen

(Serendipity)

Von Männern hat Faith genug! Frisch geschieden kehrt sie in ihre Heimatstadt zurück. Dort begegnet sie ausgerechnet dem Mann, den sie seit zehn Jahren nicht vergessen kann: Ethan. Er stellt ihre Gefühlswelt gehörig auf den Kopf und lässt sie wieder auf die große Liebe hoffen. Doch Ethan hat ein dunkles Geheimnis, und als seine Halbschwester auftaucht, geht das Chaos erst richtig los.

Ich will nur dein Glück

(Serendipity 2)

Als Nash Barron die attraktive Kelly auf der Hochzeit seines Bruders kennenlernt, funkt es gewaltig zwischen ihnen. Nash ist fasziniert von Kellys Schönheit und Warmherzigkeit, doch für ihn steht fest, dass sie ihrer Leidenschaft nicht nachgeben dürfen. Dadurch würde er das Vertrauensverhältnis zu seiner Halbschwester Tess gefährden, die die Barron-Familie erst kürzlich aufgenommen hat. Sie braucht nun seine ganze Unterstützung. Doch Tess ist nicht das einzige Hindernis zwischen den beiden. Auch Kelly hat ihre Gründe, auf Distanz zu gehen: Sie verheimlicht Nash etwas, das er ihr nie verzeihen würde ...

Ich will ja nur dich!
(Serendipity 3)

Mehr als ein paar knappe Worte hat der Polizist Dare Barron noch nie mit der unnahbaren Liza McKnight gewechselt. Dabei begehrt er sie seit seiner frühen Jugend. Als Liza jedoch in Schwierigkeiten gerät, beschließt Dare kurzerhand, für ihren Schutz zu sorgen – und die beiden kommen sich plötzlich näher, als sie es je für möglich gehalten hätten. Doch Dare ahnt: Wenn er Liza nicht verlieren will, muss er ihr sein dunkelstes Geheimnis anvertrauen und sich seiner eigenen Vergangenheit stellen …

6. Die Marsden-Serie

Küss mich später

Als sein Vater an Krebs erkrankt, kehrt Mike zurück nach Serendipity und vertritt ihn als Polizeipräsident der kleinen Stadt. Bisher hat Mike als verdeckter Ermittler in Manhattan ein rastloses Leben ohne feste Bindungen geführt. Auch die Begegnung mit seiner neuen Kollegin Cara bildet zunächst keine Ausnahme, und die beiden beginnen eine leidenschaftliche Affäre ohne große Erwartungen. Doch allmählich erkennen sie, dass sie sich perfekt ergänzen und tiefere Gefühle füreinander entwickeln …

Liebe auf den ersten Kuss

Als Erin Marsden, Tochter des ehemaligen Polizeichefs von Serendipity, feststellt, dass sie schwanger ist, steht ihre heile Welt Kopf. Denn Vater ihres ungeborenen Babys ist der mysteriöse Ex-Cop Cole Sanders, den ein dunkles Geheimnis umgibt. Aber während Erin tiefere Gefühle entwickelt, geht Cole auf Distanz. Erst, als Erin von einer Unbekannten wiederholt attackiert wird und Schutz braucht, erkennt Cole in ihr die Frau, die ihn glücklich machen kann - und stellt sich seiner Vergangenheit …

Ein Kuss zuviel

Nachdem er ausgerechnet am Tag seiner Hochzeit sitzengelassen wurde, hat Sam Marsden aus Serendipity eigentlich der Liebe abgeschworen. Doch schon bald lernt er die geheimnisvolle Nicole kennen und erlebt mit ihr ein Wechselbad der Gefühle. Mal ist sie voller Leidenschaft, dann wieder abweisend und verschlossen. Erst als Nicole in Gefahr gerät, offenbart sie sich Sam. Doch sucht sie nur seinen Schutz oder will sie ihn als Mann fürs Leben?

Wer nicht wagt, der liebt nicht.

Riley Taylor behält gerne die Kontrolle über alles und würde ihre Unabhängigkeit niemals aufgeben wollen – bis sie auf einer Party dem charismatischen Ian Dare begegnet, der sie auf der Stelle umhaut. Ian hat seine eigenen Dämonen und seit er herausgefunden hat, dass sein Vater jahrzehntelang ein Doppelleben geführt, und eine zweite Familie mit einer anderen Frau hatte, hat er sich geschworen, sein Herz für niemanden mehr zu öffnen. Doch die sinnliche Riley erweckt seine dominante und beschützerische Seite, er möchte diese Frau unbedingt haben, allerdings kämpft Riley mit ihrer Vergangenheit – diese und die Gefühle, die Ian in ihr schürt könnten sie alles kosten ...

Einmal berührt ist fast gar nicht verführt

Quarterback Alex Dare hat alles: nicht nur, dass die Frauen im reihenweise zu Füßen liegen, er ist auch noch ein gefeierter Footballstar bei den Tampa Breakers – bis ihn eine Verletzung in den Vorruhestand zwingt. Als ihm ein Job bei der konkurrierenden Mannschaft angeboten wird, ist er geschmeichelt, aber die Sache hat einen Haken – er müsste mit Madison Evans zusammenarbeiten, der Frau, die ihm seit vielen Jahren nicht mehr aus dem Kopf gegangen ist ...

Gelegenheit macht Sehnsucht

Nachdem sie die Beziehung zu einem herrschsüchtigen Fremdgänger beendet und sich in ihrem geleasten Mercedes davongemacht hat, wird Isabelle Masters kurzerhand wegen schweren Diebstahls verhaftet und auf die Wache geschleift. Zu ihrer Überraschung rettet sie genau der, mit dem sie am wenigsten gerechnet hätte – Gabriel Dare, von dem sie sich schon viel zu lange angezogen fühlt. Gabe ermöglicht Isabelle die Freiheit und lädt sie in das exklusive Inselresort Eden ein, einen Ort der unbegrenzten Möglichkeiten ...

8. Einzeltitel

Küss mich, Kleiner!

(Under the Boardwalk)

Ariana Costas nutzte vor fünf Jahren die erste Gelegenheit, um ihrer schrulligen griechischen Familie zu entfliehen. Doch nun verlässt die junge Psychologieprofessorin ihr geregeltes Leben in Vermont, denn ihre Zwillingsschwester Zoe ist verschwunden. Dass allerdings gleich am ersten Tag auf sie geschossen wird, hätte Ariana nicht erwartet. Genauso wenig wie die Rettung durch den gut aussehenden Detective Quinn Donovan. Nun steckt Ari wirklich in der Klemme. Genauso wie Quinn: Denn wie soll er dieser sinnlichen Frau widerstehen und gleichzeitig seine gefährliche Mission erfüllen, die sie beide das Leben kosten könnte?

Auf ein Neues!

(Perfect Partners)

Nach dem tragischen Unfalltod ihrer Schwester kämpft die erfolgreiche Anwältin Chelsie Russel um das Sorgerecht für ihre geliebte Nichte Alix. Doch Griffin Stuart, Alix' Onkel und ebenfalls Anwalt, gewinnt den Fall und beschließt, von nun an ganz für die Kleine da zu sein. Chelsie wiederum will sich nicht einfach aus dem Leben ihrer Nichte drängen lassen. Schon bald merken die beiden, dass sie ihren Zwist begraben und gemeinsam für das Mädchen da sein müssen. Während sie versuchen, dem Kind eine Ersatzfamilie zu bieten und mit ihrer Trauer fertig zu werden, kommen sie sich näher ...

Noch ein Kuss

(The Right Choice)

Die Kolumnistin Carly Wexler ist überzeugt: Liebe und Leidenschaft bringen nichts als Enttäuschung, und so führt sie eine eher leidenschaftslose Beziehung mit dem ehrgeizigen Peter. Die Vernunftheirat der beiden steht kurz bevor, als sie Peters attraktiven Bruder Mike kennenlernt. Er ist das genaue Gegenteil von Peter: rau, männlich, selbstbewusst, und Carly fühlt sich stark zu ihm hingezogen. Die Begegnungen mit ihm verwirren sie und bringen ihre Prinzipien ins Wanken. Will sie weiter auf Nummer sicher gehen oder die Liebe – mit all ihren Risiken – in ihr Leben lassen?